Retrouvailles à Florence

*

Un confrère pour confident

KATE HARDY

Retrouvailles à Florence

Traduction française de
MARIE CHENE

BLANCHE

HARLEQUIN

Collection : Blanche

Titre original :
SURGEON'S SECOND CHANCE IN FLORENCE

HARPERCOLLINS FRANCE
83-85, boulevard Vincent-Auriol, 75646 PARIS CEDEX 13
Service Lectrices — Tél. : 01 45 82 47 47 - www.harlequin.fr
ISBN 978-2-2804-7860-1 — ISSN 0223-5056

Composé et édité par HarperCollins France.
Imprimé en septembre 2022 par CPI Black Print (Barcelone)
en utilisant 100% d'électricité renouvelable.
Dépôt légal : octobre 2022.

FSC www.fsc.org MIXTE Papier issu de sources responsables FSC® C159065

Pour limiter l'empreinte environnementale de ses livres, HarperCollins France s'engage à n'utiliser que du papier fabriqué à partir de bois provenant de forêts gérées durablement et de manière responsable.

1.

— Samantha Clarke ! lança Will Reynolds, le chef du service. Justement je voulais vous voir ! On peut se parler un instant ?

Sam suivit son supérieur dans son bureau.

— Prenez place, dit-il en désignant un siège avant de s'asseoir sur le bord de son bureau. Tout d'abord, j'ai de bonnes nouvelles. La bourse de recherche nous a été accordée – on peut commencer dans trois mois. J'ai le plaisir de vous annoncer que vous serez promue consultante.

— Merci, Will ! répondit-elle, rayonnante. C'est génial !

— Je savais que ça vous ferait plaisir. Autre chose : j'ai un cas intéressant pour vous. Des triplés issus d'une grossesse par FIV. Des jumeaux et un singleton.

C'était plutôt inhabituel, mais il devait y avoir une complication qui requérait une intervention chirurgicale.

— On soupçonne un syndrome de transfusion fœto-fœtale, ajouta-t-il, confirmant ses pensées.

— À quel stade ?

— Notre patiente repasse un scanner aujourd'hui à l'hôpital dont elle dépend. Si c'est encore en stade 2…

Sam traduisit pour elle-même : la vessie du plus petit bébé n'apparaissait pas aux ultrasons mais il n'y avait pas encore de flux anormal de sang dans les vaisseaux autour du cœur.

— … alors évidemment un amniodrainage est envisageable.

Quand les bébés étaient encore peu affectés par la pathologie, les médecins pouvaient résoudre le problème en évacuant le liquide amniotique en surplus du sac du receveur.

— Mais vous pensez que cela peut avoir progressé et qu'il faut envisager une coagulation des anastomoses par laser ?

Elle avait pratiqué nombre d'interventions au laser en chirurgie prénatale ces derniers mois, et allait donc probablement s'occuper de cette maman et de ses trois bébés.

— Pas besoin de longs discours avec toi.

— Entendu. Quand est-ce qu'ils arrivent ?

— C'est ça, le truc, dit Will. Ils ne viennent pas ici.

— Vous m'envoyez dans un autre hôpital de Londres ?

— Non. Vous savez que le Muswell Hill Memorial Hospital est jumelé avec le Michelangelo Hospital à Florence ?

Elle acquiesça d'un signe de tête.

— Ricardo Fanelli, mon homologue à Florence, ouvre un service de médecine fœtale, poursuivit-il. Le Pr Henri Lefevre de Paris va passer trois mois à Florence pour superviser le service et former les équipes, mais Ric vous réclame pour soigner cette patiente et ses bébés, et propose que vous soyez détachée là-bas jusqu'au lancement du programme de recherche ici.

C'était une incroyable opportunité, et elle avait toujours voulu aller à Florence.

Sam repoussa aussitôt le souvenir de son dernier séjour en Italie – et de la personne avec qui elle y était allée. Cette période de sa vie était révolue. De plus, Angelo vivait à Rome, il n'y avait aucune raison qu'elle le croise à Florence.

— Sam ?

Elle se reprit. Angelo n'avait rien à voir dans l'histoire, il s'agissait de travail.

— Je suis partante, Will. Quand est-ce que je commence ?

— Eh bien…, fit-il, l'air embêté. Vous parlez italien ?

— Un peu, pour le quotidien, mais je n'ai jamais pratiqué la langue dans le cadre du travail.

Cela faisait deux ans qu'elle n'avait pas parlé italien, depuis qu'Angelo l'avait larguée.

— Ils vous trouveront sans doute un interprète, au moins au début, dit Will, mais je vous conseille de chercher une application ou un outil pour vous remettre à niveau et apprendre quelques termes médicaux. Ils vous attendent jeudi matin.

— Jeudi ? répéta Sam, sidérée. Jeudi dans trois jours ?

— Ça vous laisse peu de temps pour vous organiser, j'en ai conscience…

— Eh bien, je devais acheter un appartement mais ça ne s'est pas fait, si bien que je loge chez mes parents en ce moment. Si vous pouvez me remplacer ici, que j'achète un billet… et que quelqu'un à Florence me trouve un point de chute, alors je suis prête à y aller !

— Merveilleux, dit Will. Mais je vous veux de retour pour le programme de recherche, alors ne laissez pas un splendide médecin italien vous tourner la tête, d'accord ?

Aucune chance.

— Sur ce sujet croyez-moi, vous n'avez pas de souci à vous faire, répondit-elle en souriant.

— Arrête de t'inquiéter. Je vais parfaitement bien, dit Ruggiero Brunelli.

Mais Angelo n'était pas entièrement convaincu. Une visite tous les quinze jours et une conversation vidéo journalière ne lui semblaient pas assez pour soutenir son père. Il adorait Florence, mais peut-être aurait-il dû revenir vivre à Rome pour être plus près de son parent ?

— Angelo, tu es le meilleur fils du monde, dit Ruggiero d'une voix douce. Et je ne vais pas replonger. Je fais attention à ce que je mange, je nage trois fois par semaine, je vois régulièrement des amis, et Baffi me tient compagnie.

Le chat blanc et noir somnolait dans une flaque de soleil.

— Je sais.

Pourtant Angelo était inquiet. Deux ans auparavant, l'addiction de son père aux antidouleurs avait mis sa vie sens dessus dessous. Angelo était à Londres à ce moment-là, et sur le point de demander Sam en mariage. Mais lorsque son oncle Salvatore l'avait mis au courant, il n'avait pas hésité : il était rentré s'occuper de son père. Jamais il n'aurait entraîné Sam dans cette affaire. Non seulement il craignait alors qu'un scandale éclate, si on apprenait qu'un ponte de la médecine se prescrivait à lui-même des stupéfiants, mais surtout, il se devait de gérer ce problème d'addiction seul.

Le petit frère de Sam avait longtemps été dépendant, jusqu'à ce qu'il meure d'une overdose. Sam était en plein deuil quand Angelo l'avait rencontrée. Comment aurait-il pu lui demander son soutien pendant la cure de désintoxication de son père, et lui faire revivre tous ces souvenirs épouvantables ? Comment aurait-il pu lui offrir son cœur, alors qu'il n'avait pas été capable de prendre soin de son père ? Il était passé à côté de tous les signaux d'alerte.

Pour la protéger, il l'avait repoussée. Il était conscient qu'il l'avait blessée, mais c'était l'unique chose à faire. D'une certaine manière, cela l'avait protégé lui aussi. La mort de sa mère l'avait laissé en plein désarroi, et sa rupture avec Sam lui avait finalement permis de reprendre le contrôle. Même si cela lui avait arraché le cœur de lui mentir et de prétendre qu'il ne l'aimait plus.

Il avait passé une année à Rome, à prendre soin de son père durant les mois épouvantables de sa désintoxication, puis on lui avait offert un poste à Florence. Il n'était pas parvenu à convaincre son père de le suivre et de repartir de zéro, mais celui-ci l'avait encouragé à accepter le poste. Au moins le voyage en train Rome-Florence était-il plus simple et plus rapide que le périple train-avion-train depuis Londres.

— N'empêche, ce serait mieux si tu déménageais à Florence. On pourrait prendre une maison sur une colline, tu aurais un jardin. Et c'est le meilleur endroit d'Italie pour les musées. Tu te souviens comme tu avais aimé la visite du musée des Offices qu'on avait faite ensemble.

— Je suis né à Rome, je mourrai à Rome.

Angelo repensa à l'accident de voiture qui avait failli tuer son père et entraîné sa dépendance aux antidouleurs. Il aurait facilement pu oublier les doses qu'il avait déjà prises et faire une overdose accidentelle, comme le frère de Sam. Ou Ruggiero en avait-il assez de vivre seul et voulait-il rejoindre sa femme ?

— Papa..., dit Angelo avec une grimace.

— Ce n'est pas ce que je voulais dire, répondit Ruggiero

avec la même expression sur le visage. Soyons clairs. Je n'ai pas de pulsions suicidaires et je ne ferai pas d'overdose. Je dis simplement que je suis têtu, que j'aime ma ville et que j'ai l'intention de rester là où je suis. Je vais *bien*, fiston. Vraiment.

Mais Angelo passait des symptômes en revue : suées, pupilles dilatées, problème de coordination, démangeaisons…

Son père était en train de se gratter le bras.

Ruggiero leva les yeux au ciel, il avait deviné ses pensées.

— Le prurit peut être déclenché par une multitude de facteurs. Il se trouve que le mien est dû à une piqûre d'insecte. Tu veux voir ? demanda-t-il en lui montrant la rougeur sur son bras. Oui, je sais, gratter une piqûre d'insecte est la meilleure façon de l'infecter. Dès que tu seras parti, je vais mettre une compresse froide dessus pour calmer la démangeaison. J'ai une pommade antihistaminique quelque part. J'ai beau être très vieux et avoir arrêté de pratiquer il y a deux ans, j'ai quelques restes en médecine.

Il sourit gentiment à son fils.

— Désolé, papa, dit Angelo avec une honte mêlée de soulagement. Tu as trente ans d'expérience de plus que moi dans ce domaine.

— J'ai fait une erreur vraiment stupide. J'aurais dû demander de l'aide au lieu de croire que j'allais m'en sortir seul. Et j'ai compris la leçon. Quand tu viens me voir, j'ai envie de passer du temps avec l'homme qu'est mon fils plutôt qu'avec le médecin qu'il est aussi. J'aimerais qu'on aille manger dans un bon restaurant et qu'on rie ensemble plutôt que de m'inquiéter que tu t'inquiètes pour moi.

La culpabilité déferla sur Angelo.

— Moi aussi, c'est ce que je voudrais.

— Mais tu t'inquiètes, quoi que je dise, répondit Ruggiero en étreignant son fils. Ça devrait être l'inverse, tu sais, ce sont les parents qui se font du souci pour leurs enfants. Tu as connu l'angoisse liée au cancer du sein de ta mère pendant tes études, et maintenant c'est moi qui pose problème.

— Je ne te vois pas comme un problème dans ma vie.

— Si tu ne t'inquiétais pas pour moi, tu serais plus détendu. Tu aurais des relations qui dureraient plus de deux mois, tu n'aurais pas peur de devenir intime avec quelqu'un.

Angelo sentit sa gorge se nouer. Il ne rencontrerait personne comme Sam. Hélas, il avait laissé passer trop de temps pour espérer renouer avec elle.

— Je vais bien, dit-il.

— Bon, dit Ruggiero en s'éclaircissant la gorge, si tu as peur que j'accueille mal un partenaire masculin, sache que tu peux aimer les hommes, les femmes, peu m'importe. Je veux seulement que tu sois heureux. Et *aimé*.

Angelo repoussa des larmes inattendues.

— Papa, je suis hétéro. Mais merci de m'accepter comme je suis, quoi qu'il arrive. J'ai des amis qui ont vécu des moments difficiles auprès de parents qui n'avaient pas la même ouverture d'esprit.

— L'amour ne se négocie pas. Être en rémission m'a beaucoup appris sur la tolérance. Sur l'importance de ne pas juger. Je veux que tu aies une vie, Angelo.

— J'ai une vie : un métier que j'adore, de bons amis, et un appartement avec une vue splendide.

Ce qui était vrai. Même s'il évitait de penser à ce qui lui manquait.

— Mais tu passes ton temps à t'inquiéter pour moi au lieu de vivre pleinement ! Tu gardes les gens à distance ! Et si on passait un accord, tous les deux ? Je promets d'aller au groupe de soutien une fois par semaine, tout en les autorisant à te contacter s'ils détectent le moindre comportement addictif chez moi. Ton oncle me surveillera, lui aussi. Et toi, tu me promets de sortir avec quelqu'un, d'ici ta prochaine visite à Rome, et de m'envoyer un selfie de vous deux. D'accord ?

Poser avec une collègue pour faire croire à un rendez-vous galant n'allait pas être trop difficile, et si cela pouvait faire plaisir à son père, cela en valait la peine.

— Entendu.

— Bon voyage, alors. Envoie-moi un SMS quand tu arrives.

— Promis. Bonne semaine, papa ! conclut Angelo en lui rendant son étreinte.

Dès son retour à Florence, Angelo reçut un message de son patron, Ric Fanelli.

> Le Muswell Hill Memorial Hospital nous envoie un membre de leur équipe en détachement pendant trois mois pour le nouveau service. Elle commence jeudi. Puis-je vous demander de l'aider à trouver ses marques, et de jouer les interprètes ?

Comme Angelo était à moitié anglais et qu'il avait étudié à Londres, il ne s'étonna pas d'être sollicité de la sorte. Mais le nom de la nouvelle médecin lui causa un choc.

Impossible. Ça ne pouvait pas être elle.

Sur le site de l'hôpital, il cliqua sur le lien vers son profil. La photo lui coupa le souffle : Sam Clarke, plus belle de deux années.

Il ne savait pas qu'elle s'était spécialisée en chirurgie prénatale. Il ne l'avait pas revue depuis qu'il était rentré en Italie. Ils avaient rompu par téléphone parce qu'il doutait d'aller jusqu'au bout s'il était face à elle. Pourtant, il y avait un an de cela – lorsque l'état de son père s'était stabilisé – Angelo était retourné à Londres avec l'idée de lui ouvrir son cœur et de s'excuser pour la manière dont il était parti. Il voulait lui révéler l'addiction de son père, lui expliquer qu'il était encore en plein deuil de sa mère, et lui demander pardon. Il s'était présenté dans leur ancien service à l'heure du déjeuner et s'était adressé à la réceptionniste, qu'il ne connaissait pas.

« J'ai travaillé ici, lui avait-il dit, et je voulais revoir de vieux amis pendant mon séjour à Londres. Pourriez-vous me dire quand Sam Clarke est de garde, s'il vous plaît ?

— Oh ! Sam n'est pas là aujourd'hui, elle est à Liverpool pour le week-end avec Greg.

— Greg ? Une nouvelle recrue du service ?

— Son petit ami, avait répondu la réceptionniste avec un

grand sourire. Il est tellement adorable… Je ne serais pas surprise qu'il pose LA question ce week-end. »

Quoi ? Sam sortait avec quelqu'un d'autre, et c'était sérieux ?

Il avait fallu un moment à Angelo pour accepter la réalité : il s'y était pris trop tard.

Le cœur en berne mais soulagé de savoir Sam heureuse, il était rentré en Italie sans la voir.

Et voilà qu'aujourd'hui, ils allaient se retrouver et passer trois mois dans le même hôpital ?

La réceptionniste avait-elle vu juste ? Greg avait-il demandé Sam en mariage ce week-end-là ? Étaient-ils fiancés ? Ou même… mariés ?

Quoi qu'il en soit, Angelo avait le tournis à l'idée de la revoir. Comment allaient-ils se comporter en présence l'un de l'autre ?

Le mercredi matin, Sam monta dans un vol pour Pise. En récupérant ses bagages, elle consulta ses notes sur son téléphone. Elle devait prendre une navette jusqu'à la gare, puis le train en direction de Florence.

Elle acheta les billets nécessaires ainsi qu'un sandwich et une bouteille d'eau, prit place à bord de la navette puis du train, et se plongea dans la contemplation du paysage. La Toscane était tellement jolie, avec ses vignes ponctuées de cyprès. Les rails suivaient l'Arno, dont le cours s'élargissait parfois en de splendides plaines fertiles. C'était le printemps, et tout était vert, plein d'allant et de renouveau.

D'après le plan sur son téléphone, elle pouvait facilement se rendre à pied à son nouvel appartement. Et ce fut une magnifique promenade par d'étroites ruelles pavées bordées d'immeubles à quatre étages dans les tons safran ou crème. Où qu'elle regarde, il y avait de vieilles tours, des églises, des statues dans des niches, toutes sortes de détails charmants. Rien d'étonnant à ce que les amateurs d'art aiment Florence !

Puis, au coin d'une rue, elle fut face à la fameuse cathédrale, avec son dôme octogonal et ses tuiles rouges. Sur les photos, elle avait cru la façade noire et blanche, mais de près apparaissaient des nuances vert foncé et crème et rouge. C'était fabuleux. Dire qu'elle allait passer devant tous les jours en allant travailler ! Que demander de mieux ?

Tout sourire, elle alla récupérer sa clé chez le concierge. Son appartement se trouvait dans un bâtiment en pierre du XVIe siècle, le heurtoir de la gigantesque porte en bois était une tête de lion sculptée. Combien de gens avaient utilisé ce heurtoir et passé cette porte au cours des siècles ?

L'absence d'ascenseur n'était pas un problème : prendre l'escalier jusqu'au dernier étage la maintiendrait en forme. Heureusement, elle voyageait léger et n'avait qu'une valise à hisser jusqu'au troisième.

Le salon avait été peint en blanc, mais elle découvrit avec grand plaisir les restes d'une fresque en haut d'un mur. Elle allait habiter avec une œuvre d'art de plus de cinq cents ans ! Un canapé d'allure confortable, un plancher en bois nu, un tapis dans les tons bleus complétaient le décor. Une table de bistro et ses deux chaises étaient accolées à la porte cintrée qui menait à une petite cuisine aménagée avec goût.

Dans la salle de bains aux carreaux de marbre, la douche avait une taille respectable. La dernière pièce était la chambre, de nouveau avec un plancher nu et un tapis. Les fenêtres à persiennes ouvraient, merveilleuse surprise, sur le dôme de la cathédrale. Elle prit une photo qu'elle envoya à sa mère et à sa meilleure amie, accompagnée d'une légende.

Une chambre avec vue – on ne fait pas mieux dans le genre.

Sam n'en revenait pas. Elle allait vivre au cœur d'une ville qu'elle avait toujours rêvé de visiter, pour faire un travail qu'elle adorait. Elle avait tellement hâte de commencer !

Le concierge lui avait remis une enveloppe, avec les clés. À l'intérieur se trouvait un petit mot d'une collègue. Dans un anglais parfait, Lidia lui souhaitait la bienvenue, avait mis du lait et du café dans le réfrigérateur, du pain et des biscuits dans le placard ; elle lui indiquait l'itinéraire pour se rendre au supermarché et avait noté les meilleurs endroits où acheter le pain, le fromage, et les fruits et légumes, ainsi que quelques conseils sur les restaurants du quartier.

Sam se fit un café pour accompagner les biscuits, aussi bons que beaux. Ses forces retrouvées, elle descendit faire des courses et acheter des fleurs pour remercier Lidia. Et elle eut le plaisir de constater que son italien lui revenait déjà, grâce à l'application qu'elle utilisait depuis quelques jours. Les commerçants ne se faisaient pas prier pour lui rappeler les mots manquants.

Des mots qu'Angelo lui avait appris, accompagnant patiemment ses premiers essais et la récompensant de baisers.

Elle se reprit. Cette période de sa vie était bel et bien terminée. Inutile de se torturer avec ce qui aurait pu être. Angelo avait été très clair, il ne l'aimait plus. Il était reparti en Italie pour régler des affaires de famille, et lorsqu'elle lui avait proposé son aide, il avait répondu par de vagues excuses. Il avait à peine accusé réception de ses messages de soutien. Puis il l'avait appelée un jour, sans prévenir.

« Sam, il n'y a pas de bonne façon de dire ça, alors je vais être direct. Ça ne marche pas entre nous. »

Sous le choc, elle avait été incapable de répondre.

« Je reste en Italie.

— Mais, je croyais… »

Elle avait bafouillé, ils avaient été tellement bien ensemble.

« Je suis désolé. J'ai compris en étant ici que je ne t'aimais pas comme tu mérites d'être aimée.

— Mais…

— Désolé. Sois heureuse. »

Et il avait raccroché, la laissant anéantie. Elle avait rencontré Angelo quelques mois après la mort de son frère, alors qu'elle tenait à peine debout sous le poids de la culpabilité et de la douleur. Elle était persuadée de n'avoir pas vu *la* chose qui lui aurait permis de sauver Dominic. Angelo et elle étaient devenus amis, il lui avait fait comprendre qu'il était très difficile de faire face à l'addiction et que personne n'aurait rien pu faire de plus pour son frère. Et leur amitié s'était transformée en amour. Du moins c'est ce qu'elle avait cru.

Car Angelo ne l'avait pas aimée, finalement.

Le pire, c'est qu'elle n'avait aucune idée de ce qui n'avait pas fonctionné. Il lui avait fallu des mois pour se remettre sur pied. Et encore, cela n'avait pas été un succès complet. Elle était sortie un moment avec Greg, un type adorable qui travaillait aux urgences, mais s'était aperçue qu'elle l'utilisait comme une béquille, ce qui n'était pas juste. Elle lui avait donc dit aussi gentiment que possible qu'il valait mieux qu'ils s'en tiennent à être amis, et elle n'avait pas eu d'histoire depuis. Elle s'était noyée dans le travail.

Mais son séjour à Florence et un été sous le soleil italien l'aideraient à mettre le passé derrière elle. De retour à Londres, après sa mission, elle serait peut-être prête à retenter sa chance. Elle rentra chez « elle » en suivant l'Arno.

Le lendemain matin, avant de partir travailler, Sam fit son jogging au milieu des artistes qui installaient leurs chevalets au pied du dôme de la cathédrale. Les cafés accueillaient leurs premiers consommateurs dans des odeurs de café et de pain frais. Il y avait des fleurs partout, grimpant sur les murs, débordant des jardinières sur les rebords des fenêtres, s'épanouissant dans les grands pots en terre cuite qu'elle associait depuis toujours à l'Italie. Les rues pavées donnaient une impression d'antiquité et de modernité mêlées.

Les endorphines de la course et le plaisir de toute cette beauté la mirent en train pour sa journée, et ce fut toute souriante qu'elle pénétra dans l'hôpital Michelangelo. À l'accueil elle récupéra son badge, une carte magnétique personnelle, et se fit indiquer le bureau de Ricardo Fanelli.

À l'entrée de la maternité, sa carte magnétique, qui n'avait pas encore dû être activée, ne lui ouvrit pas la porte. Pour ne pas être en retard pour son premier jour, Sam sonna.

Les deux battants se déverrouillèrent, puis s'ouvrirent.

Et là, en découvrant la personne qui lui avait ouvert, elle

faillit perdre l'équilibre. Le bouquet qu'elle avait apporté pour remercier Lidia manqua lui échapper des mains.

Ça ne pouvait pas être Angelo. Comment aurait-il pu travailler à Florence, alors qu'il habitait Rome ?

Pourtant le nom sur son badge le disait en toutes lettres : « Dottore Angelo Brunelli ».

L'amour de sa vie. L'homme qui ne l'aimait plus.

2.

— Bonjour, Sam. Bienvenue à l'hôpital Michelangelo.

Angelo lui tendait la main, comme pour signifier par une poignée de main guindée que le passé n'était plus.

À la seconde où leurs peaux furent en contact, les souvenirs affluèrent à sa mémoire. Leurs mains jointes alors qu'ils se promenaient, ses bras passés autour de son cou quand ils dansaient, les caresses qu'ils s'étaient prodiguées pendant l'amour…

Elle ne s'était pas préparée à cela. Elle pensait travailler dans un service flambant neuf en compagnie de Ric Fanelli et Henri Lefevre. Elle avait été tellement occupée depuis trois jours, à faire ses bagages, se trouver un vol, un point de chute, à dire au revoir à tout le monde, qu'elle n'avait pas pensé à se renseigner sur les autres membres de l'équipe.

Mais Angelo, lui, s'attendait visiblement à son arrivée.

— Je ne savais pas que tu travaillais ici, dit-elle aussi calmement que possible. Je te croyais à Rome.

— J'ai déménagé il y a un an.

Il n'avait pas changé. Les mêmes cheveux qu'il essayait de dompter pour le travail mais qui frisaient immanquablement à la fin de ses gardes, les mêmes yeux noirs aux cils d'une longueur hors du commun, la même bouche magnifique qui la troublait dès qu'il souriait.

— J'ai rendez-vous avec le Pr Fanelli et le Pr Lefevre, expliqua-t-elle en consultant sa montre. Si tu pouvais m'orienter vers eux – et me dire d'abord où trouver Lidia, je t'en serais reconnaissante.

— Bien sûr. En fait, Ric m'a demandé de t'aider à prendre tes marques et d'être ton interprète…

Elle sentit le sang se glacer dans ses veines. Pourvu que personne à Florence ne sache qu'Angelo était son ex…

— … étant donné que je suis à moitié anglais et que j'ai étudié à Londres.

Elle retint un soupir de soulagement. Il n'avait mis personne au courant de leur passé commun.

— Ce serait très gentil, dit-elle, s'efforçant de rester en terrain professionnel.

— Lidia travaille par ici.

Il l'entraîna dans le couloir, jusqu'à ce qu'ils trouvent la sage-femme. D'origine italo-jamaïcaine, Lidia était très souriante, avec un regard doux. Angelo fit les présentations.

— Je voulais vous remercier pour l'accueil que vous m'avez réservé, déclara Sam. J'ai apprécié de pouvoir me faire un café. Et ces biscuits étaient délicieux !

— Avec plaisir, *cara*, dit Lidia. Et merci pour les fleurs, elles sont splendides. Si vous êtes libre pour le déjeuner et que je ne suis pas avec une maman, joignez-vous à moi.

— Je le ferai, merci !

Angelo l'emmena ensuite dans le bureau de Ricardo Fanelli.

— Le Dr Clarke est là, dit-il en ouvrant la porte. Je vous laisse tous les deux.

Comme Angelo tournait les talons pour partir, le Dr Fanelli l'apostropha.

— Attends, Angelo, tu devrais rester puisque le Dr Clarke va travailler avec toi.

Le cœur de Sam manqua un battement. Si elle avait peine à croire qu'Angelo habite Florence, elle supporterait mal de de devoir collaborer avec lui…

— Pia Bianchi, la maman des triplés dont les jumeaux présentent un syndrome de transfusion fœto-fœtale, est une patiente d'Angelo, dit Ricardo. Mais faisons d'abord les présentations. Professeur Henri Lefevre, voici le Dr Samantha Clarke et le Dr Angelo Brunelli.

Il y eut un échange de sourires et de poignées de main.

— Je préfère une ambiance de travail conviviale, lança

Ricardo. Appelez-moi Ric. Puis-je vous demander, Samantha, si vous êtes à l'aise en italien ?

— Je vous en prie, appelez-moi Sam. Mon italien est un peu rouillé, dit-elle en évitant le regard d'Angelo qui lui avait appris la langue, et j'ai bien peur que mon vocabulaire concerne davantage les loisirs que le domaine médical.

— Vous serez surprise de la vitesse à laquelle cela va vous revenir, dit Ric. Et vous vous ferez vite au vocabulaire médical. D'ici là, Angelo sera votre interprète. Il est à moitié anglais, il a fait ses études à Londres.

Oui, elle était au courant : sa mère, une généraliste anglaise, était tombée amoureuse de son père lors de vacances à Rome. Sam avait rencontré le côté anglais de la famille d'Angelo, des gens qu'elle avait beaucoup aimés. Mais elle ne pouvait évidemment pas le dire, ou la situation deviendrait très embarrassante.

— Absolument, dit Angelo d'un ton très professionnel.

Cela allait être aussi compliqué pour lui que pour elle. Et puisque le chef de service avait manifestement décidé qu'ils allaient travailler en étroite collaboration, une discussion entre eux s'imposait pour mettre les choses au clair.

La réunion ne dura heureusement pas longtemps, au-delà des présentations et des précisions sur le rôle de chacun. Ric s'occupait de la stratégie, Henri supervisait le travail de l'équipe technique. Sam traiterait les patients et formerait le personnel – à commencer par Angelo.

Au bout d'un quart d'heure, Angelo prit congé.

— Nous devons y aller, Ric. Pia Bianchi passe son scanner en ce moment même. Je veux consulter les résultats avant le rendez-vous, et je dois aussi transmettre toutes les informations au Dr Clarke.

Ils quittèrent le bureau en silence. Ainsi, il était établi qu'Angelo et elle travailleraient ensemble. À un moment ou à un autre, ils allaient devoir évoquer le passé. Pour l'instant, elle s'en tiendrait aux sujets professionnels.

Elle suivit Angelo jusqu'à la salle de consultation. Il ouvrit une session sur l'ordinateur et fit apparaître le scanner de Pia.

À l'expression de son visage, elle comprit que les nouvelles n'étaient pas bonnes.

— Bien. Pia et Tommaso Bianchi, commença-t-il. Pia a trente-six ans, c'est sa première grossesse. Elle a rencontré des difficultés pour tomber enceinte et on lui a diagnostiqué des ovaires polykystiques. La troisième FIV a été la bonne : Pia est enceinte de vingt-deux semaines, elle attend des triplés dont des jumeaux.

Ce bref résumé médical ne mentionnait pas ce qui avait dû être des mois d'angoisse, et le cœur de Sam se serra.

— Pia supporte bien la grossesse. Évidemment, comme les grossesses multiples sont plus à risque, on la surveille tous les quinze jours depuis la seizième semaine. La semaine dernière, je soupçonnais un début de syndrome de transfusion fœto-fœtale. Et je n'étais pas satisfait du scanner de lundi, qui montre une différence notable entre les jumeaux – ils en sont au stade 2. Je suis encore moins satisfait du scanner de ce matin, je pense qu'on approche du stade 3.

Il tourna l'écran vers Sam pour qu'elle puisse voir les deux scanners côte à côte. Il y avait une évolution évidente sur le deuxième scanner. Il était temps de passer à l'action.

— Je suis d'accord. Qu'est-ce qui est prévu pour l'accouchement ?

— Au départ, nous comptions provoquer l'accouchement à trente-cinq semaines, mais avec le syndrome de transfusion fœto-fœtale, j'envisage un déclenchement à trente-trois semaines, répondit-il avec gravité. Pour être honnête, au-delà de trente semaines, chaque jour sera du bonus et je compte prescrire à notre patiente une corticothérapie dès la vingt-neuvième semaine.

Pour préparer les poumons des bébés en cas d'accouchement d'urgence. Voilà qui était sensé.

— Je me trompe ou pour les jumeaux, la grossesse est monochoriale-biamniotique ?

Dans ce cas, les deux fœtus partageaient un même placenta mais dans deux poches amniotiques distinctes, et avaient plus de risques de développer un syndrome de transfusion fœto-fœtale.

— Absolument, dit-il en désignant l'écran. Alors, tu en penses quoi ?

— Spontanément, je pencherais pour la chirurgie laser plutôt que l'amniodrainage – et je pense que mon patron est du même avis, sinon il ne m'aurait pas envoyée ici. Mais il faut présenter toutes les options aux parents pour qu'ils puissent prendre leur décision en connaissance de cause. Nous pouvons les conseiller mais le choix final leur revient et notre rôle est de les soutenir.

— Je suis bien d'accord.

Ainsi, ils étaient toujours sur la même longueur d'onde concernant ce sujet essentiel. Il y avait au moins un domaine sur lequel ils n'entreraient pas en conflit.

— Tu as besoin d'autres informations avant que je fasse venir les Bianchi ?

— Non, tout est clair.

Une fois les futurs parents installés dans la salle de consultation, Angelo leur présenta Sam comme la chirurgienne qui avait rejoint l'équipe.

— J'ai étudié en Angleterre, leur dit-elle dans un italien approximatif, je suis ici parce que j'interviens *in utero* sur les bébés.

Tommaso proposa de continuer en anglais, ce dont elle le remercia mais elle ne voulait pas leur imposer de réfléchir dans une langue étrangère alors qu'ils avaient déjà tant de soucis. Elle promit donc de faire tout son possible pour s'exprimer clairement en italien.

— Je traduirai au besoin, dit Angelo.

Elle le remercia d'un sourire.

— *Signor* et *signora* Bianchi, vous avez déjà passé une échographie, une IRM *in utero* et un électrocardiogramme des cœurs des bébés aujourd'hui, fit Sam. Je suis certaine que le Dr Brunelli, Angelo, vous a déjà expliqué le syndrome de transfusion fœto-fœtale, mais je voudrais m'assurer que vous avez toutes les informations pour décider de l'aide que vous recevrez de nous. Pardonnez-moi donc si vous connaissez déjà tout cela par cœur. La pathologie concerne le placenta, pas les bébés, et rien de tout cela n'est votre faute. Elle survient dans une grossesse gémellaire sur sept. Les bébés se partagent des vaisseaux sanguins du placenta, et le flux de sang n'est pas équitablement réparti.

Elle s'interrompit pour faire un schéma rapide sur un tableau blanc, et reprit :

— Voici vos trois bébés : un dans son placenta à lui, et les jumeaux qui s'en partagent un autre. Le bébé seul n'est pas concerné. Mais la connexion des vaisseaux sanguins dans le placenta des jumeaux signifie que le sang passe du donneur – que nous appellerons Jumeau Un – au receveur – Jumeau Deux. Le Jumeau Un n'a pas un flux sanguin suffisant, et son corps privilégie l'approvisionnement du cerveau, si bien que ses reins ne reçoivent pas assez de sang. Il est déshydraté, il ne grossit pas comme il le devrait, il ne produit pas assez d'urine et il n'a pas assez de liquide amniotique autour de lui.

Elle fit une pause pour s'assurer que les Bianchi suivaient. Ils hochèrent la tête, et elle continua :

— Pour Jumeau Deux, c'est l'inverse. Il reçoit trop de sang et il produit plus d'urine qu'il ne devrait. Sa vessie va grossir, il a trop de liquide amniotique et son cœur doit pomper plus fort, ce qui lui demande beaucoup d'efforts.

— Est-ce qu'ils vont mourir ? demanda Pia Bianchi en se mordant la lèvre.

Sam lui pressa la main.

— Nous ferons tout pour aider vos bébés à venir au monde en toute sécurité. Le Dr Brunelli et moi avons discuté de la situation, il y a trois options que nous allons vous exposer afin que vous preniez une décision en connaissance de cause.

Cela sembla rassurer les Bianchi.

— La première option est d'attendre et de voir ce qui se passe, débuta Sam.

— Mais nous ne vous le recommandons pas, dit Angelo en tournant l'écran vers les Bianchi. Nous avons bien observé les scanners ; la différence entre Jumeau Un et Jumeau Deux est notable depuis lundi. Et votre ventre est beaucoup plus gros que lundi, Pia.

— On dirait que je suis enceinte de neuf mois, pas de cinq et demi, répondit-elle. C'est très inconfortable. Est-ce dû au fait de porter des triplés ?

— Non, c'est dû au syndrome de transfusion fœto-fœtale. Si on attend sans rien faire, dit doucement Sam, alors je suis désolée de vous le dire mais il y a de grands risques que vous perdiez les jumeaux, et que cela provoque une fausse couche pour le troisième bébé.

— Vous êtes chirurgienne, docteur Clarke. Cela veut-il dire que Pia a besoin d'une opération chirurgicale ? demanda Tommaso.

— À mon avis, oui. Et nous pouvons faire deux choses pour aider les bébés, répondit-elle. Premièrement je peux drainer le liquide amniotique en surplus pour Jumeau Deux, ce qui devrait améliorer la situation, puis nous pourrions faire un autre scanner dans quelques jours pour voir où nous en sommes. Si le drainage a fonctionné, alors on reprend le monitoring hebdomadaire. Mais je dois vous avertir que le drainage ne résout pas le problème qui provoque l'excès de liquide amniotique, il est donc possible que nous devions répéter l'opération.

— Et si le drainage ne fonctionne pas ? demanda Pia.

— Alors il y a l'autre option : l'opération laser, qui me permet de neutraliser les connexions des vaisseaux sanguins qui ne fonctionnent pas correctement dans le placenta, puis de drainer le liquide en surplus. Dans ce cas, vous restez à l'hôpital le lendemain de l'opération, et on ausculte les bébés avant de vous renvoyer chez vous.

— Ou on peut passer directement à la chirurgie laser sans essayer d'abord de drainer le liquide amniotique en excès, ajouta Angelo.

— De la chirurgie…, murmura Pia, livide. Nos bébés survivront ?

— Nous allons être honnêtes avec vous, répondit Angelo.

Les Bianchi étaient ses patients à lui, Sam comprenait donc

qu'il souhaite répondre à la question. En même temps, elle appréciait qu'il les présente comme une équipe.

— Il y a toujours un risque avec une opération chirurgicale, et celle-ci est une procédure invasive. En ce moment, le risque de fausse couche est de l'ordre de 10 %.

— 10 %, c'est énorme ! s'écria Pia.

— Cela signifie aussi qu'il y a 90 % de chances qu'au moins un des jumeaux survive, fit Sam. Le risque de fausse couche diminue à partir de la vingt-quatrième semaine, et nous vous suivrons de très près.

— Pourrions-nous attendre la vingt-quatrième semaine de grossesse, si le risque est moindre à partir de ce moment-là ?

— Vu les évolutions des scanners depuis lundi, cela ne me semble pas prudent, intervint Angelo. Mais quelle que soit votre décision, sachez que nous serons à vos côtés et vous soutiendrons. Si vous avez la moindre inquiétude, appelez-nous plutôt que de vous ronger les sangs.

— Que feriez-vous s'il s'agissait de vos bébés à vous ? demanda Tommaso.

— Ma préférence – en tant que chirurgienne – va à la chirurgie laser, dit Sam.

Les Bianchi se tournèrent vers Angelo.

— Même chose pour moi, ajouta-t-il doucement. Je pense que c'est ce qui donne le plus de chances aux bébés.

— Prenez le temps de la réflexion, renchérit Sam. Vous pouvez rentrer chez vous, et en discuter avec votre entourage. Et si vous le décidez, nous pourrons procéder au drainage ou à la chirurgie laser dès demain.

Angelo se tourna vers l'ordinateur.

— Je vais vous imprimer une brochure qui explique les différentes procédures. Notez vos questions et revenez nous voir cet après-midi. Le principal, et je sais que c'est plus facile à dire qu'à faire, c'est de ne pas trop vous inquiéter. Nous sommes là pour vous soutenir.

— À tout à l'heure, conclut Sam.

Après avoir quitté les Bianchi, Angelo invita Sam à se joindre à lui pour ses différentes consultations. La plupart des cas étaient simples, même si une autre grossesse gémellaire demandait à être surveillée.

Puis Angelo lui fit faire la visite du service tout en lui présentant les membres de l'équipe présents.

— Il nous reste une demi-heure pour déjeuner, dit-il enfin.

— Je comptais retrouver Lidia, si elle est libre.

Angelo s'absenta quelques instants pour consulter le planning du personnel.

— Apparemment, elle est en salle d'accouchement, fit-il quand il fut de retour. Je t'invite à manger à la cafétéria ?

— D'accord pour le déjeuner, mais je paye mon repas.

Elle avait toujours été indépendante. Et la manière dont leur histoire avait pris fin l'avait blessée. Ce n'était pas avec un café et un sandwich qu'il allait faire amende honorable. À sa place, il aurait réagi de la même façon. Mais comment aborder le sujet ? Comment lui présenter ses excuses sans lui dire la vérité ? La dernière chose qu'il voulait, c'était la blesser davantage.

Alors qu'ils se dirigeaient vers la cantine, Angelo ne put s'empêcher de regarder la main gauche de Sam. Elle ne portait pas d'alliance, mais peut-être par simple mesure d'hygiène, parce qu'elle était chirurgienne. Avait-elle épousé le type avec lequel elle sortait un an auparavant ? En tout cas, elle n'avait pas changé de nom. Comment le lui demander sans passer pour un grossier personnage ? Cela ne le regardait pas.

Elle n'avait pas changé, en deux ans ; elle avait simplement adopté pour ses cheveux blonds une coupe courte qui lui allait à ravir. Elle avait toujours les mêmes calmes yeux gris, sa bouche en bouton de rose – une bouche qu'il avait embrassée tant de fois… Sa simple vue lui donnait le vertige, et il ne pouvait rien y faire. Au moins elle avait accepté qu'ils se parlent. C'était un début.

À la cafétéria il acheta un café et un sandwich, attendit qu'elle en fasse autant, et trouva une table à l'écart.

— On dirait qu'on va travailler ensemble pendant les trois mois à venir, dit-il. Et je sais que nous sommes tous les deux suffisamment professionnels pour faire passer l'intérêt de nos patients avant tout. Mais je sais aussi que ce que j'ai fait…

Mon Dieu, on aurait dit un adolescent incapable de faire face à une situation embarrassante.

— Ce que je veux dire, c'est que je ne veux pas que les choses soient difficiles pour nous au travail. Et je te dois des excuses.

Il lui devait surtout des explications, mais son histoire était tortueuse et compliquée, et la cafétéria de l'hôpital n'était pas le meilleur endroit pour s'épancher.

— C'était il y a longtemps, dit-elle en haussant les épaules. On a vieilli et appris depuis.

— Sam, je suis sincèrement désolé de t'avoir blessée.

Il crut voir une larme briller dans ses yeux mais déjà, elle battait des paupières.

— Je ne m'attendais pas à te voir. Je te croyais à Rome…

— J'y ai vécu, avant qu'on m'offre un poste ici il y a un an. Florence est agréable à vivre.

Il marqua une pause avant de poursuivre :

— Alors tu es ici pour trois mois ?

— Je vais aider à monter le nouveau service avec le Pr Lefevre et faire de la formation. Si j'ai bien compris Ric, je vais te former aussi, alors si les Bianchi choisissent la chirurgie laser et nous donnent leur accord, tu pourrais participer à l'opération.

— Merci. Ça me plairait beaucoup. Qu'est-ce qui t'a orientée vers la médecine prénatale ?

— J'ai suivi une série de conférences au London Victoria. Et ça m'a fascinée : pouvoir changer le cours d'une grossesse et soigner le bébé à l'intérieur de l'utérus. J'en ai parlé à mon patron et je lui ai demandé si je pouvais continuer à explorer ce domaine. Il a accepté, et petit à petit je me suis spécialisée. J'ai intégré le Muswell Hill il y a un an, j'ai hâte de travailler avec l'équipe d'ici. Et toi, tu n'as pas choisi de spécialité, tu es resté en obstétrique générale ?

— Oui.

Mais pas dans l'hôpital, la ville, ni même le pays où il avait prévu de travailler.

— Il y a une très bonne ambiance dans l'équipe, reprit-il.

— Tant mieux.

Ils en étaient réduits à faire la conversation, après tout ce qu'ils avaient partagé. Cela lui arrachait le cœur, mais il était seul responsable de ce gâchis. Deux ans auparavant, il avait cru protéger Sam en l'abandonnant plutôt que de l'impliquer dans sa vie et de faire remonter les souvenirs de l'addiction puis de la mort de son frère. Il pensait se protéger lui-même, aussi, comme si la quitter le ferait moins souffrir. Mais cela avait été la plus grosse erreur de sa vie. Il aurait dû être honnête avec Sam, lui laisser le choix et non lui imposer une séparation. À l'époque, il se croyait noble, mais il avait surtout été arrogant – stupide même.

La revoir remuait des sentiments profonds en lui et mettait en lumière la raison pour laquelle ses relations étaient brèves et sans saveur : aucune femme n'arrivait à la cheville de Sam.

Il parvint sans savoir comment à lui parler de choses et d'autres – où manger en ville, les visites à ne pas rater et comment éviter la foule – et il fut temps de retourner travailler.

Ils virent trois couples de parents avant que les Bianchi ne reviennent.

— Nous avons pris notre décision, déclara Pia en échangeant un regard avec Tommaso. La chirurgie laser nous paraît la meilleure chance à donner à nos jumeaux.

— Alors je vais planifier l'opération à la première heure demain, dit Sam. Avez-vous des questions ?

Pia afficha sur son téléphone les notes qu'elle avait prises. Sam répondit à chaque interrogation avec calme et patience. Pour le plus grand plaisir d'Angelo, lorsque ses explications prirent fin, les Bianchi étaient nettement moins tendus.

— J'ai une requête à formuler, si cela ne vous dérange pas, conclut Sam.

— Nous vous écoutons, répondit Tommaso.

— Angelo et moi serons en salle d'opération avec vous demain, ainsi que deux sages-femmes et l'anesthésiste, ce qui est une configuration classique. Seriez-vous d'accord pour que trois ou quatre personnes de l'équipe viennent observer la procédure ? En outre, j'aimerais confier une partie de la chirurgie laser à Angelo – qui travaillera sous mon contrôle. Qu'en pensez-vous ? Dans un cas comme dans l'autre, vous êtes libres de refuser bien sûr !

— Pas de problème, affirma Pia. Vous avez été transparents avec nous. Gentils. Nous vous faisons confiance.

À la fin des consultations, Sam se tourna vers Angelo.

— Nous avons formé une bonne équipe aujourd'hui ! Je te remercie de t'être montré si conciliant.

— C'est le moins que je puisse faire, répondit-il avec un sourire.

En réalité, il doutait de sa capacité à taire les émotions qui l'assaillaient. Et dire que dans trois mois, Sam serait à nouveau sortie de sa vie ! D'ici là, il lui faudrait garder son calme et surtout, rester professionnel.

3.

— Alors, ce premier jour ? demanda Nina au téléphone.

— Bien, répondit Sam à sa meilleure amie.

Le sourire aux lèvres, elle se pelotonna dans son canapé.

— Tes collègues sont sympas ?

— Oui. Ric Fanelli est adorable, et même si Henri Lefevre est un peu impressionnant, je suis sûre qu'il gagne à être connu. Mais… eh bien, j'ai eu une sacrée surprise aujourd'hui. Angelo travaille là-bas.

— Angelo ? *Ton* Angelo ? fit Nina, visiblement choquée.

— Ce n'est plus mon Angelo depuis deux ans. Mais oui, il s'agit d'Angelo Brunelli.

— Aïe. Il n'est pas dans ton équipe, au moins ?

— Tu te souviens du syndrome de transfusion fœto-fœtale dont Will m'avait parlé, celui que je suis venue traiter ? La mère est une patiente d'Angelo, donc si, je vais travailler avec lui. On fait l'ablation laser ensemble demain.

— Oh ! c'est rude. Ça va aller ?

— Il va bien falloir, si je veux participer à ce projet…

— N'empêche, ça va être bizarre. Il a changé ?

Sam n'en savait rien.

— Il a la même tête qu'à Londres…

— Un angelot peint par Raphaël, avec ses cheveux en bataille. Il a toujours été mignon. Je l'aimais vraiment bien – avant qu'il te quitte par téléphone.

— C'était il y a longtemps, dit Sam.

Pourtant, la blessure était toujours vive. Pourquoi n'avait-il pas eu le courage de lui dire en face qu'il la quittait, avant de partir en Italie ?

— Il est marié ? Il a des enfants ?

— Je ne sais pas. On a surtout parlé de nos patients. Pour le reste, notre discussion est restée très superficielle, même s'il s'est excusé de m'avoir blessée.

— C'est un peu tard. Et il a fait plus que te blesser, Sam. Il t'a brisé le cœur.

Et elle ne s'en était pas vraiment remise, bien qu'elle soit sortie avec quelques hommes. Greg était gentil, mais quand il avait voulu approfondir leur relation, elle s'était rendu compte qu'elle n'était pas prête. Depuis leur rupture, elle s'était investie dans sa vie professionnelle plutôt qu'amoureuse.

— Parlons plutôt du positif, lança Sam. Florence est une ville splendide. Je vais profiter des week-ends pour l'explorer.

— Super. Envoie-moi des photos.

Elles bavardèrent encore un peu, des pleurs retentirent.

— On dirait que Lily vient de se réveiller.

— Oui, et ce sont des cris de faim, dit Nina.

— Je te laisse. Câline ma filleule pour moi !

Le coup de fil la laissa pensive. Elle avait espéré avoir des enfants en même temps que Nina, et imaginé qu'ils grandiraient ensemble, mais cela ne s'était pas passé ainsi. Au moins Nina était-elle heureuse et Sam adorait sa filleule…

Pour chasser la mélancolie, elle sortit marcher le long du fleuve, dans l'agitation d'une fin de journée en ville. Les questions de Nina tournoyaient cependant dans son esprit. Angelo avait-il avancé dans la vie ? Était-il maintenant en couple ?

Et si Sam découvrait qu'il avait une famille, saurait-elle accueillir la nouvelle avec grâce ?

Le vendredi, Sam partit courir avant le petit déjeuner pour s'éclaircir les idées, se doucha, attrapa un café et une viennoiserie encore chaude au petit café du coin de la rue, et rejoignit l'hôpital à pied.

C'était un grand jour – pour les Bianchi, et pour le nouveau service. Outre l'équipe qui opérait, deux professeurs, la cheffe sage-femme, deux jeunes médecins et une infirmière du service obstétrique assisteraient à la procédure. Angelo allait la seconder pour l'opération et traduirait questions ou réponses si les mots lui manquaient.

Elle avait passé la soirée à apprendre du vocabulaire technique par cœur, toute à son désir de prouver à l'équipe qu'elle faisait des efforts pour s'intégrer et travailler dans leur langue. Mais son anxiété n'était évidemment pas comparable à celle des Bianchi. Elle alla les voir avant la visite de l'anesthésiste, simplement pour les rassurer et répondre aux questions de dernière minute.

Angelo était déjà avec eux. Il lui sourit quand elle entra, faisant battre son cœur plus vite.

Pas ici, pas maintenant. Angelo et elle étaient séparés depuis deux ans et il n'était pas question pour elle de céder de nouveau à son charme, même s'il se trouvait être encore célibataire.

— Vous êtes prête, Pia ? demanda-t-elle.

— Je crois, répondit sa patiente d'une voix éraillée. En fait, non. Je suis morte de peur.

— Tout le monde le serait, à votre place. Mais soyez tranquille : j'ai déjà pratiqué cette opération à plusieurs reprises. Ce sera peut-être parfois désagréable mais jamais douloureux pour vous et vos bébés. Et puis, la bonne nouvelle, c'est que vous allez pouvoir voir vos bébés aujourd'hui sur le moniteur ! Concentrez-vous là-dessus plutôt que de vous inquiéter.

— Merci, dit Pia dans un filet de voix.

L'anesthésiste arriva et Angelo présenta Sam à la ronde.

— Il est temps pour Angelo et moi de nous préparer. À tout à l'heure en salle d'opération !

Même si la présence de Sam remuait des émotions qu'Angelo aurait préféré garder enfouies, il avait hâte de la voir opérer.

Elle bavarda avec lui pendant qu'ils se lavaient les mains, comme elle le fit avec ses nouveaux collègues, puis elle lui expliqua en détail le déroulement de l'opération et ce qu'elle attendait de lui.

— Je serai ton guide à chaque étape, conclut-elle.

Lorsqu'ils avaient collaboré par le passé, c'était d'égal à égal, sans rapport hiérarchique. Maintenant Sam était un cran au-dessus de lui, tandis qu'elle le formait à une nouvelle technique.

Il ne pouvait s'empêcher de songer à leurs séances d'italien, quand il corrigeait sa prononciation et l'encourageait à enrichir son vocabulaire. Elle avait été une bonne étudiante, persévérante, et se révélait à présent une excellente pédagogue.

Mais elle ne le récompenserait pas, comme lui l'avait fait, par des baisers…

Troublé par le tour que prenaient ses pensées, il se reprit. Donner libre cours aux souvenirs ne l'aiderait pas. Sam et lui étaient collègues désormais. Point final.

Lorsque toute l'équipe fut réunie au bloc, elle prit le temps de présenter les étapes de l'opération et répondit aux questions des uns et des autres.

Puis Pia fut amenée sur un lit à roulettes, escortée par Tommaso qui lui tenait la main.

— Nous allons pouvoir commencer, Pia, dit gentiment Sam. Si quelque chose vous inquiète, dites-le-nous et nous ferons une pause.

— Merci, souffla Pia.

Sam se mit à l'ouvrage, expliquant chacun de ses gestes sous le regard attentif d'Angelo. Fasciné, il admirait la précision de ses mouvements.

— Et maintenant je fais passer le fœtoscope, qui est la caméra miniaturisée. Regardez, Pia, on peut voir les bébés, dit Sam en indiquant le moniteur. Les pieds, les jambes, ah, voici ce que je cherchais. Les visages. Voici vos jumeaux, Pia et Tommaso.

— C'est incroyable, dit Pia, les yeux rivés sur l'écran.

— Nos bébés, dit Tommaso d'une voix pleine d'admiration. Ils ont vingt-deux semaines et on peut voir leurs visages dans ton ventre, Pia.

— J'aurais tant voulu que ce soit pour…

Pia retint un sanglot.

— … pour une autre raison, je sais, dit Angelo en lui serrant la main. Mais nous allons faire tout notre possible pour vous tous.

— Je vais observer le placenta de plus près, dit Sam comme le moniteur se remplissait de bleu, de rouge et de violet.

Elle était calme et compétente, Angelo sentait Pia se détendre à mesure que Sam expliquait la procédure.

— Maintenant, le laser, dit-elle. Je vais l'utiliser pour déconnecter et refermer les vaisseaux sanguins, pour que les circulations soient distinctes et les flux de sang normaux entre les jumeaux. Vous ne sentirez rien, Pia. J'envoie le laser à travers le tube, dans une seconde vous allez entendre le « pop » de la connexion que nous sectionnons et des vaisseaux qui sont refermés. Ne vous en faites pas, il n'arrivera rien aux bébés, le sang coagule aussitôt.

Angelo ne s'attendait pas à un « pop » du laser aussi fort. Elle fit deux vaisseaux de plus et se tourna vers lui.

— Angelo ?

Elle le guida pour le premier, avec des instructions claires et faciles à suivre. Puis ce fut à lui de décrire ce qu'il allait effectuer, exécutant chaque étape dès qu'elle l'y avait autorisé.

Il était pour une part terrifié – un geste mal exécuté et ce serait la catastrophe –, mais il vibrait aussi d'excitation. Il participait à une opération qui augmentait les chances de survie de jumeaux, une opération qui n'existait même pas lorsqu'il faisait ses études. C'était de la médecine de pointe et il comprenait pourquoi Sam aimait cela. Il avait l'impression d'avoir une baguette magique à la main.

Elle l'encouragea à faire deux vaisseaux sanguins de plus, puis reprit la direction des opérations pour coaguler les dernières connexions.

— Je vais maintenant drainer le liquide amniotique en excès, Pia. Vous vous sentirez beaucoup mieux.

L'opération terminée, Pia fut emmenée en salle de repos, et Sam fit le débrief devant l'équipe. Angelo était là pour traduire mais elle n'eut pas besoin de son aide.

Il se souvenait des moments où il lui avait appris sa langue, le sourire dans ses yeux quand elle lui avait dit : « *Ti amo*, Angelo. »

Lui aussi l'avait aimée. Avec passion.

Il avait prévu de l'emmener à Rome, cet été-là, pour qu'elle rencontre sa famille italienne. Elle avait déjà fait la connaissance de la famille anglaise du côté de sa mère, et tous l'avaient adorée. Plus important, il voulait l'emmener aux jardins des orangers sur la colline de l'Aventin, et la demander en mariage…

Soudain, il s'aperçut que Sam le regardait, comme le reste de l'équipe. Elle cherchait manifestement un mot.

— Désolé, improvisa-t-il. Je suis encore un peu épaté par ce qu'on vient de faire. Si quelqu'un m'avait dit, quand j'étais étudiant, que je ferais de la chirurgie laser *in utero*, je ne l'aurais pas cru. Bref. Désolé. C'était quoi, la question ?

Il fut heureusement capable de répondre et s'efforça de paraître concentré. À quoi bon rêver ? Bientôt, Sam repartirait. Peut-être pourraient-ils redevenir amis tous les deux, mais les choses n'iraient pas plus loin. Il lui avait fait trop de mal.

Une fois seul avec elle, Angelo ne put s'empêcher de lui proposer de prendre un café dans la cuisine du personnel.

— C'était incroyable, dit-il quand ils furent assis. Je comprends que tu sois tombée amoureuse…

Oh non. Épouvantable lapsus.

— … de ce type de chirurgie, ajouta-t-il précipitamment.

Ses joues se teintèrent légèrement et elle répondit :

— J'aime la précision qui est en jeu. Pouvoir faire une telle différence avec des outils si petits.

— C'était bien de travailler de nouveau avec toi.

Les joues de Sam rosirent de plus belle.

— Ça a toujours bien fonctionné entre nous.

Sur un plan personnel autant que professionnel. Oui. Ils étaient en adéquation.

Angelo se souvenait de tout. La chaleur de son corps. Son odeur. Il n'aurait eu qu'un pas à faire pour la prendre dans ses bras…

— Je dois… aller remplir des papiers, dit-elle précipitamment en se levant. On se voit dans la chambre des Bianchi d'ici une heure ou deux.

Puis elle quitta la cuisine.

Avait-elle deviné les pensées qui l'avaient assailli ? Quoi qu'il en soit, il devait se reprendre. Rester professionnel. Et cesser de rêver à ce qui aurait pu être.

— Comment vous sentez-vous ? demanda Sam à sa patiente.

— Je crois que ça va, répondit Pia, manifestement inquiète. Mais je pensais sentir davantage les mouvements des bébés. Je veux dire, ils sont trois et j'en suis à vingt-deux semaines…

— Pour une première grossesse, les mouvements sont généralement perceptibles autour de la vingtième semaine. Essayez de ne pas vous inquiéter.

Le visage de Pia répondit pour elle.

— C'est plus facile à dire qu'à faire…, dit Sam sur le ton de l'excuse. Allons passer le scanner pour voir où en sont les bébés. Votre mari et vous avez besoin d'être rassurés, je crois.

— C'est difficile de ne pas pouvoir aider, dit Tommaso.

— Moi je dirais que vous aidez à merveille, dit Angelo, parce que vous êtes là et que Pia sait qu'elle n'est pas seule.

Dans la salle du scanner, il étala du gel sur le ventre de Pia, puis Sam commença l'exploration avec la sonde.

L'opération avait-elle fonctionné ou les Bianchi allaient-ils repartir avec le cœur brisé ?

Sam consultait le moniteur, qu'elle avait orienté pour que les parents ne le voient pas, en cas de mauvaise nouvelle. Angelo remarqua également que le son avait été coupé. Les bébés avaient-ils survécu à l'opération ? Sam allait-elle confirmer les pires craintes des Bianchi ?

Soudain, elle sourit et pressa un bouton.

— Écoutez ça. C'est le battement de cœur de Jumeau Un. Ça, c'est Jumeau Deux. Et voici Bébé Trois.

Tous les sons étaient forts et réguliers.

Une larme solitaire coula sur la joue de Pia.

— Ils sont encore en vie. Tous. Ils sont en *vie* !

Sam tourna le moniteur vers les parents.

— Vous ne sentez pas beaucoup les mouvements, dit Angelo, mais comme vous pouvez le voir, ils gigotent comme il faut. Et les battements de cœur sont parfaits.

— Vous avez sauvé mes bébés, dit Pia. Je ne saurai jamais comment vous remercier.

— On est encore au début de la grossesse, dit Sam avec prudence, vous allez rester dans le service pour la nuit. Mais tous les signaux sont au vert, pour le moment. J'ai une autre patiente, mais je passerai vous voir avant de rentrer chez moi.

— Je vais rester avec vous un moment, ajouta Angelo. Commençons par nettoyer le gel, Pia, puis je vous raccompagnerai à votre chambre.

Après une courte visite à Pia et Tommaso à la fin de sa garde, Sam rentra se préparer un repas rapide, et appela sa mère pour lui dire que l'opération s'était bien passée. Elle envoya également un mail à Will pour l'informer des développements dans le nouveau service.

Mais après avoir fait la vaisselle et rangé la cuisine, elle se sentit bizarrement à plat.

Un vendredi soir à Florence, et elle ne savait pas quoi faire. Les musées, les lieux touristiques étaient fermés, et elle n'aurait de toute façon eu personne avec qui y aller. Elle n'avait aucune envie d'aller boire un verre seule. Pourquoi n'avait-elle pas demandé à ses nouveaux collègues s'ils avaient quelque chose de prévu pour la soirée ? Elle aurait apprécié avoir de la compagnie.

— Arrête de t'apitoyer sur toi-même, Samantha Clarke ! La journée a été longue, avec une opération très stressante… Ce qu'il te faut, c'est une bonne douche et te mettre au lit avec un livre ou une comédie.

La douche la détendit et la comédie la fit rire, mais pas au point de lui faire oublier Angelo ni leur collaboration tellement fluide en salle d'opération. C'était presque comme s'ils s'étaient quittés la veille. Et dans la cuisine du personnel, il y avait eu ce moment où leurs yeux s'étaient croisés… Les sentiments qu'elle avait eus pour lui et qu'elle croyait disparus, avaient refait surface, et elle s'était détournée pour qu'il ne perçoive pas son trouble.

Peut-être était-ce la raison pour laquelle elle ne se sentait pas dans son assiette : revoir Angelo lui avait montré à quel point elle l'avait aimé, et à quel point il lui avait manqué.

Elle passa une nuit agitée et se réveilla pour de bon une heure avant la sonnerie du réveil. Un footing lui ferait sûrement du bien. Elle s'habilla, se brossa les dents et se dirigea vers l'Arno. Elle courait depuis dix minutes lorsqu'on l'appela.

C'était Angelo.

Son cœur manqua un battement. Même dans son jogging froissé et son T-shirt décoloré, il était splendide. Elle avait toujours adoré ses cheveux ébouriffés.

— J'allais te demander si tu faisais un jogging, mais c'est assez évident, dit-il. Ton appartement ne doit pas être loin ?

— Et le tien non plus, sinon tu ne courrais pas non plus par ici, répondit-elle.

— Oui. Les berges sont un bon endroit pour courir si on se lève tôt, après il y a foule. Si tu vas vers l'ouest, le parc des Cascine est joli, ou si tu aimes les défis, tu peux traverser le fleuve et remonter le Viale Michelangelo jusqu'au Piazzale. La récompense pour avoir couru en montée, c'est la vue incroyable sur la ville.

— Merci pour les conseils. J'essaierai de m'en souvenir.

— On t'attend à l'hôpital ce matin ?

— Oui. Et toi ?

Il hocha la tête en consultant sa montre.

— On prend le petit déjeuner ensemble ?

Elle aurait pu décliner l'invitation, mais leurs chemins allaient se recroiser à l'hôpital. S'il pensait qu'elle l'évitait en dehors du travail, la situation allait être encore plus gênante.

Prendre le petit déjeuner avec lui était peut-être une bonne idée, et l'occasion de lui dire qu'elle le voyait comme un collègue. Même si ce n'était pas la vérité. Le voir la bouleversait.

— Ta compagne n'y verra pas d'inconvénient ? demanda-t-elle.

— Il n'y a personne pour se soucier de qui prend le petit déjeuner avec moi.

Angelo était célibataire ? Le choc !

Elle était persuadée qu'à un moment durant ces deux années il avait rencontré quelqu'un. En même temps, elle était bien placée pour savoir qu'il avait du mal à s'engager.

— Juste pour qu'il n'y ait pas de malentendus, je te propose ça comme à une collègue qui vient d'arriver dans la ville, et que mon patron m'a demandé d'accueillir.

Lui signifiait-il qu'il ne comptait pas réchauffer les braises de leur ancienne relation ?

— Dans ce cas, j'accepte avec plaisir.

Il l'emmena dans un café près de la cathédrale.

— C'est moi qui t'invite, dit-elle lorsqu'ils franchirent la porte. Ce n'est pas négociable.

— Tu as toujours été indépendante, dit-il en haussant les épaules. D'accord. Merci. Je vais prendre des pancakes avec des rondelles de banane, des noix et une sauce caramel. Et un cappuccino.

— Tu n'as même pas regardé le menu.

— Tout le monde prend des pancakes ici. C'est la spécialité de la maison. Et leur café est bon.

Elle commanda pour eux au comptoir tandis qu'il cherchait une table au calme.

— Tu te fais à Florence ? lui demanda-t-il.

— Oui, merci. L'appartement est parfait, l'hôpital offre un cadre de travail très agréable avec une équipe formidable.

— C'est vrai. Ça fait un an que j'y suis et je suis content.

La serveuse apporta leurs boissons et Sam prit une gorgée de café pour se donner du courage.

— Quand j'ai accepté le poste, je ne m'attendais pas à ce que tu sois dans l'équipe.

— Quand Ric m'a dit ton nom de famille, j'ai cru à une coïncidence. Jusqu'à ce que je vérifie sur le site de l'hôpital.

Ainsi, il avait eu le temps de se préparer à la revoir.

Serait-elle seulement venue, si elle avait su ? Son premier mouvement aurait été de refuser, mais retrouver Angelo lui offrait la possibilité de clore enfin le chapitre de leur histoire.

— Tu es toujours avec Greg ? questionna-t-il.

Elle le dévisagea, prise de court. Il connaissait l'existence de Greg ? Était-il resté en lien avec certains de ses anciens amis de Londres qui lui avaient parlé ? Peu importait.

— Non. C'était quelqu'un de bien, mais ça n'a pas marché.

Principalement parce qu'elle sortait avec lui pour oublier l'homme qui était en ce moment même assis face à elle. En vain.

— Maintenant je me concentre sur ma carrière, dit-elle, pour mettre les choses au point.

— Moi aussi.

Ils étaient donc sur la même longueur d'onde.

— Tu as résolu le problème, à Rome ?

— Rome ? fit-il, les yeux écarquillés.

— Les affaires de famille que tu voulais régler.

— Oui, dit-il d'une voix soudain tendue.

Mais il en resta là et elle n'en demanda pas plus de crainte d'être intrusive.

Le silence devint une torture. À l'époque où ils étaient ensemble, ils n'avaient jamais arrêté de se parler. Sam se demandait encore ce qui s'était passé pour qu'Angelo la quitte. Avait-il rencontré quelqu'un ? Elle en doutait, il n'était pas du genre à mentir ou à tromper. Hélas, elle n'avait jamais réussi à reconstituer le puzzle.

Heureusement, les pancakes arrivèrent.

— Tu as raison, c'est excellent ! dit-elle après la première bouchée.

Tandis qu'ils mangeaient, le silence devint moins lourd. Sam jeta des regards en coin à Angelo dans l'espoir de comprendre ce qui lui passait par la tête. C'était toujours l'homme le plus beau qu'elle ait jamais vu, depuis son adorable bouche jusqu'à ses cils incroyablement longs. Mais il était bien plus qu'un apollon. L'Angelo dont elle était tombée amoureuse était brillant et passionné, et son enthousiasme pour les Romains et l'histoire de son pays avait suscité de l'intérêt chez elle. À l'école, elle s'était ennuyée en cours d'histoire, mais Angelo rendait le sujet vivant. Il avait répertorié les sites romains de Londres ouverts au public, pas seulement les restes du « mur romain », mais aussi l'amphithéâtre sous le Guildhall, et la villa et son hypocauste du quartier de Billingsgate. Il avait fait la même chose pour Paris, et insisté pour visiter Cluny et ses thermes gallo-romains au même titre que les musées où ils avaient admiré les tableaux de Monet main dans la main.

Sur la base de ce qui les avait rapprochés autrefois, pourraient-ils devenir amis ?

— Alors ça fait un an que tu es ici ?

— Oui, répondit-il un peu sur la réserve.

— J'imagine que tu as traqué tous les vestiges de l'histoire romaine ?

— La plupart, répondit-il, toute réserve envolée. Il y a un temple romain sous le dôme de la cathédrale, d'où les mosaïques. Le forum principal était sur l'emplacement de la Piazza della Republica, il y avait un amphithéâtre près de la Piazza Santa Croce, et des ruines d'un théâtre sous le Palazzo Vecchio.

— Tu as une liste ?

— Tu te souviens de mes listes ? demanda-t-il en souriant.

— Tu m'en as beaucoup appris sur Londres.

— C'est ta première visite à Florence ? demanda-t-il d'un air pensif.

— Oui.

Elle n'avait pas remis les pieds en Italie depuis son séjour à Venise en sa compagnie.

— Je pourrais te faire un peu visiter quand on ne travaillera pas.

Était-ce le gentil collègue qui lui proposait cela, ou bien s'agissait-il d'autre chose ? S'interrogeait-il, lui aussi, sur le fait qu'ils soient tous les deux célibataires, et sur la possibilité de réparer les dégâts entre eux ? Un frisson la parcourut à cette idée.

— Explorer une ville avec quelqu'un qui la connaît, ça permet de trouver plus vite les endroits intéressants, dit-il, faisant retomber son enthousiasme. Et on est collègues.

Bon, il ne voyait décidément pas cela comme un rendez-vous

amoureux. Tant mieux, puisque leur histoire l'avait laissée avec un cœur en mille morceaux. Alors pourquoi ne pouvait-elle s'empêcher d'être déçue ?

— Je sais que je t'ai blessée, Sam, et cela me désole, mais nous pourrions être amis. Cela rendrait la situation plus facile à l'hôpital.

— Entendu, dit-elle. Proposition acceptée.

Il sourit.

— Tu fais quelque chose après le travail, aujourd'hui ? demanda-t-il. Il y a un jardin que j'aimerais te montrer. C'est assez spécial à cette période de l'année.

— Parfait.

— D'ici là, on se verra à l'hôpital.

— Oui, j'aimerais commencer ma tournée par les Bianchi. Je veux leur faire un nouveau scanner ce matin et vérifier le rythme cardiaque des bébés.

— OK. Je dois repasser chez moi me doucher, mais on se voit là-bas. C'est sympa de retravailler avec toi, conclut-il gentiment.

Elle hocha la tête, un brin confuse. Car elle se demandait encore si le revoir était réellement une bonne chose.

4.

Angelo avait parié sur une douche froide pour reprendre ses esprits. En vain.

Sam était célibataire. Et elle avait accepté de passer du temps avec lui en fin de journée.

D'accord, il avait présenté sa proposition de lui faire faire le tour de Florence comme celle d'un collègue. Et il avait souligné qu'il se concentrait sur sa carrière.

Ce qui était vrai. Dans une certaine mesure.

Mais il n'avait jamais oublié la femme dont il était tombé amoureux. La médecin un peu timide qu'il avait rencontrée en quittant l'hôpital de Hampstead pour le London Victoria. Sam l'avait attiré dès la première rencontre, et pas seulement parce qu'elle était jolie ; il y avait en elle une chaleur, une gentillesse qu'il avait trouvées charmantes. Il lui avait proposé d'aller boire un verre après le travail, elle avait refusé, et il avait alors appris qu'elle venait de perdre son petit frère. Conscient que ce n'était pas le moment d'insister, il avait cessé son jeu de séduction pour lui offrir son amitié. Au cours des mois, elle s'était ouverte à lui, et durant le bal de la Saint-Valentin de l'hôpital, il l'avait embrassée pour la première fois.

Ils étaient rapidement devenus inséparables, jusqu'au jour où il avait reçu un appel de son oncle l'informant du problème d'addiction de son père. Ironie du sort, Sam aurait été la mieux placée pour le comprendre et lui donner des conseils sur la manière d'aider une personne dépendante. Mais comment aurait-il pris le risque de rouvrir d'anciennes blessures en Sam, alors que le frère de cette dernière avait fait une overdose ? Angelo avait prétexté qu'il devait régler une affaire de famille à Rome. Puis, quand il était devenu évident que son père avait besoin qu'il reste à ses côtés, il avait appelé Sam pour rompre avec elle. Il avait perdu sa mère, presque perdu son père, il n'aurait pas supporté de perdre Sam en prime. Il avait mis un terme à leur relation plutôt que de prendre le risque de souffrir.

Chaque mot, chaque mensonge qu'il avait proféré lui avait un peu plus déchiré le cœur. Mais mieux valait que Sam le croie inconséquent et sans cœur plutôt qu'elle subisse ses problèmes de famille et revive à travers lui son douloureux passé. Il avait bégayé en lui disant qu'il ne l'aimait pas, mais ces paroles dures lui avaient paru la façon la plus sûre de la tenir à distance. Il s'agissait de les mettre l'un et l'autre en sécurité.

Sauf qu'aujourd'hui, Sam était de retour. Et une fois de plus il lui mentait, en prétendant ne voir en elle qu'une simple collègue.

La seule manière de cicatriser les blessures du passé et d'aller de l'avant, peut-être ensemble, c'était qu'il lui révèle la vérité. Or il devait trouver les mots justes, pour ne pas la blesser davantage encore.

À son arrivée à l'hôpital, avant sa tournée des patients, il passa voir les Bianchi.

— Bonjour, comment vous sentez-vous, Pia ?

— Beaucoup mieux, merci, répondit-elle avant de se mordre les lèvres. Même si je ne suis pas tranquille…

— Je vais vous ausculter, d'accord ?

Il plaça son stéthoscope sur le ventre de Pia. Tout était normal, mais les futurs parents avaient besoin d'être rassurés, aussi leur fit-il entendre les battements de cœur des bébés grâce à un scanner Doppler portable.

Après sa tournée, il alla voir Sam dans son bureau.

— Justement l'homme que je voulais voir ! lança-t-elle.

L'espace d'un instant, il eut l'impression d'être dans son ancienne vie à Londres. À cette époque, tous deux ne vivaient que pour les moments passés ensemble. Ce n'était plus le cas aujourd'hui, hélas.

Sam l'attendait pour aller voir les Bianchi.

— Je viens de recevoir l'écho cardiaque des triplés, fit-elle, confirmant ses pensées.

Il lui raconta sa visite du matin, et elle l'invita à consulter les résultats d'examen.

— C'est fantastique ! s'exclama-t-il. J'ai du mal à croire qu'il puisse y avoir une telle différence entre aujourd'hui et hier.

— Une différence criante, oui.

— Tu sais, le laser m'a donné l'impression d'avoir une baguette magique entre les mains.

— C'est ce que j'aime dans cette spécialité. On a vraiment un impact sur la vie de bébés qui, selon toute vraisemblance, ne s'en sortiraient pas sans notre aide. On donne de l'espoir aux parents et une chance aux enfants.

Elle employait un « on » indéterminé, mais il y entendit de nouveau un message plus personnel, comme si elle parlait seulement d'eux deux, et cela lui réchauffa le cœur.

Lorsqu'ils rejoignirent Pia et Tommaso dans la salle de consultation, les futurs parents avaient encore l'air anxieux.

— Angelo et moi avons étudié les résultats des examens cardiaques des bébés et nous sommes vraiment satisfaits, dit gentiment Sam. Maintenant, faisons une dernière échographie de contrôle.

Angelo pressa la main de Pia et l'épaule de Tommaso pour les rassurer tandis que Sam faisait aller et venir la sonde sur le ventre de Pia. Bientôt, elle tourna le moniteur vers les Bianchi.

Jumeau Un. Jumeau Deux. Et Bébé Trois.

Pia éclata en sanglots. Des larmes de bonheur. Tommaso la prit dans ses bras. Sous l'effet du soulagement et de la joie, Angelo prit instinctivement Sam par les épaules. Et elle le serra brièvement contre elle.

Il sentit son cœur bouger dans sa poitrine et s'écarta légèrement. Elle écarquilla ses splendides yeux gris, qui se remplirent d'une émotion qu'il n'aurait su décrire. Avait-elle, elle aussi, ressenti autre chose que de la joie ? Ses lèvres s'entrouvrirent et pendant quelques secondes de folie, ils furent seuls au monde.

— Tout est normal, alors ? fit Pia.

Sam reprit une attitude professionnelle.

— Oui. Les bébés bougent comme il faut et, plus important, les examens précédents prouvent que les flux sanguins sont normaux. Maintenant, vous n'avez plus qu'une chose à faire : vous détendre, vous reposer, vous changer les idées !

— Et nous nous revoyons pour la visite habituelle de vendredi, dit Angelo, adoptant le même ton. Évidemment, si vous avez la moindre inquiétude, appelez-nous.

— Nous sommes contents de vous renvoyer chez vous, ajouta Sam tout sourire. À condition que vous vous reposiez, Pia !

— Je vais m'en assurer, conclut Tommaso.

Puis Sam fut appelée pour un accouchement en urgence, et Angelo ne la revit pas avant la fin de sa garde.

Il l'attendit à la sortie de l'hôpital, comme convenu.

Elle avait accepté de sortir avec lui pour la soirée – en amis, rien de plus – mais elle avait eu la journée pour y penser. Avait-elle changé d'avis ? Elle allait venir, il le savait, elle avait toujours tenu parole et c'était probablement toujours le cas, mais peut-être n'avait-elle plus envie de passer la soirée avec lui. Particulièrement après leur étreinte dans la salle de consultation…

Leur rapprochement allait-il faire fuir Sam ? Il espérait que ce n'était pas le cas, car pour sa part, il pensait en permanence à elle depuis qu'il l'avait revue…

Angelo, adossé au mur de l'hôpital et le regard perdu dans le vague, semblait complètement dans son monde. Regrettait-il de l'avoir invitée à découvrir ce jardin ? se demanda Sam. Ou pensait-il, lui aussi, à leur relation passée et à cette brève étreinte qui avait réveillé tant de souvenirs partagés ?

— Ah, si je pouvais lire dans tes pensées…, lança-t-elle en s'approchant de lui.

— Tu t'ennuierais, dit-il en sursautant. Toujours partante pour aller voir le jardin ?

— Bien sûr, si tu as le temps.

Alors il sourit. Elle avait oublié combien son sourire pouvait illuminer le monde. Et il l'entraîna vers la ville, jusqu'à atteindre le centre historique.

— On va prendre un raccourci vers la Piazzale Michelangelo aujourd'hui, mais je peux te montrer où débouche l'itinéraire de jogging.

— Merci, ça serait super.

Après le Ponte Vecchio, ils suivirent un moment l'Arno.

— Les jardins Bardini valent le coup aussi, si tu as un après-midi de libre, dit-il en lui indiquant l'entrée. Ils ont une tonnelle de ces fleurs violettes que tu aimes tant. Tu m'avais traîné à Notting Hill pour en voir.

— Une glycine. Et tu es obligé de reconnaître qu'elle était somptueuse.

Elle avait encore quelque part des photos d'eux devant une magnifique glycine que le blanc du mur en arrière-fond rendait plus éclatante encore. Mieux valait changer de sujet.

— Tu m'emmènes où ?

— *Giardino dell'Iris*, le jardin des Iris. Il n'est ouvert que lors de la floraison des iris, tu es ici au moment idéal. Et voici la Porta San Miniato, une des portes des anciennes fortifications de la ville. On va remonter le long du jardin des Roses.

Les marches semblaient larges et presque plates, mais elle se rendit vite compte que la colline était plus raide et plus haute qu'elle ne l'aurait cru.

— Ne te retourne pas avant qu'on soit arrivés en haut, dit-il. Je te promets que la vue vaut le coup.

Elle avait toujours aimé se promener en ville avec Angelo. Du temps où ils faisaient des escapades ensemble, il préparait toujours minutieusement le séjour et listait les endroits à voir de manière à en profiter le plus possible.

Il avait fait la même chose pour Londres, avec un programme pour les jours pluvieux et un autre pour le beau temps. Ils s'étaient arrangés à l'hôpital pour être en congé en même temps et ils avaient systématiquement exploré ce qui figurait sur la liste d'Angelo, depuis les spécimens anatomiques du Hunterian Museum et les papillons du Horniman Museum jusqu'aux jacinthes de Highgate Wood et aux milliers de rosiers, l'été, dans Regent's Park.

Il avait forcément une liste fabuleuse pour Florence. Peut-être la partagerait-il avec elle, si elle le lui demandait – même s'il n'avait pas envie de faire toutes les visites avec elle.

En haut des marches, il indiqua la copie en bronze du *David* de Michel-Ange.

— Va jusqu'à la statue, ne regarde rien d'autre, et *là-bas*, tu pourras te retourner.

Elle suivit ses instructions, et la vue de la ville se détachant sur fond de montagnes lui coupa le souffle.

— C'est tellement beau, avec tous les vieux bâtiments le long du fleuve. Je reconnais le dôme de la cathédrale et le campanile de Giotto, mais c'est quoi, cette autre tour ?

— Le Palazzo Vecchio, qui vaut vraiment une visite. Il y a de très belles sculptures, et un magnifique point de vue.

— Je vais l'ajouter à ma liste des choses à voir.

Elle comprit à l'expression de son visage qu'il pensait, lui aussi, à sa liste londonienne, et à leurs visites communes. Lui proposerait-il de lui faire découvrir Florence, ou garderait-il ses distances ?

— Bonne idée, répondit-il seulement.

Ainsi, il avait choisi la distance.

— Allons voir les iris, dit-elle pour masquer sa déception. J'imagine, vu le nom, qu'il y a principalement des iris ici ?

— Et des oliviers. Mais le jardin est consacré aux iris, il n'est ouvert que lorsqu'ils sont en fleur.

— Pourquoi choisir une seule fleur, avec une floraison si courte ? Pourquoi ne pas avoir planté des plantes qui fleuriraient chacune à un mois différent ?

— Au départ c'était pour un concours. Apparemment il y a eu une compétition pendant des années, des décennies même, pour produire un iris de la couleur exacte de celui qui figure sur le blason de Florence. Il y a quelques milliers de variétés d'Iris, mais il paraît que c'est très difficile d'en faire pousser des rouges.

— Je croyais que c'était un lys, sur le blason de Florence ? répondit-elle en fronçant les sourcils. Une fleur de lys.

— Les deux fleurs se ressemblent, mais c'est un iris.

Elle ne le contredit pas. Il avait dû se renseigner, on pouvait lui faire confiance. De plus le jardin était très joli, et se promener avec lui sur les sinueux chemins pavés, à l'ombre des oliviers, était un régal. Il y avait des fleurs partout, et des oiseaux qui chantaient. Outre les tons de bleu, de violet, de blanc et de jaune auxquels elle était habituée pour les iris, il y en avait aussi de couleur abricot, pêche et rose, et même noire. Le gris-vert du feuillage des oliviers leur offrait un fond parfait. Derrière les arbres, on apercevait les collines, et un ciel d'un bleu éclatant piqué de petits nuages rebondis.

C'était idyllique. Si elle était venue là avec Angelo alors qu'ils étaient encore en couple, elle aurait adoré chaque seconde. C'était tellement romantique. Près du bassin dans le jardin d'en bas, elle faillit s'oublier et lui prendre la main. Elle se reprit juste à temps.

— Oh ! des libellules, dit-elle, lui touchant plutôt le bras.

— Les grenouilles essaient de couvrir le chant des oiseaux, expliqua-t-il avec une grimace. Je n'ai jamais entendu de coassements aussi forts ailleurs.

— Merci de m'avoir amenée ici. C'est charmant.

— J'espérais que ça te plairait. Il y a une très jolie vue aussi du jardin des Roses que nous avons longé. Et la Piazzale est un endroit parfait pour le coucher du soleil. J'aurais dû penser à prendre un pique-nique, dit-il avec une petite moue.

Un pique-nique au coucher du soleil. C'était le genre de choses qu'elle adorait faire avec lui, à l'époque, mais elle n'était pas certaine de pouvoir le supporter désormais. Cela remuerait trop de souvenirs, tout ce qu'ils avaient perdu était trop triste.

— Une autre fois, peut-être, répondit-elle.

— Comme tu m'as offert le petit déjeuner ce matin, est-ce que tu veux te joindre à moi pour le dîner ?

— Pour le dîner ?

— Rien d'extravagant, dit-il. Je me disais qu'on pouvait redescendre la colline. Il y a de bons petits restaurants de ce côté du fleuve. Et la lumière du couchant va à merveille au Ponte Vecchio.

Ce n'était pas un rendez-vous amoureux, elle ne devait pas l'oublier. Un collègue qu'elle avait connu autrefois l'invitait à dîner en remerciement du petit déjeuner qu'elle lui avait offert, c'était ainsi qu'il fallait voir la situation. Et puis, elle n'avait aucune envie de passer une autre soirée seule à Florence.

— D'accord, ce serait agréable.

Dis-lui. Dis—lui maintenant, au milieu des fleurs et des papillons et sous la lumière du soleil.

Le cadre était parfait, pourtant Angelo ne trouvait pas les mots. Conscient d'éviter lâchement la conversation qu'ils devaient avoir, il parla de la ville à la place. Était-ce un effet de sa culpabilité ou Sam lui indiquait-elle, par son langage corporel, qu'elle savait pourquoi il la tenait à distance ? En même temps, elle non plus n'évoquait pas le sujet. Peut-être devaient-ils s'habituer de nouveau l'un à l'autre avant de pouvoir aborder ce qui était resté en suspens.

Ils firent une halte au jardin des Roses où Sam prit des photos pour sa mère et Nina, puis ils reprirent la descente de la colline vers une autre porte médiévale. Angelo guida ensuite Sam dans un dédale d'étroites rues pavées, bordées de hauts bâtiments dans les tons ocre, safran et crème.

Il l'amena dans un minuscule restaurant aux tables couvertes de nappes à carreaux rouges, avec des bougies fichées dans des bouteilles décorées de raphia.

— Le décor est un peu ringard, fit-il, mais la nourriture est délicieuse.

Le serveur leur amena des gressins et demanda ce qu'ils voulaient boire.

— Du chianti, ça te va ? demanda Angelo.

— Parfait, et peut-être une carafe d'eau ?

— Qu'est-ce que vous nous recommandez ce soir ? demanda Angelo au serveur.

— Les boulettes de viande sont bonnes, avec un accompagnement d'épinards et de pommes de terre.

— Ça m'a l'air très bien, dit Sam.

Angelo commanda pour eux deux. Lorsque le serveur leur servit le vin, il leva son verre pour porter un toast.

— *Salute*. Bienvenue à Florence, Sam.

— *Salute*, répondit-elle. Mmm, c'est bon ! Donc, ça fait un an que tu es là. J'imagine que tu as déjà été dans tous les endroits que tu voulais voir à Florence ?

— La plupart, oui, dit-il avec un petit rictus.

— Qu'est-ce que tu conseilles ?

— Toutes les églises. Elles ont chacune quelque chose de différent, une sculpture incroyable ou des fresques qui semblent dater d'hier. Et ça vaut vraiment la peine de monter au dôme de la cathédrale, parce que c'est incroyable de voir comment ils ont agencé tout ça, même s'il faut réserver quelques jours en avance.

— Je vais prendre un ticket pour la semaine prochaine, pendant mon jour de repos.

— Et il y a des mosaïques romaines au sous-sol. Cherche le paon.

— Évidemment. Les Romains ! fit-elle, moqueuse.

— Mais ici c'est plus la Renaissance, les Médicis.

— Et les musées.

— Oui, bien sûr, il faut aller aux Offices, ne serait-ce que pour les Botticelli. Crois-moi, tu peux t'imaginer connaître *La Naissance de Vénus* grâce aux reproductions, mais la voir en vrai n'a rien à voir. Tous ces détails ! C'est fabuleux.

— J'ajoute ça à ma liste.

Allait-il proposer de l'accompagner ? Il n'en fit rien et la déception la déstabilisa. C'était incroyable. Ils étaient loin d'envisager de se remettre ensemble. Il l'avait larguée deux ans auparavant sans véritable explication. Pourquoi aurait-il changé d'avis ? Elle n'était même pas certaine d'être prête pour une conversation à propos de ce qui s'était passé. Pas encore. Aussi fit-elle en sorte que la discussion reste légère pendant tout le repas. Les boulettes de poulet et ricotta étaient délicieuses, la sauce tomate également, comme l'accompagnement. Un dessert aurait été de trop, mais le café était divin.

Le soleil se coucha de l'autre côté du fleuve juste au moment où ils quittèrent le restaurant. L'Arno reflétait les couleurs incroyables du ciel, et le Ponte Vecchio aurait pu être en or fondu.

— Il faut que je fasse une photo pour ma mère et Nina. Pas étonnant que le pont soit tant photographié, c'est trop beau !

— Il y a des boutiques au rez-de-chaussée et des appartements au premier, mais au dernier étage c'est le corridor de Vasari. Il a été construit pour un des ducs de Médicis, pour passer du Palazzo Pitti au Palazzo Vecchio. Ils ont convaincu tous les propriétaires de les laisser construire à travers leurs logements – seule la famille Mannelli a refusé, le corridor contourne leur tour.

— Quelqu'un s'est opposé aux Médicis et a survécu ?

— Étonnamment, oui, répondit-il.

Lorsque le soleil eut complètement disparu, Angelo se tourna vers elle.

— Je sais que tu es capable de te débrouiller toute seule, et Florence n'est pas une ville dangereuse, mais j'aimerais quand même te raccompagner chez toi.

— Avec plaisir. Pour tout te dire, je n'aime pas sortir mon portable à chaque coin de rue pour vérifier que je suis bien dans la bonne direction.

Une fois devant chez elle, elle le remercia pour la soirée. Devait-elle l'inviter à prendre un café ?

S'ils avaient été collègues, ou amis, elle l'aurait probablement fait. Mais c'était Angelo. Ils avaient un passif. Et ils ne pouvaient pas revenir en arrière, même s'il aurait été tellement simple de se pencher vers lui, de l'embrasser sur la joue, et de laisser une chose en entraîner une autre…

Tout deviendrait alors si compliqué… Mieux valait en rester là. Elle n'était ici que pour une grosse dizaine de semaines, et ils étaient collègues. Ses sentiments ne devaient pas interférer.

— On se voit lundi à l'hôpital, fit-elle.

— Bonne nuit, Sam.

Angelo attendit que Sam ait refermé la porte derrière elle pour reprendre le chemin de son appartement. Passer la soirée avec elle avait été doux-amer. L'étincelle dans ses yeux lorsqu'elle l'avait interrogé sur les traces romaines de Florence avait fait remonter en lui de nombreux souvenirs de leurs visites de ruines romaines à Londres, Paris, Bath, du palais romain à Fishbourne…

Et sur le seuil de sa porte, il avait failli l'embrasser. Il lui aurait suffi de se pencher en avant – aurait-elle cherché ses lèvres ? L'aurait-elle embrassé en retour ? Lui aurait-elle proposé qu'ils passent plus de temps ensemble ?

Mais un gros obstacle leur bouchait le chemin : la manière dont il l'avait quittée, deux ans auparavant. Il devait vraiment s'excuser et être honnête sur la raison pour laquelle il était parti de Londres. Il aurait évidemment dû le faire au cours de la soirée, mais c'était tellement bien d'être en sa compagnie qu'il n'avait pas voulu tout gâcher.

— Tu es un lâche, Angelo Brunelli. Tu ne peux pas revenir en arrière, mais tu ne peux pas avancer non plus tant que tu n'as pas clarifié la situation.

Il suffisait de trouver les mots justes, n'est-ce pas ?

Le dimanche fut également très ensoleillé, et Sam passa la journée à explorer Florence. Elle avait suivi le conseil d'Angelo et réservé une visite de la galerie des Offices, qui lui plut énormément. Les Botticelli étaient aussi chargés de petits détails incroyables qu'il le lui avait promis, et le musée lui-même était une œuvre d'art, avec ses plafonds peints et ses sols de marbre. Elle adora particulièrement le dôme de la Tribuna et son plafond incrusté de coquillages. Elle flâna le long des fenêtres, profitant de la vue sur la ville, puis prit un café au soleil sur le toit-terrasse, avec le dôme de la cathédrale en ligne de mire.

Bien qu'elle profitât de la journée, Sam sentait qu'il lui manquait quelque chose.

Angelo.

C'était ridicule : voilà deux ans qu'ils n'étaient plus ensemble !

Elle s'était remise de la séparation et se consacrait à son métier. En outre, ils avaient établi une bonne relation de travail, une fois la gêne initiale passée. En vouloir davantage ne pourrait que générer de la déception.

Mieux valait profiter de son séjour pour travailler, se faire des amis parmi l'équipe et découvrir sa ville d'adoption.

Ensuite, elle rentrerait à Londres et oublierait définitivement Angelo Brunelli.

5.

La semaine suivante, Sam n'eut pas une seconde pour elle à l'hôpital. Lorsqu'elle ne prenait pas en charge de nouveaux patients du service de médecine néonatale, elle s'occupait des cas les plus complexes de la maternité. Elle avait fait connaissance avec ses collègues et même passé quelques soirées avec certains d'entre eux, à en apprendre plus sur Florence autour de quelques verres ou d'un repas. Étrangement, Angelo ne se joignait pas à eux. L'évitait-il en dehors du travail ? Elle qui pensait qu'ils feraient la paix et deviendraient amis. Peut-être ne le souhaitait-il pas, en fait.

Plus que dix semaines. Elle était capable de rester professionnelle avec lui pendant encore dix semaines.

Le vendredi matin, pour le scanner et le bilan complet des Bianchi, elle dut travailler avec lui.

— Je suis tout à fait satisfaite de l'évolution de la grossesse, dit-elle après le scanner. L'un des jumeaux reste plus petit, mais il rattrape ses frères.

— Je suis toujours inquiète, avoua Pia.

— Évidemment, que vous êtes inquiète, répondit Angelo en souriant. Cela se comprend parfaitement.

— Vous serez là pour l'accouchement ? demanda Pia à Sam.

— Vous êtes à vingt-trois semaines de grossesse, et je reste encore dix semaines. Puisque notre objectif est de vous mener jusqu'à la trente-troisième semaine, je suis certaine que je serai là. Je vais faire noter dans votre dossier que je désire être prévenue, même si je ne suis pas de garde. Je ne résiste pas à l'envie de câliner un nouveau-né, alors trois, c'est le paradis.

— Ce ne serait pas pareil sans vous, conclut Pia avec un grand sourire.

Angelo s'occupait de la paperasse en retard lorsqu'en début d'après-midi, Lidia passa une tête par l'entrebâillement de la porte de son bureau.

— J'aurais besoin que tu fasses un scanner, peut-être une césarienne.

— Que se passe-t-il ?

— Raffaella Costa vient d'arriver en salle de travail. Elle est à trente-neuf semaines de grossesse mais le bébé se présente par le siège.

— C'est bien le bébé pour lequel on avait une suspicion de kyste du plexus choroïdien, qui s'était arrangé par la suite ?

Lidia hocha la tête.

— Oui, mais à la palpation je trouve qu'il a une tête trop grosse. Je ne suis pas tranquille.

Un excès de liquide céphalo-rachidien dans le cerveau du bébé pouvait entraîner des difficultés à respirer au moment de la naissance.

— Tu pourrais récupérer le scanner portable ? Je consulte le dossier et je briefe Sam.

Parce qu'il s'agissait d'un cas complexe, il aurait besoin de son expertise. Il abandonna son travail pour aller la trouver.

— Je suis désolé de vous interrompre, dit-il aux parents avec qui elle était en rendez-vous, mais j'aurais besoin de dire deux mots au Dr Clarke.

— Un problème ? demanda Sam dans le couloir.

— Peut-être, oui. Lidia est avec une maman qui pourrait présenter une complication. Trente-neuvième semaine de grossesse. À vingt semaines le scanner avait révélé un kyste du plexus choroïdien qui s'est réduit de lui-même. Le dernier scanner, réalisé à la trentième semaine, était parfait, mais Lidia s'inquiète : la tête est trop grosse à la palpation.

— Liquide céphalo-rachidien dans le cerveau, éventuellement ?

Il hocha la tête, elle savait quelles conclusions en tirer.

— Et le bébé se présente par le siège. Je vais faire un scanner mais il est fort possible que Raffaella ait besoin d'une césarienne en urgence. Vu ton expérience des naissances à risque, ton assistance serait bienvenue.

— D'accord. L'équipe de chirurgie prénatale est prévenue ?

— Ils sont en stand-by.

— Bien. Je finis mon rendez-vous, et je demande à Carla de réaménager mon emploi du temps. Je te rejoins après pour consulter les résultats du scanner. Tu seras dans quelle salle ?

— La 4.

Après avoir fait le scanner qui confirmait leurs craintes, Angelo informa les Costa qu'une césarienne était nécessaire. Sam arriva alors et il la présenta à Raffaella et son mari Mauro.

— Je suis là pour vous aider, au même titre qu'Angelo et Lidia, dit Sam avec un sourire rassurant. Angelo m'a informée des événements de votre grossesse, je suis désolée que vous ayez eu autant de sujets d'inquiétude.

— J'aurais tellement voulu un accouchement naturel, répondit Raffaella, mais Angelo et Lidia me conseillent la césarienne à cause de la position du bébé.

— Rien ne se passe jamais comme prévu avec les bébés, commenta Sam.

Raffaella se mordit les lèvres.

— Ma petite fille, elle va s'en sortir ? Si elle a du liquide dans le cerveau, et de la difficulté à respirer à la naissance… Et si elle ne peut pas respirer… Si elle…

Raffaella dut s'interrompre.

— L'équipe de chirurgie prénatale sera là pour parer à toute éventualité, et votre fille recevra ainsi toute l'aide dont elle a besoin. Essayez de vous détendre et gardez à l'esprit que Lidia est une sage-femme formidable, elle vous a bien suivie.

— Mais je peux avoir une césarienne en restant éveillée, n'est-ce pas ?

— Pour une césarienne d'urgence, nous préférons les anesthésies générales, répondit Angelo. C'est plus sûr pour vous et pour le bébé.

— Mauro pourra quand même être là pour la naissance ? demanda Raffaella, l'air inquiet.

— Non, mais il pourra voir le bébé très vite après la naissance, répondit Sam d'un ton rassurant.

— Promets-moi que tu la prendras en photo, dit Raffaella en s'accrochant à la main de son mari. Au cas où… au cas où notre petite fille ne serait plus là quand je me réveillerai.

— Elle va s'en sortir, souffla Mauro d'une voix blanche.

— Promets-le-moi, insista Raffaella.

Soudain très pâle, Mauro acquiesça.

— Je te le promets.

— Essayez de ne pas vous en faire, fit Sam. Vous allez bientôt serrer votre fille dans vos bras. Je vais m'occuper de mes rendez-vous de l'après-midi pendant que vous rencontrez l'anesthésiste, puis nous nous retrouvons en salle d'opération, d'accord ?

Mais Angelo reconnut le petit pli entre les sourcils de Sam, quelque chose l'inquiétait. Pourtant, malgré l'accouchement par le siège et la taille de la tête du bébé, la césarienne n'était pas censée poser problème.

— Qu'est-ce qui ne va pas ? lui demanda-t-il alors qu'ils se lavaient les mains juste avant l'opération.

— Je… Tout va bien.

Il trouva son sourire fragile, mais ce n'était pas le moment de la forcer à parler. Un bébé les attendait pour naître.

L'anesthésiste avait déjà rempli sa mission et Raffaella était sur la table d'opération. Sam procéda aux vérifications d'usage, s'assurant que le formulaire de consentement avait été signé, confirmant l'identité de Raffaella et passant en revue les risques d'hémorragie. Raffaella fut ensuite préparée pour l'opération, et le champ opératoire dressé. Sam vérifia auprès de l'anesthésiste que tout était en règle, pratiqua l'incision et, avec le concours d'Angelo, effectua la césarienne.

Quand Sam sortit le bébé, sa tête était en effet plus grosse que la moyenne, il était couvert de vernix et, plus inquiétant, silencieux. La petite fille ne donnait aucun signe de respiration. Sa peau était bleue et l'aspect de ses muscles inquiéta Angelo. Comparés aux bébés nés par voie basse, ceux nés par césarienne avaient un score Apgar légèrement inférieur. Cette première évaluation de l'état de santé du nouveau-né était basée sur plusieurs critères : l'apparence, le pouls, les grimaces, l'activité et la respiration. Or ce bébé-là avait besoin d'être réanimé.

Sam retira le placenta, laissant le cordon attaché au bébé sans le clamper ; dans une minute environ il serait temps pour Angelo de le couper mais avant cela le bébé aurait reçu le maximum de sang du placenta.

Lidia leur prit le bébé et le frictionna vigoureusement avec une serviette.

— Une minute, score Apgar de 3, dit-elle.

Respire, bébé, pensa Angelo. *Respire. Rosis. Pleure. Remue les bras. Grimace.*

Sous son masque chirurgical, le visage de Sam avait perdu ses couleurs. Elle s'inquiétait autant que lui pour le bébé. Elle effectua les vérifications de routine puis commença à recoudre l'incision de l'utérus. Elle travaillait vite et bien, avec des gestes précis, mais Angelo savait que, comme lui, elle attendait avec impatience d'entendre le bébé. S'il ne criait pas, il faudrait le placer très vite sous assistance.

— Angelo, le cordon s'il te plaît, lança Lidia.

Il clampa le cordon et le coupa. Un membre de l'équipe de chirurgie prénatale plaça aussitôt un masque à oxygène sur le visage du bébé. On n'entendait que le murmure inquiet de Lidia et de l'équipe.

Angelo croisa brièvement les yeux brillants de Sam, qui cilla et se remit à coudre.

Bats-toi, bébé.

Angelo continua son travail aux côtés de Sam, lui tendant les instruments dont elle allait avoir besoin une seconde avant qu'elle les lui réclame.

Et enfin, juste au moment où il croyait qu'il allait falloir intuber le bébé, un petit cri se fit entendre.

— Bravo, petite fille, murmura Lidia d'une voix mélodieuse. C'est cela que nous voulions tous entendre. Cinq minutes, score Apgar de 5.

Sam ne dit rien mais s'arrêta de coudre et ferma un instant les yeux sous l'effet du soulagement. Un score de 5 sur 10, c'était en dessous de ce qu'ils auraient aimé, mais cela allait dans la bonne direction ; Lidia et l'équipe feraient une autre évaluation dans trois minutes.

— Nous allons la conduire en soins intensifs néonataux pour la réchauffer et l'aider à respirer, dit le chef d'équipe. Puis nous effectuerons un scanner cérébral. Comme vous, je suis inquiet de la taille de sa tête. Je pense que vous avez eu raison de soupçonner du liquide dans le cerveau.

— Entendu, répondit Angelo. Je vais en parler à son père, il est dans la salle d'attente. Il peut venir la voir ?

— Bien sûr.

— Félicitations à tout le monde, fit Sam d'une voix sincère, puis elle se tourna vers Angelo. Je vais terminer les soins à la maman, pendant que tu donneras à Mauro la bonne nouvelle : il a une petite fille.

Mauro faisait les cent pas dans la salle d'attente.

— Est-ce que… le bébé s'en est sorti ?

— Votre fille est en chemin vers le service de néonatologie où elle pourra se réchauffer et être un peu aidée pour la respiration. Mais pour l'instant, elle se débrouille toute seule.

— J'essayais de me montrer fort pour Raffaella, dit Mauro avec un sanglot de soulagement, mais j'ai eu tellement peur… Ma femme va bien ?

— Sam s'occupe d'elle. Nous allons bientôt la réveiller et la conduire en salle de repos. Vous pouvez aller voir le bébé maintenant si vous voulez. Prenez la photo pour Raffaella. Lorsque vous reviendrez, elle sera réveillée et voudra voir sa fille.

— Merci, balbutia Mauro. Si le bébé n'avait pas survécu, je ne sais pas ce que…

Angelo lui tapota le bras.

— Je sais. L'équipe va prévoir un scanner cérébral du bébé plus tard aujourd'hui. Mais quoi qu'il arrive, nous serons là avec vous, d'accord ?

Lorsque Angelo retourna au bloc, Raffaella était en salle de repos où elle se réveillait de l'anesthésie. Il se dirigea vers Sam pour le débrief. Elle se lavait les mains et il remarqua ses yeux humides.

— Qu'est-ce qui ne va pas ? lui demanda-t-il.

— Rien, tout va bien.

De toute évidence, ce n'était pas la vérité.

— Sam, fit-il gentiment, tu semblais très inquiète, au bloc, et maintenant tu pleures.

— Ce sont des larmes de soulagement. Pendant un moment je me suis demandé si le bébé allait survivre…

Il avait eu les mêmes craintes, mais lui n'était pas en larmes. Il devait creuser plus loin.

— Qu'est-ce qui s'est passé ? demanda-t-il doucement.

— Si tu veux vraiment savoir, j'ai eu un cas de césarienne en urgence, il y a quelques années, où le bébé se présentait par le siège. Il ne s'en est pas sorti. Et cette fois, il y avait la complication du liquide dans le cerveau. Je ne perds pas souvent de bébé, alors la césarienne a réveillé des souvenirs.

D'instinct, il lui passa le bras autour des épaules et la tint un instant serrée contre lui. Elle se détendit à son contact et il ne put s'empêcher de poser sa joue contre ses cheveux, de lui caresser le dos.

L'avoir de nouveau dans ses bras, après toutes ces années… c'était le paradis.

Était-ce ce qu'elle ressentait, elle aussi ? Lui avait-il manqué autant qu'elle lui avait manqué ?

Soudain Sam se raidit, le ramenant brutalement au présent. Son étreinte était tout à fait déplacée. Pas du tout professionnelle.

Peu importait à quel point elle était bouleversée, il n'avait pas à l'enlacer dans le vestiaire chirurgical. Il la relâcha et recula.

— Désolé. J'ai juste eu l'impression que tu avais besoin d'être réconfortée par un collègue, dit-il, gêné.

— Merci, balbutia-t-elle en baissant les yeux.

— Je… je devrais te laisser retourner à tes rendez-vous.

Rester professionnel. Se concentrer sur les patients.

Elle marmonna une approbation puis quitta la salle sans un regard en arrière.

Être dans les bras d'Angelo avait bouleversé Sam. Il lui avait offert du réconfort quand elle en avait besoin – comme il l'avait fait dans les moments difficiles quelques années auparavant, les jours où Dominic lui manquait trop, où elle était hantée par son overdose. Angelo l'avait alors rassurée : elle avait fait de son mieux avec son frère, personne n'aurait pu modifier le cours tragique de son destin.

Leur rapide accolade dans le vestiaire avait remué de nombreux souvenirs en elle. Angelo l'avait si souvent serrée contre lui… Leur proximité lui manquait tellement que c'en était douloureux.

Pouvaient-ils aujourd'hui espérer davantage de leur relation qu'une solide amitié ? Pouvaient-ils redevenir ce qu'ils avaient été l'un pour l'autre ? La dernière chose que Sam souhaitait, c'était souffrir à nouveau. Elle n'était là que pour une période courte ; et sa carrière, sa vie étaient à Londres.

Elle n'arrivait pas à y voir clair. Elle devait se concentrer et poursuivre son travail. Là au moins, tout était sous contrôle.

Elle s'excusa auprès des patients qui avaient dû patienter pendant qu'elle était au bloc et resta bien après sa garde pour s'assurer qu'elle avait reçu tout le monde. Puis elle prit des nouvelles des Costa aux soins intensifs néonataux.

Raffaella et Mauro se tenaient de part et d'autre d'un minuscule berceau, leur bébé leur agrippait à chacun un doigt.

— Désolée de ne pas avoir pu venir plus tôt, j'étais en consultation.

— Ne vous excusez pas, dit Raffaella, nous savons que vous avez dû faire attendre toutes les autres mamans pour mettre Paola au monde. Et je vous en suis tellement, tellement reconnaissante. Lidia m'a raconté que Paola ne s'en sortait pas si bien, au début. Si nous l'avions perdue…

— Je sais, murmura Sam. Vous l'avez appelée Paola ?

— Oui, c'est le nom de ma grand-mère, répondit Mauro.

— C'est adorable. Et comment va la jeune Paola ? Que dit le scanner ?

Raffaella déglutit.

— Paola a plus de liquide céphalo-rachidien dans le cerveau qu'il ne le faudrait.

— C'est parfois le cas quand un bébé a eu un kyste du plexus choroïdien, commenta Sam.

— On nous a expliqué qu'elle pourrait avoir des crises d'épilepsie et des difficultés d'apprentissage, dit Mauro d'une voix qui se brisa. Notre petite fille.

Sam posa une main réconfortante sur son épaule.

— Ça fait beaucoup à encaisser. L'équipe a aussi dû vous dire que les « difficultés d'apprentissage » recouvraient des réalités très différentes. Cela pourrait simplement signifier que Paola s'assoira plus tard que les autres enfants, ou qu'elle ne parlera pas au même moment.

Les conséquences pouvaient être plus graves également, mais il était trop tôt pour le signifier aux parents.

— Laissons-nous un peu de temps, d'accord ? reprit Sam. Paola vient de naître et en fonction de son évolution, sachez que vous pourrez être accompagnés.

Raffaella hocha la tête.

— Nous nous réjouissons qu'elle soit là, avec nous. J'avais tellement peur qu'on la perde…

Sam se pencha au-dessus du berceau.

— Elle est très belle. Elle vous ressemble à tous les deux.

— Merci pour tout ce que vous avez fait, dit Mauro. Grâce à vous, Paola va bien, et Raffaella aussi. C'est le plus important.

— Je vous laisse faire connaissance avec votre petite puce, conclut Sam. Je repasserai vous voir bientôt.

Sam fut surprise de voir Angelo dans la salle du personnel.

— Je croyais que tu avais fini ta garde depuis des lustres.

— C'est vrai, mais je t'attendais.

— Pourquoi ? demanda-t-elle, incrédule.

— Parce que tu as eu une journée difficile et qu'à ta place j'aurais envie de partager un bon repas avec quelqu'un. Tu as quelque chose de prévu, ce soir ?

Elle aurait pu improviser et prétendre avoir rendez-vous avec des collègues du service maternité, mais le mensonge n'aurait pas tenu longtemps.

— Non, reconnut-elle.

— Si je te cuisinais quelque chose, alors ? Rien de très élaboré, ce sera juste un dîner avec… avec un vieil ami.

Angelo avait été bien plus qu'un vieil ami, ils le savaient l'un comme l'autre, mais elle ne releva pas. Même si le dénouement avait été heureux aujourd'hui, cet accouchement lui avait rappelé ce bébé qui n'avait pas survécu. Cela avait été sa première opération compliquée après la mort de Dominic et Sam s'était toujours demandé si elle avait commis une erreur, si sa souffrance avait pu altérer ses qualités de médecin.

Son patron, devinant sa préoccupation, l'avait convoquée après l'opération pour lui signifier qu'elle n'était en rien responsable du décès de l'enfant. Le bébé n'avait pas eu la moindre chance. Pourtant Sam n'avait jamais cessé de s'en vouloir.

Et ce soir, elle ne voulait pas être seule.

— D'accord, merci pour l'invitation.

Il attendit qu'elle récupère ses affaires dans son casier, puis ils cheminèrent ensemble vers le centre de Florence.

— J'aimerais apporter quelque chose pour le repas.

Il secoua la tête.

— Ça va être très simple : des gnocchis avec une sauce à la tomate et au mascarpone. J'ai fait les gnocchis la semaine dernière, ils sont au congélateur. J'en ai pour cinq minutes, c'est aussi vite fait pour deux personnes que pour une.

— Je pourrais au moins prendre une bouteille de vin ?

— J'ai ce qu'il faut à la maison.

L'appartement d'Angelo était dans une rue tranquille, au quatrième étage d'un immeuble avec des persiennes vertes.

— Je te fais faire le tour, dit-il en ouvrant la porte d'entrée. Attention, ça va prendre trente secondes. La salle de bains.

Il lui indiqua la première porte et passa devant une deuxième qui devait être sa chambre.

— Le salon.

Il y avait un parquet en bois, un canapé confortable, une bibliothèque et une table basse. Des photos étaient exposées sur le manteau de la cheminée, dont celle de ses parents qu'il avait déjà à Londres, et des gravures de Rome au mur. Un coin de la pièce était occupé par une petite table et des chaises.

— Et voici le balcon, dit-il en désignant deux grandes portes-fenêtres vitrées. Je me disais qu'on pourrait y manger ce soir. Pour finir, la cuisine.

C'était une cuisine équipée, toute en longueur, avec un carrelage en terre cuite et une vue sur une église et les collines au-delà de la ville. Des herbes aromatiques poussaient sur le rebord de la fenêtre. L'appartement était rangé au cordeau mais dégageait une impression de chaleur et de confort.

— Je lance le repas, dit-il en mettant de l'eau à chauffer.

Puis il sortit deux portions de gnocchis du congélateur et mit deux casseroles sur le feu.

— Je peux aider ? proposa Sam.

— Tu peux couper du pain, répondit-il. Et peut-être mettre la table ? Tu trouveras tout ce qu'il faut dans la cuisine.

Le balcon courait sur toute la longueur de l'appartement, avec un sol en carreaux de terre cuite et un garde-corps en fer forgé. Des jardinières de géranium y étaient accrochées, et une table de bistro avec deux chaises étaient installées au milieu.

La vue était magnifique, en surplomb d'une rue étroite, face à un jardin qui débordait d'arbustes en fleurs.

Lorsqu'elle repartit dans la cuisine, les gnocchis cuisaient dans l'eau bouillante et la sauce tomate répandait un appétissant fumet dans la pièce. Les premiers gnocchis remontèrent à la surface, et Angelo les sortit de l'eau avec une écumoire.

— Je peux faire autre chose ? demanda Sam quand elle eut dressé la table.

— Le vin. Le rouge est dans le placard et il y a du blanc au frais : ouvre ce que tu veux.

Elle s'aperçut que le quotidien à deux lui avait manqué. Elle avait toujours aimé être en cuisine avec Angelo. Ils faisaient une bonne équipe.

Elle trouva des verres et ouvrit la bouteille de rouge. Angelo, qui venait d'ajouter le mascarpone à la sauce tomate, remplit deux assiettes creuses de gnocchis et y versa la sauce.

— Allons manger, dit-il en l'entraînant vers le balcon.

— Tu as une vue incroyable !

— Je crois que c'est le cas d'à peu près tout le monde à Florence, surtout dans les étages supérieurs. Il y a une vue pittoresque sur les toits, les collines et le ciel, et avec un peu de chance un campanile ou deux.

— C'est une ville magnifique.

— Je suis bien d'accord.

Elle prit une première bouchée de gnocchi.

— C'est délicieux, tu as toujours très bien cuisiné.

Et ce repas était précisément ce dont elle avait besoin.

À son grand soulagement, Angelo entretint une conversation légère pendant le repas. Elle n'avait plus assez faim pour du fromage ou un dessert, mais accepta un café.

Alors il prit une profonde inspiration, comme pour se donner du courage, et la regarda dans les yeux.

— Sam, il y a une chose qu'il faut que je te dise.

Il marqua une pause avant de reprendre :

— Quand j'ai quitté Londres, je t'ai menti.

6.

Ne sachant que comprendre, Sam dévisagea Angelo. Il lui avait menti ? À propos de quoi ? Et pourquoi ?

— Je ne comprends pas.

Elle avait du mal à croire qu'Angelo l'ait trompée, pour elle c'était le type même de l'homme fidèle. Mais quelle autre explication était possible ?

— Tu es en train de me dire que tu m'as quittée pour une autre femme ? Quelqu'un à Rome ?

— Non, il n'y avait personne à Rome, répondit-il en fronçant les sourcils. Je veux dire que je t'ai menti en prétendant ne plus t'aimer.

— Pourquoi ? fit-elle, confuse.

— Disons que j'essayais de faire ce qu'il fallait, ce qui était juste.

— Ce qui était *juste* ? Pour qui ?

Elle ne comprenait rien à cette histoire. Comment lui briser le cœur aurait-il pu être « juste » ?

— Je ne voulais pas te blesser, poursuivit Angelo avec un soupir.

— Mais tu *m'as* blessée.

— Et j'en suis désolé. Seulement, je ne savais pas comment faire, Sam. D'une manière ou d'une autre, j'allais te faire du mal. Si je t'avais dit la vérité, ça aurait…

Il secoua la tête avant de reprendre :

— J'ai pensé que te repousser, te faire croire que je ne t'aimais plus, te protégerait.

— Angelo, ce que tu dis n'a pas de sens. Je suis encore plus perdue.

Il eut une expression d'angoisse.

— Laisse-moi tout t'expliquer, dit-il en prenant une grande respiration. Mon père se droguait.

Il se droguait.

Comme son petit frère à elle. Elle se souvenait dans les moindres détails du jour où elle était allée le reconnaître à la morgue. Dominic s'était battu de toutes ses forces pour arrêter, mais la cocaïne avait eu le dessus. Elle se souvenait du nouveau-né à qui elle avait apporté un ours en peluche en cadeau de bienvenue au monde. Toute cette vie, tous ces espoirs, réduits à un corps glacial allongé sur une paillasse.

— La coke ? demanda-t-elle d'une voix à peine audible.

— Non. De la codéine.

Elle connaissait cet antidouleur opiacé qui pouvait devenir addictif s'il était utilisé plus d'une semaine, raison pour laquelle les médecins ne le prescrivaient pas à la légère.

— Que s'est-il passé ?

— Mon père a été victime d'un accident de voiture. Il y avait un bouchon, le type derrière lui envoyait un SMS au lieu de regarder la route et n'a pas freiné à temps. Papa a eu ce qu'il m'a présenté comme un léger coup du lapin.

— Sauf que ce n'était pas le cas.

On ne prescrivait pas de la codéine pour des douleurs légères.

— Non. Il a eu des douleurs dorsales atroces, et la seule chose qui le soulageait, c'était la codéine. L'hôpital lui en a prescrit pour deux semaines, et a estimé qu'en tant que médecin, il saurait diminuer graduellement les doses.

Angelo eut un rictus.

— Hélas, ses douleurs se sont intensifiées. Aucun remède ne l'apaisait : ni la kiné, ni la neurostimulation transcutanée… Il est même allé consulter un psychologue pour tenter de faire face. La seule chose qui lui permettait de vivre sa vie, c'était la codéine. Alors il a continué à en prendre. Pour dormir et travailler.

Le cœur de Sam se serra. Le père d'Angelo avait de toute évidence été pris dans un cercle vicieux.

— Je suis désolée pour ton père, souffla-t-elle. Il devait être désespéré.

Aussi désespéré que Dominic l'avait été. Les collègues avec qui il s'était lié d'amitié prenaient tous de la cocaïne le week-end, et comme il avait l'impression que la drogue lui procurait l'énergie dont il avait besoin pour tenir le rythme dans la salle des marchés, il avait commencé à en prendre aussi les jours de semaine. Puis cela avait altéré les décisions qu'il prenait au travail et il avait été licencié pour faute grave. Son addiction avait alors été révélée au grand jour. Sam avait conduit son petit frère en cure de désintoxication et tenté de l'aider à reprendre le contrôle de sa vie. Mais il avait rechuté, encore et encore. Accumulé les mensonges et les promesses non tenues.

— La dépendance est difficile, pour le drogué et pour sa famille, dit-elle. Tu sais ce qui s'est passé pour mon frère. Tu sais que je n'aurais pas jugé ton père. Pourquoi ne m'as-tu pas laissée t'aider ?

— Précisément parce que je savais ce qui était arrivé à ton frère. Tu l'as soutenu si longtemps, alors qu'il te mentait et te volait… Tu as passé deux ans à essayer de le sortir de cet enfer, sans jamais l'abandonner quand il rechutait. Et puis…

Il s'interrompit mais les mots flottèrent entre eux. Dominic avait fait une overdose. Et Sam l'avait trouvé mort, terrassé sur le carrelage de sa salle de bains.

— Cela t'a anéantie, Sam, dit-il doucement. Je t'ai rencontrée six mois après ce drame terrible. Comment aurais-je pu te faire revivre ces moments douloureux, raviver les mauvais souvenirs ? Et puis, il n'y avait pas que le problème de la dépendance.

— Comment ça ?

— Mon père a commencé à s'autoprescrire de la codéine.

Oh non. Il avait ainsi contrevenu aux règles, ce qui aurait pu être une cause de radiation de l'Ordre des médecins.

— Il est tombé dans un engrenage, poursuivit Angelo. Une nuit, la douleur était si forte qu'il s'est prescrit de la codéine. Il ne l'a consigné nulle part. Bien sûr, il savait que c'était un acte répréhensible, et pensait n'avoir à le faire qu'une seule fois. Mais la douleur a persisté…

— Pendant combien de temps a-t-il pris de la codéine ?

— Deux ans et demi, répondit Angelo d'une voix blanche.

— Quoi ? fit-elle, sous le choc. Mais ce médicament n'est délivré que sur prescription. Quelqu'un aurait dû le remarquer, au centre médical, ou à la pharmacie ? Cela apparaissait forcément sur les registres…

— Mon père s'est montré très inventif pour ne pas éveiller les soupçons. Il ne demandait qu'une semaine de traitement à la fois, il s'approvisionnait dans des pharmacies différentes…

Sam soupira.

— Il n'est pas retourné voir son médecin pour être orienté vers une clinique de la douleur ?

— Il l'a fait. Seulement les listes d'attente sont longues. Papa était prêt à payer pour un rendez-vous privé, mais la clinique dans laquelle il est allé n'a pas été d'une grande aide. Il a demandé des renseignements sur l'administration de corticoïde par injection épidurale mais on lui a répondu que cela ne fonctionnerait pas dans son cas.

— C'est rude.

— Il a cherché d'autres solutions. Mais son accoutumance grandissait à mesure qu'il luttait contre la douleur. Je m'en veux tellement de n'avoir rien vu ! Je l'appelais toutes les semaines ! Pendant les appels en visio, il semblait aller bien. Quand il n'a pas voulu venir à Londres, j'ai d'abord cru qu'il évitait d'être confronté aux nombreux souvenirs qu'il y avait avec ma mère…

Mme Brunelli avait fait ses études de médecine à Londres. Angelo avait suivi son exemple et était diplômé de la même faculté. Lorsqu'elle était morte d'un cancer du sein, son fils avait envisagé de se spécialiser en oncologie pour lui rendre hommage. Mais durant un stage en maternité, il avait trouvé sa voie, émerveillé par le miracle de toutes ces nouvelles vies dont il était le témoin et l'un des acteurs privilégiés.

— Je me suis demandé ensuite s'il avait rencontré quelqu'un…, reprit Angelo. Si seulement j'avais compris que ce qu'il cachait était autrement plus sérieux…

— Comment as-tu appris ce qui se passait ?

— Une autoprescription est remontée pendant un audit. L'un des associés principaux du centre médical a mené son enquête ; il a demandé à mon père de prendre sa retraite pour raison de santé. Ils ne l'ont pas viré, sachant que s'il était radié, mon père serait encore plus mal. Ce passage à la retraite brutal n'a pas aidé : sans son travail de médecin, mon père se sentait inutile et n'avait plus rien à quoi se raccrocher. Ses collègues ont essayé de régler ses douleurs dorsales, mais rien n'y faisait. Il refusait les cures de désintoxication et son moral a chuté.

Il soupira.

— Mon père est resté célibataire après la mort de ma mère, il n'avait personne pour l'accompagner dans cette épreuve. Son frère, mon oncle Salvatore, a compris que quelque chose n'allait pas. Mon père s'est confié à lui, Salvatore m'a contacté, et je suis parti à Rome aussitôt.

Maintenant Sam savait pourquoi il avait quitté Londres.

— Alors c'était ça, l'affaire de famille dont tu m'as parlé.

Il hocha la tête.

— Je voulais mettre mon père en cure de désintoxication et être là à sa sortie pour le soutenir et l'aider à se débarrasser de son mal de dos. Il devait passer en priorité.

— Je comprends ça, vraiment. Mais pourquoi m'avoir caché la vérité ?

— J'étais tellement inquiet que je n'arrivais pas à réfléchir, je m'en voulais de n'avoir rien vu…

Sam sentit les larmes affluer à ses paupières.

— J'aurais été là pour vous, si j'avais su, de la même manière que tu as été là pour moi. Je vous aurais soutenus tous les deux.

Il hocha la tête.

— En te repoussant, je ne cherchais qu'à te protéger, Sam. Je suis désolé de t'avoir blessée, de t'avoir menti. J'ai fait le mauvais choix. Je le sais à présent.

Elle se mordilla les lèvres, bouleversée.

— Je t'aimais tellement, Angelo. Que tu me quittes m'a terrassée. Je pensais que nous avions un futur ensemble. À Venise, j'ai failli te demander en mariage.

— Moi aussi, j'ai pensé à te demander ta main à Venise. Mais j'avais prévu de t'emmener à Rome pendant l'été, pour rencontrer mon père et le reste de ma famille. Je t'aurais attirée jusqu'à une orangeraie que j'adore, sur la colline de l'Aventin, et là je t'aurais proposé de m'épouser.

Il secoua la tête et reprit :

— Seulement, comment aurais-je pu te mêler à mes problèmes de famille ? Tu méritais mieux que ça.

— Je méritais mieux que de t'entendre dire que ça ne marchait pas entre nous et que tu ne m'aimais pas !

Il cligna des yeux.

— Tu as raison, Sam. Rien de tout cela n'était vrai. Je t'aimais. Quand mon père s'est stabilisé, je suis revenu à Londres pour te voir. Pour m'excuser, et te révéler la raison de mon départ. Je voulais te demander une autre chance.

— Quand ? demanda-t-elle en fronçant les sourcils. Avant de venir ici, je ne t'avais pas vu depuis deux ans.

— Parce que je ne suis pas allé jusqu'au bout de ma démarche. À mon retour à Londres, la réceptionniste m'a informé que tu étais en week-end avec ton petit ami Greg, et que ça devenait sérieux entre vous. Je voulais que tu sois heureuse, alors je suis rentré à Rome sans te voir.

Voilà donc comment Angelo avait appris sa relation avec Greg.

— Bizarrement, c'est le week-end où j'ai rompu avec Greg. Il voulait que notre relation évolue, or je le considérais davantage comme un ami. Il est dans une relation stable maintenant, et j'espère que sa compagne lui apporte tout ce que je n'ai pas pu lui donner.

— De mon côté, je n'ai pas eu beaucoup d'histoires, fit Angelo. La première année, à Rome, toute mon attention était concentrée sur mon père. J'ai pris une année sabbatique pour m'occuper de lui, puis il en a eu marre de m'avoir constamment sur le dos. C'est d'ailleurs mon père qui m'a convaincu de prendre le poste à Florence. J'ai hésité à le laisser mais il a insisté : il allait beaucoup mieux et avait besoin de se débrouiller seul. Alors j'ai cédé.

— Tu le vois à quel rythme maintenant ?

— Tous les quinze jours. Et je l'appelle un jour sur deux. Je vais à Rome demain. Je suis censé lui envoyer un selfie d'ici là pour lui prouver que j'ai eu un rendez-vous avec une femme.

— Pourquoi ? demanda-t-elle en haussant un sourcil.

— Mon père s'inquiète pour moi, il voudrait que je vive ma vie plutôt que de me soucier de lui sans arrêt. Il voudrait que je me comporte avec lui comme un fils et non comme un médecin.

— Il a raison, Angelo… C'est de son fils qu'il a besoin.

— Je sais. Mais comment arrêter de m'inquiéter pour lui ?

— C'est difficile. Parfois je me dis que j'ai mis trop de pression à Dommy en le surveillant. Si je lui avais fait davantage confiance, peut-être les choses se seraient-elles passées différemment. Ton père a-t-il repris de la codéine, ou un équivalent, depuis qu'il est sorti de cure ?

— Non.

— Alors il est sur la voie de la guérison.

— Tu crois ?

— Je l'espère. En tout cas, après l'épreuve que vous avez traversée ensemble, il est probable qu'il fera appel à toi, s'il se trouve de nouveau en difficulté. Il a confiance en toi.

Angelo resta un instant pensif.

— Tu as raison. Le plus drôle de l'histoire, c'est qu'il ne prend même pas de paracétamol, alors un médicament plus fort…

— Comment s'est-il débarrassé de son mal de dos ?

— Il a pris contact avec un spécialiste qui a recommandé une ablation par radiofréquence, ce qui a marché. La pratique de la médecine lui manque toujours, mais à présent il serait retraité de toute façon, alors je crois qu'il l'accepte. Il s'occupe de son jardin, et il s'est mis à l'aquarelle et à la pâtisserie. Il y a quinze jours, il m'a dit qu'il avait la belle vie. Il voit ses amis, il mange bien, il nage trois fois par semaine, il participe à un groupe de soutien toutes les semaines, et Baffi lui tient compagnie.

— Baffi ?

— Son chat, dit-il avec une moue. La chose qui lui manque, je crois, c'est quelqu'un dans sa vie. Maman ne souhaitait certainement pas qu'il passe le reste de sa vie seul. Mais si je l'embête à ce sujet, il m'embête encore plus !

— Et pourquoi n'as-tu personne dans ta vie ?

Angelo haussa les épaules.

— Ça m'arrive de temps en temps. Mais aucune relation ne m'a donné réelle satisfaction. Aucune femme ne t'arrive à la cheville, Sam.

Elle ressentait exactement la même chose.

— Je ne suis plus la même qu'autrefois, Angelo. Et je suis certaine que tu as changé aussi.

— J'ai grandi, et je pense qu'on est tous les deux plus âgés et plus sages. Mais sache que j'ai toujours regretté de t'avoir blessée, Sam. Et je suis désolé que ça n'ait pas marché avec Greg. Je ne souhaite que ton bonheur, même si une part de moi se réjouit égoïstement que tu sois célibataire.

Elle en eut le souffle coupé. Allait-il proposer qu'ils se donnent une nouvelle chance ? Serait-ce une bonne idée ?

Cela avait tellement mal fini, la dernière fois. Angelo l'avait brisée, il l'avait laissée seule et malheureuse. Et voilà qu'elle apprenait qu'il avait vécu la même souffrance de son côté !

— Tu m'as manqué, Sam. Notre *couple* m'a manqué.

Elle sentit son cœur tressaillir. Il lui avait manqué, à elle aussi. Mais elle ne devait pas perdre la raison.

— Angelo, je ne suis là que pour trois mois. Ensuite, je repartirai à Londres. J'ai monté un programme de recherche, le financement sera débloqué à mon retour et je serai promue consultante. Si je te dis ça, ce n'est pas pour me vanter mais pour t'expliquer que j'ai travaillé dur et que ce travail porte enfin ses fruits.

— Tu le mérites. Mais est-ce que tu me donnerais une deuxième chance pendant ton séjour ici ? On pourrait voir comment ça se passe ? Si ça ne marche pas, on se séparera, en amis cette fois. Et si ça marche, on pourrait en parler avant que tu ne repartes à Londres, et décider ce qu'on fait.

L'homme qui lui avait brisé le cœur lui demandait une autre chance. Si elle acceptait, devrait-elle se préparer à un nouveau chagrin d'amour ? Ou pourraient-ils apprendre du passé et faire fonctionner leur histoire, cette fois ?

Et si cela marchait, allait-elle devoir faire tous les sacrifices, ou seraient-ils capables d'imaginer une solution juste pour eux deux ?

— Je vais aller faire le café que je t'ai promis. Je te laisse y penser sans moi.

Il disparut dans la cuisine et le regard de Sam se perdit au loin. Elle n'avait jamais pu oublier Angelo. Ils étaient manifestement toujours attirés l'un par l'autre. Il lui avait expliqué pourquoi il lui avait brisé le cœur et elle le comprenait en partie.

Reprendre une relation avec lui était cependant risqué.

Elle pouvait refuser et s'en tenir avec Angelo à des rapports strictement professionnels. Ou elle pouvait accepter et voir où cela les mènerait.

Elle leva le regard vers Angelo qui revenait sur le balcon avec deux tasses de café. Il s'assit face à elle.

— Je me sens comme un adolescent qui a demandé à la fille de ses rêves si elle veut bien sortir avec lui, et qui est terrifié qu'elle refuse.

— On est deux alors ! Une part de moi a peur. Si j'accepte, qu'est-ce qui me dit que ça ne va pas à nouveau mal tourner ?

— Si tu me donnes une nouvelle chance, je ferai de mon mieux pour ne pas répéter mes erreurs. Je partagerai mes doutes ou mes inquiétudes avec toi au lieu de croire, par arrogance, que je peux tout régler seul. Je sais aujourd'hui que tu es assez solide pour me soutenir en cas de besoin.

— Très juste. Tu vas voir ton père à Rome demain, n'est-ce pas ?

Il acquiesça.

— Même si tu m'accordes une autre chance, je ne m'attends pas à ce que tu m'accompagnes. Laissons-nous un peu de temps pour nous réhabituer l'un à l'autre avant que je te présente à mon père et à ma famille italienne, d'accord ?

— D'accord. Je ne suis pas sûre d'être prête, de toute façon. Mais si j'ai bien compris, tu dois lui envoyer une photo prouvant que tu as eu un rendez-vous galant ?

Angelo haussa les épaules.

— J'ai envisagé de demander à quelqu'un de l'équipe de poser avec moi pour faire plaisir à mon père, mais pourquoi mentir ? Je vais simplement lui avouer que je n'ai pas tenu ma part du marché.

— Quel marché ?

— Il continuera à participer à son groupe de soutien toutes les semaines, si je fréquente quelqu'un.

Elle sortit son portable et se leva.

— Mieux vaut tenir ta part du marché, alors. Allez, viens te mettre à côté de moi.

— Tu vas prendre un selfie de nous pour faire plaisir à mon père ? fit-il, l'air incrédule.

— Je vais prendre un selfie de toi et ta nouvelle – enfin, pas si nouvelle – petite amie.

Il prit place, les joues en feu, et elle sourit.

— Tu as toujours été adorable. Comme les chérubins de Raphaël.

— Ceux qui sont en bas du tableau, qui ont l'air de s'ennuyer ?

— Ils sont perdus dans leurs pensées, plutôt. Tu avais toujours une main dans les cheveux, quand tu révisais. Et à la fin de la journée tu avais les cheveux en pétard. Ça me faisait craquer.

— Apparemment, Raphaël a peint les enfants de la femme qui posait pour la Madone, il les a peints exactement comme ils étaient.

Sam leva les yeux au ciel.

— J'aurais dû me douter que tu connaîtrais ce détail !

— Qu'est-ce que tu veux ? J'ai toujours été un fondu de de l'histoire de l'art.

C'était une autre chose qu'elle aimait chez lui. En guise de réponse, elle se haussa sur la pointe des pieds pour l'embrasser. Il l'étreignit alors et répondit de toute son âme à son baiser.

Elle avait oublié ce que c'était, d'embrasser Angelo. La chaleur, la tendresse, le désir qui se déployait en elle…

Quand il mit fin au baiser, elle avait le vertige et lui, l'air étourdi.

— Sam…

— Je sais, dit-elle en suivant ses lèvres du bout des doigts. Moi aussi.

Il prit son visage en coupe dans la paume de ses mains.

— Je ne peux plus réfléchir. Juste là, maintenant, je ne pense qu'à te prendre dans mes bras et à t'entraîner dans ma chambre. En même temps, je ne veux rien précipiter. Nous avons tous les deux changé et je veux qu'on prenne le temps de refaire connaissance. Et de toute façon, je n'ai pas de préservatif.

— Moi non plus.

Il eut un petit sourire contrit.

— Maintenant, tu sais que je n'avais rien prévu de tout ça. Je comptais vraiment simplement te cuisiner à manger et être là pour toi comme un ami. Sauf que je ne suis pas…

Il lui effleura les lèvres des siennes. Il n'avait pas besoin de finir sa phrase : ils n'étaient pas amis. Ils étaient amants, ils se connaissaient intimement. Et il serait tellement facile pour eux de retomber amoureux.

— Tu restes encore un peu avec moi ? proposa-t-il.

— Ce serait dommage de gâcher ce café…

Il sourit, et écarta une chaise de la table pour la prendre sur ses genoux, l'entourant de ses bras.

— Et si on prenait cette photo pour ton père ?

Elle se lova contre lui tout en inclinant l'écran de son téléphone.

— Je te l'enverrai plus tard, dit-elle une fois le cliché pris.

— Merci, répondit-il en lui embrassant le bout du nez. Alors on réessaie ?

Ils ne pouvaient pas se promettre un avenir facile, simple. Elle avait un travail qu'elle aimait à Londres, et lui ne pouvait pas quitter l'Italie à cause de son père. S'ils voulaient être ensemble, l'un d'eux allait devoir faire un énorme sacrifice.

— Prenons les choses comme elles viennent, un jour après l'autre, déclara-t-elle, prudente.

Ils restèrent assis ensemble le temps de leur café. Puis Angelo proposa de raccompagner Sam à pied.

Comme c'était différent, de marcher dans Florence main dans la main avec lui. Les couleurs semblaient plus intenses, même si le soleil s'était couché. Des bribes de chansons d'amour lui parvenaient de partout…

Devant la porte de chez elle, il l'embrassa.

— Demain soir, si tu n'es pas prise, je peux te voir en rentrant de Rome ?

— Ça me plairait.

— À demain, alors, fit-il avant de déposer un doux baiser sur ses lèvres. Fais de beaux rêves.

7.

— Je suis content de te voir, papa, dit Angelo en embrassant son père.

— Moi aussi, répondit Ruggiero. Cette fois, j'ai la visite de mon fils, pas du médecin, n'est-ce pas ?

— Absolument.

— Bien. On pourrait manger dans le jardin, non ? J'ai pris des tomates et du fromage au marché hier, et j'ai fait du pain. Selon la recette de ta *nonna.*

— Magnifique. Moi j'ai ramené des *cantucci*. Mais ils ne sont pas faits maison.

— Pas de problème, tu n'as pas le temps de cuisiner, dit Ruggiero, dont le regard se fit plus perçant. Pourtant tu as l'air changé.

— Comment ça ?

— Je ne saurais pas dire précisément. Plus détendu, peut-être. Tout va bien au travail ?

— Oui, répondit Angelo, voyant là un bon prétexte pour introduire Sam dans la conversation. Je t'ai raconté que mon patron montait un service de chirurgie prénatale ?

— Oui, je trouve ça fascinant. C'est fou, de penser qu'on peut opérer *in utero.*

— Un professeur de Paris et une spécialiste de Londres sont là pour former l'équipe. Parmi mes patients, j'ai une future maman avec des triplés, un singleton et des jumeaux avec un syndrome transfusé-transfuseur. La spécialiste londonienne a pratiqué une ablation au laser sur le placenta et j'ai pu manipuler le laser sur quelques vaisseaux sanguins.

— Quand j'avais ton âge, jamais je n'aurais pensé qu'on puisse un jour faire de la chirurgie *in utero*.

— C'était comme avoir une baguette magique. On a donné une vraie chance à ces bébés. Mais il y a plus, dit Angelo en marquant une pause. Il s'avère que je connaissais la spécialiste de Londres.

— Vous aviez travaillé ensemble ?

— Plus que ça, fit-il avec un sourire. C'est Samantha.

— Quoi ? *Ta* Samantha ? Vous n'êtes pas trop mal à l'aise ?

— Étonnamment, non, une fois dépassé le choc de se revoir. On a tous les deux pris en âge et en sagesse.

Il n'avait jamais dit à son père pourquoi il avait rompu avec Sam, craignant que ce dernier se reproche leur rupture. Il avait prétendu que Sam et lui s'étaient éloignés.

— Alors vous travaillez ensemble sans problème ?

— En fait, elle aussi est célibataire. On a reparlé de notre histoire à Londres et pendant qu'elle est à Florence, on... on voit ce que ça donne, dit-il en sortant son téléphone. Je t'ai promis une photo avec une amoureuse. La voilà.

Ruggiero observa le selfie de près.

— Son sourire me fait penser à celui de ta mère, dit-il en regardant Angelo. Je suis désolé de ne pas avoir rencontré Samantha quand tu étais à Londres. À l'époque, je ne voyageais pas, j'avais peur d'aggraver mon mal de dos pendant le trajet. Et je ne voulais pas non plus que tu viennes à Rome, de crainte que tu comprennes que je n'allais pas bien.

— J'ai cru que tu me cachais une amoureuse, parce que c'était un peu tôt après la mort de maman. Ce qui ne m'aurait pas dérangé. D'ailleurs, cela fait longtemps que tu es seul, papa. Il serait peut-être temps de rencontrer quelqu'un ?

— Ça ne m'intéresse pas, répondit Ruggiero, repoussant l'idée d'un geste. Je ne remplacerai jamais ta mère.

— Tu ne la remplacerais pas, et tu ne porterais pas atteinte à sa mémoire. Tu ouvrirais simplement ton cœur à quelqu'un d'autre. Et je peux te le dire parce que je l'aimais, moi aussi :

maman n'aurait sûrement pas voulu que tu restes seul mais plutôt que tu rencontres quelqu'un qui t'aime.

— Je suis bien comme je suis. Que dirais-tu d'aller marcher avant le repas ?

En d'autres termes, il ne voulait pas en parler. Mais avec un peu de chance, Angelo avait planté une petite graine dans l'esprit de son père.

— Une petite promenade, bonne idée.

Cela faisait longtemps qu'il n'avait pas vu son père aussi détendu. La conversation était fluide et Angelo renonça à rechercher chez lui des signes de rechute. Était-ce grâce à Sam ? Elle l'avait encouragé à faire confiance à son père et il comprenait à présent le bénéfice que leur relation pouvait en tirer.

Dans le train revenant de Rome, Angelo lui envoya un message.

Je t'offre un cocktail ce soir et peut-être un pas de danse ou deux ?

Elle lui répondit rapidement.

Parfait. À quelle heure ?

On se retrouve chez toi, vers 20 heures ?

Je serai prête. Comment allait ton père ?

Très bien. Et merci, tu me l'as fait découvrir sous un nouveau jour. C'était une très bonne journée. x

Un peu de temps passa, puis elle lui envoya un « De rien » suivi d'un cœur.

Il ne put s'empêcher de sourire. Sam s'était adoucie avec l'âge. Il aimait la femme qu'elle était devenue. Et il espérait vraiment que cela fonctionnerait entre eux.

Sam était venue à Florence avec une seule valise, des tenues de travail, des jeans et des hauts confortables. Elle n'avait pas de robe ni rien qui convienne pour boire des cocktails et danser. Aurait-elle le temps de trouver de jolis vêtements et des chaussures avant la fermeture des magasins ?

Elle fit un petit tour sur Internet pour savoir où trouver les boutiques et appela Nina en sortant.

— Tu es joignable, dans l'heure qui vient ?

— Si ta filleule continue à dormir, oui. Pourquoi ?

— Je vais avoir besoin de ton goût si sûr pour la mode.

— Je me spécialise en bavoirs et taches diverses, en ce moment, tu es au courant ?

— Ce n'est pas ce que j'avais en tête, dit Sam en riant. Je n'ai pas emporté de robe et je sors danser ce soir, alors je vais avoir besoin de chaussures, d'une robe, et les magasins ferment dans une heure, et…

— Pas de panique, respire. Tu sors avec des collègues et ça t'était sorti de la tête ?

— Pas précisément, répondit vaguement Sam.

— Tu as un rendez-vous galant ?

— Hum, oui. Danse et cocktails.

— Beau programme. Alors, avec qui est-il, ce rendez-vous ? J'imagine que vous travaillez ensemble ? Il s'appelle comment ? Il *est* comment ?

— Tu le connais, répondit Sam en gigotant. C'est Angelo.

— *Angelo* ? fit Nina d'une voix choquée. Tu es sûre que c'est une bonne idée de sortir avec lui ? Il t'a brisé le cœur…

— Je sais, mais on a parlé, hier soir. Je sais pourquoi il a rompu, maintenant.

— Il avait une bonne raison, alors ?

— C'est compliqué. Une histoire de famille.

— OK, dit Nina d'une voix méfiante.

— Il est revenu pour moi à Londres, Nina. Je n'en savais rien. La réceptionniste lui a dit que j'étais en week-end avec Greg et Angelo voulait que je sois heureuse, alors il est parti. Tu te rends compte ? Précisément le week-end où j'ai rompu avec Greg.

— Je veux juste éviter que tu souffres à nouveau…

— Je ne vais pas souffrir. Angelo a changé, et moi aussi.

— Je demande à voir. En attendant, tu as besoin d'une robe et de chaussures avec lesquelles danser. Ils sont chics, à Florence ?

— C'est en Italie, Nina, répondit Sam en levant les yeux au ciel. On dirait qu'ils sont tous mannequins.

— D'accord. Alors joue la sécurité. Trouve-toi une petite robe noire, et des chaussures avec des talons qui te galbent la jambe sans te faire d'ampoules. Tu as pris des bijoux ?

— Hum. Il me faut des bijoux ?

— Oui. Trouve la robe et les chaussures, puis occupe-toi des accessoires. Il te faut aussi un sac. Sans blague. Ma meilleure amie va s'habiller correctement pour la première fois depuis des lustres et elle fait ça sans moi, à des centaines de kilomètres. Me priver d'une séance de shopping où j'aurais pu décider de tout !

— Je comptais prendre des photos dans le salon d'essayage et te les envoyer. C'est presque aussi bien.

— Non, mais c'est mieux que rien.

Cinquante-six minutes plus tard, après avoir essayé huit petites robes noires et finalement opté pour la première, Sam était en possession d'une robe, d'une étole, de chaussures, d'un sac et d'un sautoir.

— Appelle-moi en vidéo quand tu es coiffée et maquillée, dit Nina. Et mange des sucres lents, si tu bois des cocktails après.

— Pour me tenir au ventre, je sais, répondit Sam. À tout à l'heure.

Un SMS à Angelo lui confirma qu'ils ne dînaient pas ensemble, et elle passa par la petite pizzéria du coin de la rue pour emporter quelque chose à manger. Une fois douchée, habillée, coiffée et maquillée, elle appela Nina en vidéo, mit son téléphone en équilibre sur le rebord de la fenêtre, et tourna sur elle-même pour que son amie puisse juger sa tenue.

— Tu es à tomber, fut le verdict.

— Je suis nerveuse à un point, c'en est ridicule. J'ai l'impression d'avoir dix-sept ans.

— Amuse-toi bien, mais fais en sorte de laisser ton cœur en dehors de ça, d'accord ?

— Entendu, répondit Sam.

Mais les papillons dans son ventre se multiplièrent lorsque la sonnette de la porte d'entrée retentit.

— Je descends, répondit-elle à l'Interphone, en espérant que sa nervosité ne s'entendait pas.

C'était fou. Elle connaissait Angelo. Ils étaient sortis ensemble pendant deux ans. Ils avaient failli aller plus loin. Certes, cela avait mal fini, mais elle comprenait désormais qu'elle n'y avait été pour rien. Les circonstances extérieures avaient joué contre eux.

Elle drapa l'étole autour de ses épaules, ferma la porte à clé, et descendit à sa rencontre.

Angelo l'attendait dans la rue. Il était incroyablement élégant, en pantalon noir ajusté et veste de costume, avec une jolie chemise et des chaussures cirées à la perfection.

— Salut, dit-il avec un sourire qui la fit chavirer. Tu es très belle.

— Tu n'es pas mal non plus, répondit-elle, intimidée. Alors, ton père allait bien ?

— Très bien. J'ai suivi tes conseils, et on a passé une journée charmante.

— Ça me fait vraiment plaisir.

— Prête pour les cocktails ?

— Absolument, répondit-elle, le cœur battant.

Il lui prit la main et ils prirent la direction du fleuve en flânant dans des rues pavées. Un instant, elle crut qu'il allait l'emmener voir le coucher du soleil d'un des ponts, le reflet du ciel rose orangé dans l'eau était probablement magnifique, mais il lui indiqua un passage qui n'avait l'air de rien et débouchait sur l'entrée d'un établissement.

— On va prendre l'ascenseur, proposa-t-il en désignant ses chaussures à talons. Ménageons tes pieds pour la danse.

L'ascenseur était juste assez grand pour deux personnes. Leur proximité, l'odeur boisée de son après-rasage la firent frissonner.

— Samantha, fit-il en posant doucement les mains sur sa taille.

Deux ans auparavant, il l'aurait embrassée. Allait-il l'embrasser, maintenant ? Il se pencha vers elle, réveillant chacune de ses terminaisons nerveuses, et effleura sa joue de ses lèvres.

— Je ne sais pas ce qui t'a mis ce feu dans le regard, lui dit-il à l'oreille, mais accroche-toi à cette pensée.

— Je songeais à tes baisers, avoua-t-elle d'une voix rauque.

L'attirant à lui, il lui frôla le cou des lèvres, elle ferma les yeux. Le « ping » de l'ascenseur retentit, les portes allaient s'ouvrir.

— Garde bien cette idée à l'esprit, *carissima*.

Heureusement, Angelo lui tenait la main à la sortie de l'ascenseur, parce qu'elle tenait à peine sur ses jambes.

Elle découvrit pour son plus grand plaisir qu'ils étaient dans une sorte de jardin aménagé sur le toit du bâtiment, avec une vue panoramique sur Florence. L'Arno n'était pas visible mais le soleil se couchait sur les toits rouges de la ville et ses bâtiments les plus remarquables.

— C'est splendide, souffla-t-elle.

— Nous pourrions prendre un verre ici, puis aller danser.

— C'est parfait.

— Qu'est-ce que je t'offre ? demanda-t-il en se dirigeant vers le bar.

— Je ne sais pas, dit-elle en souriant au barman. Quel cocktail serait typiquement florentin ?

— Le Negroni, sans le moindre doute. Il a été inventé ici il y a une centaine d'années.

— Qu'est-ce qu'il y a dedans ?

— Un bitter, du vermouth rouge et du gin, répondit le barman. Ou, si vous préférez une boisson un peu moins alcoolisée, essayez le Negroni *sbagliato*, où le gin est remplacé par du prosecco.

— Je vais opter pour ça, répondit-elle.

— Et un Negroni classique pour moi, s'il vous plaît, dit Angelo.

Le barman mixa leurs boissons d'une main experte, et y ajouta des glaçons et une tranche d'orange sanguine.

— Merci, fit Angelo.

Et ils regagnèrent la terrasse main dans la main, leurs boissons dans l'autre.

Sam voulut s'asseoir face au dôme de la cathédrale, tant elle adorait cette architecture.

— Je pourrais nous prendre des billets pour y aller, un soir après le travail, proposa Angelo en levant son verre. *Salute*.

— Santé, répondit-elle en levant le sien.

Il but une gorgée et grimaça.

— Il n'est pas bon ?

— Disons que je ne suis pas fan de cocktails. Je prendrai un verre de vin rouge, la prochaine fois. Le tien est comment ?

— Délicieux. Goûte, tout est meilleur avec des bulles.

— Même les Bellini trop sucrés, dit-il en levant les yeux au ciel. Tu te souviens de ceux qu'on a bus à Venise ?

— Sur la place Saint-Marc, assis dehors collés au chauffage parce que c'était février mais qu'on voulait voir les étoiles. Et danser sur la place.

— On était les seuls à danser, ajouta-t-il d'une voix douce.

Peu leur importait. Ils avaient eu l'impression d'être à l'endroit le plus romantique du monde : il n'y avait qu'eux, la musique, et la gigantesque place vide, du temps où ils étaient amoureux fous l'un de l'autre.

Pourtant, deux mois plus tard, tout s'effondrait.

Leur relation fonctionnerait-elle aujourd'hui ? Elle frissonna à l'idée de perdre Angelo à nouveau.

— Tu as froid ? demanda-t-il en esquissant le geste de quitter sa veste.

Elle riva son regard au sien.

— Non, ça va. Venise, c'était il y a longtemps.

— À l'époque, nous étions des personnes différentes. Concentrons-nous sur le présent.

— D'accord.

Elle offrit la tournée suivante, chianti pour lui, un autre Negroni *sbagliato* pour elle, puis ils passèrent sur l'autre rive de l'Arno.

— Je ne suis jamais venu là, dit Angelo en empruntant un nouveau passage, mais les critiques sont enthousiastes. C'est rétro.

Heureuse surprise, du moins pour Sam, la musique du club

la ramena à ses années étudiantes, et ils se joignirent bientôt à la foule qui s'amusait sur la piste de danse.

— J'avais oublié à quel point j'aimais ça, lança-t-elle lorsqu'ils firent une pause pour prendre un verre d'eau.

— Je ne me souviens plus trop des pas, répondit Angelo, mais je suis d'accord, c'est très amusant.

Ils dansèrent pendant plus d'une heure, puis le DJ ralentit le rythme trépidant et Angelo attira Sam à lui.

Elle ferma les yeux, appréciant leur étreinte tandis qu'ils se laissaient bercer par la musique. Tout ce qui les entourait disparut, le décor comme les gens, elle n'était plus consciente que des battements de cœur d'Angelo, de son sang à elle qui pulsait au même rythme que le sien.

Ils étaient joue contre joue, et elle ne résista pas. Elle tourna légèrement la tête et embrassa doucement la commissure de ses lèvres. Ses bras se resserrèrent autour d'elle et elle plaqua ses lèvres contre les siennes.

L'instant d'après, il l'embrassait à pleine bouche et ses années de solitude s'évanouirent. Angelo la touchait, l'embrassait, la chaleur de son corps se transmettait à elle. Elle avait aimé, perdu, et finalement retrouvé son homme.

Quelqu'un les percuta et s'excusa, brisant l'enchantement. Pour le plus grand embarras de Sam, la musique avait totalement changé ; tout le monde bondissait sur la piste de danse sans qu'ils s'en soient aperçus tant ils avaient été absorbés dans leur baiser. Angelo lui prit la main et la guida hors du cercle des danseurs.

— Je n'en reviens pas, c'est comme si on avait dix-sept ans.

— C'est la faute des slows, répondit-il, les yeux brillants de joie. Je ne sais pas pour toi, mais tous les morceaux me rappelaient nos études. Pas étonnant qu'on ait perdu quinze ans d'âge !

Elle lui sourit. La musique n'y était pour rien, elle le savait. C'était d'être si près de lui qui la mettait dans cet état. Mais elle lui était reconnaissante de faire en sorte que la situation reste légère.

— On cherche un endroit plus calme ? proposa-t-elle.

— Bonne idée !

Ils reprirent les petites rues pavées, traversèrent le pont dans l'autre sens et arpentèrent la vieille ville dans les bras l'un de l'autre.

À un moment, ils se retrouvèrent en bas de chez Sam.

— Tu veux monter prendre un café ? demanda-t-elle.

— Oui, mais je ne le ferai pas.

— Pourquoi ?

— Vu comme on s'est mangés de baisers dans un club bondé, au point de ne pas s'apercevoir que la musique avait changé, on sait d'avance ce qui va se passer en tête à tête dans un endroit privé. Et je ne veux pas brûler les étapes.

Il déposa un baiser sur ses lèvres, et reprit :

— J'ai envie de te faire la cour, Sam. De bien faire les choses. Tu es occupée, demain ?

— J'ai un rendez-vous galant avec un lave-linge et un aspirateur.

— Tu pourrais peut-être leur demander de repousser ? Il paraît qu'il va faire beau. Je t'aurais bien emmenée faire un tour en voiture dans les environs.

— Le Romain en toi a envie de visiter un temple à moitié écroulé ou un truc du genre ?

Il rit.

— Maintenant que tu le dis, il y a un amphithéâtre… Mais on peut aller voir autre chose, si tu veux.

— Je n'ai jamais compris pourquoi tu n'étais pas devenu archéologue, fit-elle avec gaieté.

— J'y ai pensé, quand j'avais une douzaine d'années. Mais mes parents étaient médecins, c'était l'orientation la plus évidente.

Après un autre baiser, il poursuivit :

— Je t'invite à déjeuner pour me faire pardonner toutes ces ruines romaines. Et l'après-midi on pourrait se promener dans un jardin. Avec une glycine.

— Ça me plairait beaucoup. À quelle heure on se retrouve ?

— À 9 heures ?

— Je serai là.

— Parfait, dit-il en l'embrassant. À demain. Prends un chapeau qui ne s'envole pas au premier coup de vent.

Le lendemain matin, Sam se réveilla avec le sourire. Elle allait passer une journée entière avec Angelo, à découvrir les collines autour de Florence. Songeant à leurs randonnées passées, elle s'habilla pour une longue marche, attrapa un café et des toasts, mit une bouteille d'eau dans son sac, puis se dirigea vers chez lui.

— Dr Clarke, dit-elle à l'Interphone, prête pour une mission d'exploration de vieilles ruines !

— Je descends, répondit-il en riant.

Elle comprit en découvrant sa voiture, basse, élégante et rouge, avec une capote, pourquoi il avait précisé que son chapeau devait lui tenir bien sur la tête. Le trajet dans Florence puis dans la campagne alentour lui donna l'impression d'être une star. L'Italie en été, dans une décapotable, au soleil : qu'y avait-il de mieux ?

— On va où ? demanda-t-elle.

— À Fiesole, ce n'est pas l'itinéraire le plus direct mais il y a une jolie route qui devrait te plaire.

Le paysage était splendide, tout en patchwork de champs, collines vallonnées et cyprès. Elle prit photo après photo. Fiesole s'avéra une très jolie petite ville, avec sa place principale entourée de cafés, sa cathédrale et son campanile.

Ils explorèrent les ruines des thermes romains et ses arcades en pierre, et l'amphithéâtre, qui avait été admirablement préservé.

— Mets-toi près de l'arcade, dit Angelo. Avec le campanile au fond, ça va faire une jolie photo pour ta mère. Je la prends avec mon téléphone et je te l'envoie.

Quand ils eurent fait le tour des ruines, ils grimpèrent les rues escarpées vers le prieuré. De là-haut, la vue embrassait un vallon planté d'oliviers, des cyprès en ligne droite, puis Florence apparaissait au loin, avec le dôme de la cathédrale en plein milieu.

— C'est renversant, s'exclama Sam. Merci de m'avoir emmenée ici.

Il planta un baiser sur ses lèvres.

— Tout le plaisir est pour moi. J'espérais que ça te plairait. Et rien qu'être avec toi est un régal.

Après le déjeuner sur la place principale, ils reprirent la voiture en direction d'un jardin historique où la glycine était toute en fleur. Ravie, Sam insista pour qu'ils posent devant. Tout le jardin était magnifique, plein de haies de buis, de fontaines, avec des géraniums débordant de pots en terre cuite ; des terrasses descendaient vers un lac turquoise. Même sous le soleil de l'après-midi, la température était délicieusement fraîche, et Angelo profitait de chaque recoin pour embrasser Sam.

La route du retour à travers les collines se révéla enchanteresse. Émerveillée par ce cadre grandiose, Sam retomba amoureuse de l'Italie. Elle aurait facilement pu retomber amoureuse d'Angelo aussi. La journée lui rappelait de nombreuses autres qu'ils avaient passées ensemble. Ils aimaient les mêmes choses, voyaient le monde du même œil.

Pourtant, si elle comprenait désormais pourquoi il l'avait laissée tomber, elle ne parvenait pas à se détendre complètement. Comment aurait-elle pu être certaine qu'il ne l'abandonnerait pas de nouveau, la prochaine fois que la vie lui jouerait un mauvais tour ? Si elle lui confiait de nouveau son cœur, le briserait-il encore ?

Passer la journée avec Sam avait fait comprendre à Angelo à quel point elle lui manquait, elle et le couple qu'ils avaient formé.

Mais il devait lui laisser du temps. La moindre pression sur elle la ferait reculer. Ils devaient refaire connaissance, et elle avait besoin d'apprendre à lui faire confiance.

Les quelques semaines qu'elle allait passer en Italie leur suffiraient-elles pour éclaircir la situation entre eux ? Peut-être allait-il devoir lui aussi faire un saut dans le vide.

Après s'être garé non loin de chez Sam, Angelo lui sourit.

— Il est peut-être temps que je te rende à ton lave-linge pour votre tête-à-tête ?

— Le linge sale peut attendre, je n'ai pas envie que la journée finisse déjà. Je t'invite à dîner au restaurant ?

Lui non plus n'avait pas envie que cela s'arrête.

— Merci, j'adorerais.

Bientôt, ils traversaient, main dans la main, le Ponte Vecchio en direction d'Oltrarno. Ils passèrent devant les cadenas attachés à la rambarde avec des noms d'amoureux, devant les magasins de bijoux, ils empruntèrent des rues étroites bordées d'ateliers fabriquant des violons aussi bien que des chaussures ou des mosaïques, et trouvèrent finalement un minuscule restaurant au plafond voûté, avec des nappes à carreaux rouge et blanc et le menu inscrit à la craie sur un tableau noir. Sam jeta un œil par la fenêtre.

— Il y a partout des restaurants avec des bouteilles en guise de bougeoirs, mais je n'en avais jamais vu arrangées en lustre au plafond. C'est trop joli. On mange ici ?

Ils commandèrent des tortellinis, puis du poulet bardé de jambon de Parme et farci au gorgonzola. Le serveur leur apporta un pichet de chianti.

— Il faut que j'en trouve un comme ça pour Nina, dit-elle en admirant la poterie d'un bleu profond et son motif de marguerites blanches. Elle a tout un assortiment de fleurs sur un rebord de fenêtre, dans sa cuisine.

— Comment va-t-elle ? demanda Angelo.

Il avait toujours aimé la meilleure amie de Sam.

— Bien. Depuis la dernière fois que tu l'as vue, elle s'est mariée et elle a eu un enfant, Lily. C'est ma filleule et c'est le plus beau bébé du monde !

Était-ce une ombre de regret dans son regard ? Sam voulait-elle des enfants ? Ils n'avaient jamais vraiment eu cette discussion, mais il avait toujours pensé qu'ils finiraient par fonder une famille ensemble.

— Attends, je vais te montrer, dit-elle, et elle chercha un album photo intitulé « Lily » dans son téléphone.

Il y avait d'abord des photos de Sam assise sur le lit d'hôpital de Nina, en train de bercer un nouveau-né. En faisant défiler les images, il vit Sam en marraine fière de tenir dans ses bras un bébé en robe de baptême, puis Lily qui changeait et se mettait à quatre pattes, s'asseyait, rampait et finalement s'accrochait aux meubles pour tenir debout avec un air de profond plaisir et de satisfaction.

— C'était un jour ou deux avant que je vienne à Florence. Elle en est à ses premiers pas, maintenant. C'est *la* chose que je regrette en étant ici : ne pas être là-bas quand Lily va commencer à marcher pour de bon. Même si Nina m'a promis une vidéo. Elle m'a envoyé celle-là hier.

Il regarda Lily faire de grands signes à la caméra pour Sam, puis lui rendit le téléphone.

— Elle a l'air adorable.

— Elle l'est.

L'expression de regret qui traversa de nouveau le visage de Sam s'effaça avec l'arrivée du serveur et des tortellinis.

La conversation resta légère pendant tout le dîner puis Angelo raccompagna Sam chez elle en la tenant par la main. Il comptait l'embrasser sur le seuil de son immeuble et partir, mais elle lui proposa de monter pour un café.

Comment aurait-il pu résister ?

— Quelle incroyable fresque, lança-t-il en entrant dans le salon.

— N'est-ce pas ? L'art est vraiment partout à Florence.

— C'est frappant.

— Plus qu'à Rome ? demanda-t-elle, moqueuse, en préparant le café.

— Rome a davantage de fontaines que Florence. Sans parler du Panthéon !

— Je crois avoir lu quelque part qu'il était moins grand que le dôme de la cathédrale ?

— De très peu. Et il y a le Colisée, à Rome.

— Oui, mais il y a des Michel-Ange partout, ici.

— La chapelle Sixtine, ça te dit quelque chose ?

Elle éclata de rire.

— J'adore quand tu deviens pompeux à propos de Rome. Et tu viens d'annexer le Vatican. Il n'a rien de romain !

— C'est la mauvaise influence de mon père, dit-il en riant à son tour. Tout le ramène à Rome. Il faut dire que grandir là-bas est une expérience, avec ce mélange de ruines et de bâtiments modernes. En un clin d'œil, on remonte deux mille ans en arrière. Ça m'a toujours fasciné.

— Mon père est pareil. Si un jour vous allez à Pompéi ensemble, il faudra qu'on vous y laisse tous les deux pour une semaine, maman et moi.

— Ça suffira peut-être, mais à peine.

Il avait pensé boire un café et partir, mais le seul endroit où s'asseoir était à côté de Sam, sur le canapé. Il avait passé un bras autour de ses épaules, puis l'avait évidemment embrassée. Jusqu'à ce que le désir lui donne le vertige.

Il devait partir tant qu'il en était encore capable. Il mit fin au baiser et caressa la joue de Sam.

— Je voudrais que les choses se fassent à ton rythme, souffla-t-il, alors je vais y aller. Mais merci pour cette journée passée avec toi. C'était parfait.

Elle effleura ses lèvres d'un baiser et tout son corps réagit.

— Ça m'a plu, à moi aussi. La Toscane est splendide. Et toi aussi.

Les battements de son cœur redoublèrent.

— Sam, il faut que j'y aille. On se voit demain à l'hôpital.

Il se leva à contrecœur, la chaleur de son corps lui manqua instantanément. Et le baiser d'au revoir qu'elle lui donna fit pulser le sang dans ses veines jusqu'à ce qu'il arrive chez lui. Y aller doucement allait le rendre fou, mais si cela lui donnait une chance de reconquérir Sam, ça en valait la peine.

8.

De retour dans le service, Sam et Angelo se comportèrent en collègues, et ne déjeunèrent ensemble qu'en compagnie d'autres membres de l'équipe. Ils collaborèrent pour les cas les plus compliqués de la patientèle d'Angelo, et Sam consacra beaucoup de temps à former du personnel médical qui n'incluait pas toujours Angelo.

Pour laisser leur nouvelle relation trouver son propre rythme, ils ne se voyaient pas tous les soirs. Le mardi, Sam accompagna des collègues sages-femmes à un cours de fitness, puis dîna avec elles. Le jeudi, Angelo l'emmena visiter le jardin Bardini. Une volée de marches de style baroque menait à une terrasse avec une vue renversante sur la ville. Mais ce qui plut le plus à Sam fut l'endroit qu'Angelo avait gardé pour la fin : la tonnelle de glycine. La douce odeur musquée, les magnifiques fleurs qui formaient une sorte de cascade violette, les papillons qui se posaient pour boire le nectar…

— C'est enchanteur, dit-elle, ravie.

Angelo lui offrit un sourire heureux.

— Je savais que ça te plairait.

La semaine passa très vite. Le jeudi suivant, Angelo vint trouver Sam et Henri.

— J'ai un nouveau cas potentiel pour le service, lança-t-il. Et je pense que vous êtes le dernier espoir des parents. Le mien aussi, d'ailleurs.

— Racontez-nous tout, dit Henri.

— Rosa Pozzoli est enceinte de vingt-cinq semaines. Le bébé

a une grosseur sur le poumon. Elle n'est pas cancéreuse, mais elle a grossi depuis le dernier scanner, il y a trois semaines, et il semblerait qu'elle commence à comprimer le cœur du bébé. Il y a un risque d'arrêt cardiaque.

— Peut-on voir le scanner ? demanda Sam.

— Bien sûr, fit Angelo en désignant l'ordinateur d'Henri. Je peux ?

— Je vous en prie, répondit celui-ci en libérant son siège.

Angelo lança une session, ouvrit deux fichiers, et tourna l'écran vers Sam et Henri.

— Voici le scan précédent, et celui d'aujourd'hui.

Henri hocha la tête.

— Votre diagnostic est parfaitement exact. Si on attend la naissance pour opérer, le bébé ne survivra pas.

— Alors on doit opérer maintenant, dit Sam en zoomant sur la zone autour de la tumeur. On dirait qu'elle n'est alimentée que par un seul vaisseau sanguin, ou est-ce que je ne vois pas tout ?

— Non, je suis d'accord, répliqua Henri.

— Une thérapie thermique interstitielle au laser permettrait de cautériser le vaisseau, et la grosseur ne bougerait plus.

— Quel est l'état de santé du bébé ? demanda Henri. Nous devons informer les parents que l'opération entraîne un risque d'arrêt cardiaque.

— Le bébé est plus faible que je ne voudrais, répondit Angelo, mais comme vous le disiez, si nous n'agissons pas il va mourir. Couper l'approvisionnement en sang de la tumeur lui laisse au moins une chance.

— Bien, répondit Henri en inclinant la tête. Sam, vous voulez vous en charger ?

— J'ai traité un cas similaire, mais ça ne concernait pas le cœur. Si les parents nous donnent le feu vert pour l'opération, ce serait l'occasion pour moi de pratiquer cette opération. Mais j'aimerais que vous soyez présent, Henri, pour m'épauler en cas de besoin.

— Entendu.

— Les parents sont là, Angelo ? demanda Sam.

— Non, je les ai envoyés prendre l'air dans les jardins pendant que je venais voir avec vous ce qui pouvait être envisagé. Il n'y a rien de pire que d'être enfermé entre quatre murs en attendant le verdict des médecins.

— Alors bipe-moi quand vous êtes prêts, je vais en profiter pour regarder les scans de plus près.

Angelo regagna sa salle de consultation, prit les patients suivants en charge, puis bipa Sam lorsque Rosa et Cosimo Pozzoli furent de retour.

Il fit rapidement les présentations. Les Pozzoli avaient l'air malades d'inquiétude.

— Pouvez-vous faire quelque chose pour aider notre enfant, docteur Clarke ?

Elle leur exposa l'opération possible et les informa des risques.

— Nous comprenons que ce n'est pas sans danger, dit Rosa, mais cette opération est notre seul espoir. Si vous avez une chance de sauver notre bébé, alors s'il vous plaît, faites-le.

— Avant que vous preniez votre décision, laissez-moi vous expliquer la procédure, commença Sam. Ce qui se passe, lorsqu'on opère un bébé en dehors de l'utérus, c'est qu'il ne bouge pas. *In utero*, il flotte dans le liquide amniotique. J'ai besoin que le bébé bouge le moins possible, parce que je dois être très précise avec le laser. Ce qui veut dire que je dois anesthésier le bébé pendant l'opération.

— On peut faire une anesthésie alors que le bébé est encore dans le ventre ? lâcha Cosimo, manifestement abasourdi.

Sam hocha la tête.

— Je l'ai déjà fait. On injecte l'anesthésiant dans la fesse du bébé.

— Ça a l'air très risqué, dit Rosa en se mordant la lèvre.

— J'ai l'expérience de ce genre de procédure, et si vous vous décidez en faveur de l'opération, le Pr Henri Lefevre, de Paris, sera à mes côtés. Si j'ai le moindre doute, je le consulterai.

Les Pozzoli posèrent quelques questions de plus, dont certaines pour Angelo, puis Rosa prit la main de Cosimo.

— C'est ce qui donne le plus de chances à notre bébé. Donc oui, nous souhaitons l'opération.

— Je vous promets de prendre le plus grand soin de lui comme de vous, dit Sam. Nous allons programmer cela pour demain matin. Vous serez consciente pendant l'opération, Rosa, vous saurez donc ce qui se passe. Et nous devrions pouvoir vous montrer le visage de votre bébé, histoire que vous puissiez fixer vos pensées sur un événement réjouissant. Si vous avez d'autres questions, notez-les, nous y répondrons demain. Je vous laisse en compagnie d'Angelo, maintenant. À demain.

Après leur journée de travail, Angelo fut heureux de retrouver Sam pour une visite du dôme de la cathédrale. Il y était déjà allé, mais cela lui plut à nouveau beaucoup, et d'autant plus grâce à l'émerveillement de Sam. Ils grimpèrent l'étroit escalier, si raide, si bas de plafond, aux marches creusées par les milliers de pieds qui l'avaient emprunté avant eux.

— La dernière partie est presque à la verticale, dit Sam dans un murmure d'horreur. Tu as vu la hauteur des marches ?

— Agrippe la rampe pour te hisser, répondit Angelo à voix basse. Je suis juste derrière toi. Je ne te laisserai pas tomber.

Ils grimpèrent les dernières marches et débouchèrent à la lumière du jour, sous le ciel d'un bleu profond de Florence, avec quelques petits nuages cotonneux. De si haut, même le campanile avait l'air petit. Angelo nomma les églises et les monuments qui dépassaient des toits de tuiles rouges.

— Et tous ces petits villages sur les collines, c'est tellement joli, dit Sam.

Elle prit un selfie d'eux deux au sommet, avec la vue à couper le souffle en arrière-plan.

— Tu es contente de l'avoir fait, malgré les quatre cent trente-six marches ?

— Pour une vue comme ça, sans le moindre regret. Et c'était incroyable aussi, de voir les fresques du dôme de si près.

Ils redescendirent faire un tour de la cathédrale, et admirèrent le paon en mosaïque de la crypte.

— Il y a une liste de noms dans la mosaïque, ce sont les gens qui l'ont financée, expliqua Angelo. Ça indique même la superficie pour laquelle ils ont payé. Apparemment, c'est un certain Obsequentius qui nous a offert le paon.

— Incroyable, et c'est toujours là, des centaines d'années plus tard, avec des couleurs aussi éclatantes !

Dehors, ils s'offrirent une glace et flânèrent, main dans la main, en prenant le chemin du retour.

— Merci de m'avoir changé les idées, dit Sam, j'en avais vraiment besoin.

— L'opération de demain te rend nerveuse ?

— Un peu. Je stresse souvent, la veille d'une opération ; mes patients sont tellement minuscules. Il n'y a pas de place pour la moindre erreur. Un simple millimètre peut faire la différence entre une réussite totale et une catastrophe.

— Je t'ai vue opérer, tu es une excellente chirurgienne. Et tu as déjà pratiqué une opération similaire, même si la procédure n'est pas tout à fait la même.

— C'est vrai. Mais j'imagine que c'est le bon moment pour que je stresse, que je tremble et que je doute, parce que je n'ai pas le droit de perdre mes moyens au bloc.

— Tu redonnes espoir à des parents qui, sans ton intervention, perdraient sans doute leur bébé.

Elle hocha la tête, et lui lança un regard en coin.

— Tu es pris, ce soir ?

— Je n'ai rien prévu de particulier.

— J'ai encore besoin de penser à autre chose. Raconte-moi tes pires blagues.

— Pour ça, il te faudrait quelqu'un du service pédiatrique. Mais je peux te proposer une autre option : un divertissement à la télé, accompagné d'un verre de vin.

— Bonne idée.

Il l'installa chez lui devant la télé avec un verre et la télécommande.

— Je vais nous préparer quelque chose à manger.

— Tu as besoin d'aide ?

— Non, profite, dit-il avec un sourire.

Il fit un risotto de poulet avec des haricots verts à la vapeur, qu'ils mangèrent sur le balcon, puis ils se pelotonnèrent sur le canapé. Quelques minutes plus tard, Angelo se rendit compte que Sam s'endormait. Devait-il lui proposer de rester pour la nuit ? Cela la ferait courir le lendemain matin, elle n'avait pas besoin de ce stress supplémentaire.

— Eh, Belle au bois dormant, je vais te raccompagner chez toi.

Elle bâilla, s'étira et sauta sur ses pieds.

— Merci de m'avoir soutenue en pleine crise de confiance. Ça compte beaucoup pour moi.

— Je t'en prie.

Il la raccompagna et l'embrassa pour la nuit en bas de chez elle.

— Appelle-moi si tu ne trouves pas le sommeil. À n'importe quelle heure. Je serai là pour toi.

Elle l'embrassa à son tour.

— Merci. À demain matin.

Le lendemain matin, pour se débarrasser de ce qui lui restait de stress, Sam alla courir. Après une bonne douche et un shampoing, elle partit travailler en se sentant redevenue à 100 % la professionnelle qu'elle était d'habitude.

Sa journée commençait par le rendez-vous hebdomadaire avec les Bianchi et Angelo, et le scan lui donna entièrement satisfaction. Les triplés se portaient bien, et le plus fluet commençait à rattraper les autres.

Elle passa également au service des soins intensifs prendre des nouvelles des Costa.

— On m'attend au bloc, mais je voulais voir comment vous alliez.

— On a l'autorisation de ramener Paola à la maison aujourd'hui, dit Raffaella, radieuse.

— C'est une excellente nouvelle, répondit Sam qui en profita pour câliner le bébé. Elle a l'air en forme. Vous avez eu les résultats des examens ?

— Oui, le diagnostic porte sur un syndrome de Weaver, fit Mauro.

C'était une maladie génétique rare liée à une avance d'âge osseux qui expliquait la taille du crâne de Paola.

— Il est possible qu'elle ait des retards d'apprentissage et, parce que ses os vont se développer plus vite que la moyenne, il faut s'attendre à des problèmes d'équilibre et de coordination des mouvements, expliqua Raffaella. Mais le principal est qu'elle soit avec nous, en bonne santé. Nous ferons tout pour lui apporter le soutien dont elle a besoin.

— On a tellement hâte de la ramener à la maison, poursuivit Mauro. Et nous ne pourrons jamais vous remercier assez pour ce que vous avez fait.

— Je n'étais pas seule, il y avait toute une équipe derrière moi, dit Sam. Et je vais devoir vous rendre ce petit bout, même si je pourrais rester ici à lui faire des câlins toute la matinée.

Après avoir pris congé des Costa, elle alla saluer Rosa et Cosimo, qui étaient avec Angelo, puis se prépara pour l'opération.

— Comment ça va ? lui demanda Angelo alors qu'ils se dirigeaient vers le vestiaire.

— Beaucoup mieux qu'hier. Merci encore de m'avoir soutenue dans mes errements…

— De rien. D'ailleurs, tu aurais fait la même chose pour moi.

Ils finirent de se laver les mains, puis rejoignirent l'équipe dans la salle d'opération et passèrent en revue le déroulement des événements. Tout fut prêt avant que Rosa arrive sur son brancard.

— Le gel antiseptique que je vais vous passer sur le ventre est un peu froid, Rosa, puis l'anesthésie locale pourrait gratter un peu. Ensuite, vous ne sentirez plus rien, et surtout pas de douleur, sauf peut-être une sorte de pression parfois. Si vous avez la moindre inquiétude, parlez-en à Angelo. Et si vous avez besoin que je fasse une pause, pas de problème.

— Je vais bien, répondit Rosa malgré ses yeux écarquillés par l'angoisse.

L'anesthésiste s'assura que le ventre de Rosa était devenu insensible, et Angelo guida sa respiration. Alors Sam se mit au travail. Basant ses mouvements sur le scanner, elle pratiqua l'anesthésie du bébé par une piqûre dans les fesses, puis introduisit la fibre laser dans le fin tube en métal.

Un minuscule vaisseau sanguin.

Si elle faisait bien les choses, elle allait sauver une vie.

Dans le cas contraire…

Elle ferma un instant les yeux et inspira à pleins poumons, puis elle plaça le laser juste à côté du vaisseau qui alimentait la tumeur.

— OK. Allons-y, dit-elle d'une voix ferme.

Un regard sur l'écran, et le soulagement l'envahit : le vaisseau sanguin était obturé. Elle contrôla la zone pendant quelques instants, à la recherche d'une fuite, même minime, mais eut la même satisfaction.

— C'est fini, dit-elle en retirant le laser.

Elle vérifia le rythme cardiaque du bébé, qui était stable et normal.

— Le vaisseau sanguin qui alimentait la tumeur est fermé, la tumeur va donc arrêter de grossir, et le cœur et les poumons du bébé vont avoir toute la place nécessaire pour se développer. Rosa et Cosimo, je vous avais promis de voir le visage de votre bébé. Le voici. Il est là, le petit bonhomme.

— Merci. Je ne peux même pas exprimer…

La voix de Rosa se brisa.

— Pas de problème, dit Sam d'une voix douce. C'est mon métier, et pouvoir agir sur les événements est la raison pour laquelle je me lève le matin. Vous allez rester en observation toute la journée mais si tout va bien, vous pourrez rentrer demain. Reposez-vous. Je vous appellerai pour prendre de vos nouvelles, d'accord ?

Après le débriefing avec l'équipe, la journée fila à toute vitesse. Sam reçut les patients avec lesquels elle avait rendez-vous, revit les Pozzoli, puis retourna avec ses collègues sages-femmes au cours de fitness et dîna avec elles.

Elle n'avait pas revu Angelo depuis l'opération mais ils convinrent par SMS de passer la journée du lendemain ensemble. Il promit de lui faire découvrir un autre aspect de la Toscane. Elle aimait de plus en plus la région, il n'était pas étonnant qu'autant d'artistes aient eu envie de la peindre.

Mais il n'y avait pas que les paysages ou l'architecture qui rendaient son séjour à Florence si spécial. Angelo comptait pour beaucoup. Plus elle le redécouvrait, plus elle retombait amoureuse de lui.

Elle ne voulait pas accélérer le processus, de peur de découvrir qu'elle se trompait, mais elle n'était là que pour quelques semaines. À la fin de ses engagements professionnels, Angelo aurait-il envie qu'elle reste ?

Cela signifierait abandonner le programme de recherche pour lequel elle avait travaillé si dur – et sa promotion. Mais si Angelo la suivait à Londres, il serait trop loin de son père.

Elle ne voyait pas de solution qui leur serait profitable à tous les deux. Une discussion sérieuse s'imposait, mais pour le moment elle voulait profiter de leur été ensemble.

Même s'il avait plu des cordes, pour Angelo il aurait fait beau, parce qu'il allait passer la journée avec Sam.

Lorsque la sonnette retentit, il se précipita en bas de l'escalier pour la rejoindre.

— Bonjour, dit-il en effleurant ses lèvres d'un baiser.

— Où va-t-on aujourd'hui ? Il reste des ruines romaines à découvrir ?

— Oui, mais il paraît que c'est un endroit vraiment joli. Et je n'y suis encore jamais allé.

— Une visite à l'aveugle ? fit-elle en lui rendant son baiser. Je suis pour !

Il prit la route de Lucques, une cité médiévale près de laquelle il se gara. Puis, main dans la main, ils entrèrent dans le centre par l'une des portes percée dans l'énorme muraille de briques.

— Il y a un chemin qui fait le tour en haut des remparts. Je me disais qu'on pourrait faire ça d'abord, puis se trouver une pâtisserie où boire un café.

— Excellent programme, répondit-elle.

Un passage étroit et une volée de marches les conduisirent en haut des remparts, où les attendait un large chemin bordé d'arbres des deux côtés.

— Je ne m'attendais pas à ça, dit Sam. À York, le chemin de garde est étroit et on doit se faufiler au milieu de la foule, mais là on se croirait presque sur un des grands boulevards parisiens. À l'automne, ça doit être idyllique.

— Et quelle vue, avec la ville d'un côté et les montagnes de l'autre. Je comprends pourquoi Lucques est surnommée « la ville aux cent églises ».

Ils déambulèrent dans les bras l'un de l'autre un long moment, puis redescendirent vers le centre de la ville. Après un passage couvert, ils se trouvèrent sur une énorme place ovale bordée d'immeubles badigeonnés de jaune ou de blanc. Les rez-de-chaussée abritaient des arcades couvertes de plantes grimpantes.

— Il y avait un amphithéâtre romain à cet endroit, dit Angelo. C'est merveilleux, les immeubles en ont gardé la forme.

Il y avait pléthore de cafés, ils trouvèrent une table libre sous un parasol qui donnait sur la place, et commandèrent des cafés et des pâtisseries à la cannelle appétissantes.

— J'espère que tu ne m'en voudras pas, j'ai réservé des places pour un endroit qui m'intrigue, fit-il en regardant sa montre. Mais on a largement le temps de prendre notre café et de nous promener en ville.

Ils partirent à la recherche des traces de l'amphithéâtre et trouvèrent de fines briques romaines disposées en arches dans le stuc couleur safran des murs extérieurs de la place.

— Encore un élément à rayer de ta liste, dit Sam, moqueuse.

Comme ils empruntaient une rue étroite, Angelo désigna une tour de briques du XIVe siècle qui se découpait dans le ciel.

— Regarde !

— Attends, ce sont des *arbres*, en haut de la tour ?

— Sept chênes, répondit-il en hochant la tête. D'après ce que j'ai lu, quand la famille Guinigi a fait construire la tour, il y avait sept frères. On pense qu'ils ont planté un arbre par fils. Et c'est justement l'heure de nos billets d'entrée et le moment de brûler les calories de nos pâtisseries !

Dans la tour, des escaliers métalliques accrochés aux murs permettaient d'accéder au sommet.

— Prête ? demanda-t-il.

L'ascension était haletante, mais ils en vinrent à bout. Les chênes verts procuraient une ombre bienvenue contre la chaleur du soleil. Une mer de toits de tuiles rouges s'étalait à leurs pieds, ponctuée de campaniles et de clochers, et du vert des jardins. Le Monte Pisano apparaissait au loin, et derrière eux se trouvait l'ellipse de la place où ils avaient bu un café.

Non loin de la tour se trouvait une maison romaine qui avait été découverte au sous-sol d'un restaurant lors de travaux de rénovation.

— Je savais qu'il y aurait quelque chose de romain, dit Sam avec un sourire lorsqu'ils s'arrêtèrent devant.

Après le musée, ils allèrent voir le tombeau d'Ilaria del Carretto dans la cathédrale.

— Cette couronne ! s'exclama Sam. Jamais je n'ai vu de sculpture aussi réaliste. La coiffure avec les fleurs est tellement jolie. On comprend pourquoi elle est appelée « la belle au bois dormant ».

— On dit qu'elle est morte en couches.

— Il y a six cents ans. Maintenant on pourrait la sauver.

— Toi, tu sauves des bébés qui n'auraient pas pu l'être il y a dix ans, alors six siècles…

— C'est un honneur. Et rien ne vaut un câlin à un bébé qu'on a aidé à un moment difficile. Je veux être là quand les petits Bianchi arriveront… Trois câlins, tu imagines ?

— Ce que je préfère, c'est le premier cri. Et voir dans les yeux d'un nouveau-né toutes les merveilles de l'univers.

— Toutes les promesses du futur.

Les promesses du futur.

Angelo se prenait à espérer que Sam et lui aient un avenir ensemble. Les obstacles, toutefois, étaient nombreux. Il ne se voyait pas repartir à Londres alors que son père avait encore besoin de lui en Italie. Hélas, comment pourrait-il demander à Sam de renoncer à la promotion qu'elle était sur le point d'obtenir ? Il n'avait pas le droit d'attendre un tel sacrifice de sa part, or il était tout aussi incapable de faire une croix sur le bonheur qu'il rêvait de vivre auprès d'elle.

9.

Les quelques semaines suivantes, Sam et Angelo développèrent une sorte de routine. Un soir par semaine ils faisaient quelque chose ensemble à Florence puis ils allaient dîner, et ils consacraient l'un de leurs jours de congé à explorer la Toscane. Ils avaient listé les endroits qu'ils souhaitaient voir – la célébrissime tour de Pise, Sienne et sa prodigieuse cathédrale. Ils sillonnèrent les vignobles du Chianti et visitèrent l'une des propriétés, ils découvrirent une plage tranquille de sable blond à l'eau turquoise, qui valait bien les marches escarpées qui y menaient.

À chaque jour qu'ils passaient ensemble, Sam tombait un peu plus amoureuse d'Angelo. Pourtant, elle était également consciente du temps qui filait. Elle était censée repartir en Angleterre à la fin du mois de juillet. Une relation à distance était-elle envisageable ? Ou l'un d'eux devait-il faire un sacrifice et déménager dans le pays de l'autre ? Ou peut-être se montait-elle la tête, parce qu'il la maintenait au stade des baisers échangés et des promenades main dans la main.

Peut-être devait-elle lui faire comprendre qu'elle était prête à aller plus loin.

Ce mercredi-là, Angelo avait passé le relais à l'équipe de nuit et prenait dix minutes pour planifier les rendez-vous de suivi lorsqu'une certaine Emilia, une sage-femme en début de carrière, entra en trombe dans son bureau.

— Angelo, j'ai une maman en salle de travail 3, je crois que son bébé présente une dystocie des épaules. J'ai demandé de l'aide à Lidia, c'est elle qui m'envoie vous chercher.

Si l'épaule du bébé était coincée par le bassin de la mère au moment de la naissance, le risque était sérieux pour la mère et pour l'enfant. Une série de manœuvres pouvaient aider à libérer le bébé, mais si elles ne fonctionnaient pas la maman allait avoir besoin d'une césarienne en urgence.

— J'arrive. Laissez-moi trente secondes pour envoyer un SMS, vous me donnerez les infos complémentaires sur le chemin de la salle de travail.

Il avait prévu de dîner avec Sam, mais elle comprendrait qu'on ait besoin de lui à l'hôpital.

Désolé, dois annuler le dîner. Bébé avec probable dystocie de l'épaule. Je t'appelle dès que possible. xx

Le message envoyé, il se concentra sur Emilia.

— Vous connaissez le dossier médical de la maman ?

— Nicoletta, vingt-huit ans, enceinte de quarante et une semaines, c'est son deuxième bébé. Sa première fille a deux ans, grossesse normale, même si le bébé était assez gros.

Les premiers bébés étaient souvent moins gros que les suivants, elle venait de dépasser le terme avec celui-ci, il y avait donc des chances que ce bébé soit plus gros.

— Cette fois encore, la grossesse a été sans histoire, pas de diabète et un IMC en dessous de 30. Tous les scanners étaient normaux. Elle est arrivée tôt ce matin, avec une dilatation du col de trois centimètres, alors l'équipe précédente lui a conseillé de marcher dans les couloirs. Quatre heures plus tard elle a perdu les eaux mais la dilatation était toujours de trois centimètres.

Une deuxième étape plus longue, donc.

— Vous lui avez donné quelque chose pour faciliter le travail ? demanda Angelo.

— L'équipe de nuit lui a fait une perfusion d'ocytocine, et mis en place un monitoring fœtal. Quand j'ai pris mon service, tout allait bien. Quatre heures après la perfusion, elle en était à sept centimètres, et quatre heures plus tard à dix et elle commençait à pousser. Quand le crâne du bébé est apparu, son menton semblait presser contre le périnée de Nicoletta. J'ai essayé de dégager l'épaule pendant les deux contractions suivantes, en vain.

C'est à ce moment-là que j'ai demandé à Nicoletta d'arrêter de pousser et que j'ai appelé Lidia. Elle m'a envoyé vous chercher.

— Vous avez déjà été confrontée à des dystocies des épaules ?

— C'est la première fois. Mas je connais la théorie.

— On va aider Nicoletta ensemble, et déjà la faire changer de position. Dans 90 % des cas, la manœuvre McRoberts suffit à résoudre le problème.

Dans la salle de travail, Lidia lui présenta Nicoletta et son compagnon.

— Je suis certain que Lidia et Emilia vous ont expliqué ce qui se passait, dit-il d'une voix douce. Maintenant, nous allons vous mettre dans une autre position pour donner un peu plus de place au bébé. Avec un peu de chance, votre fille pourra bouger assez pour débloquer son épaule, ce qui nous permettra ensuite de vous aider à accoucher en toute sécurité. Nous allons procéder à la première manœuvre toutes les trente secondes environ, et si cela ne suffit pas nous passerons à la suivante.

— Je veux seulement que mon bébé aille bien, répondit Nicoletta. Faites ce que vous devez faire.

— Merci.

— J'ai ausculté Nicoletta pour une éventuelle épisiotomie, dit Lidia, et je ne pense pas que cela puisse aider.

C'était une sage-femme d'une grande expérience, Angelo lui faisait entièrement confiance.

— Nous allons vous aider à presser vos genoux contre votre ventre, Nicoletta, expliqua-t-il.

Puis, avec l'aide de Lidia, il fit basculer ses hanches. Le bébé était toujours coincé. Il regarda Emilia.

— Pression sous-pubienne, dit la jeune sage-femme, en appuyant sur le bas-ventre de la maman.

Comme le bébé ne bougeait pas, elle tenta un mouvement de balancier. Elle regarda et secoua la tête. Toujours coincé.

— Ensuite ? demanda Lidia.

— Je vais essayer de faire pivoter l'épaule du bébé, dit Angelo à Nicoletta.

La procédure échoua.

— Position à quatre pattes, dit Emilia.

Mais cela non plus ne débloqua pas le bébé. Il y avait urgence. Le principal risque était désormais que le bébé souffre d'hypoxie. Il fallait le faire naître dans les cinq minutes.

— Nicoletta, le bébé est vraiment bloqué. Nous allons devoir pratiquer une césarienne.

Il envoya Emilia chercher l'anesthésiste et l'équipe de néonatologie, donna un traitement à Nicoletta pour réduire les contractions.

Quelques minutes plus tard, Nicoletta se trouvait en salle d'opération. Lidia était à ses côtés tandis qu'Angelo se frictionnait les mains et les avant-bras, prêt à opérer.

Enfin, il mit le bébé au monde. Comme toujours, il resta sur le qui-vive jusqu'au premier cri, puis se détendit et finit de recoudre Nicoletta pendant que Lidia, Emilia et l'équipe néonatale se concentraient sur le bébé.

Il examina Nicoletta. Heureusement il n'y avait pas de signe d'une déchirure grave, mais l'équipe allait devoir surveiller ses pertes de sang. Il prit des nouvelles du bébé auprès du responsable de l'équipe néonatale.

— Elle va bien. Score Apgar de 9 à cinq minutes. Il y a une petite lésion du plexus brachial sur le bras qui posait problème mais cela devrait s'arranger, et il n'y a pas de traces d'hypoxie.

— Tant mieux.

Il débriefa avec l'équipe, Nicoletta se réveilla de l'anesthésie pour câliner son bébé, puis Angelo et le responsable de l'équipe néonatale lui expliquèrent, à elle et à son mari, ce qui s'était passé et les conséquences à prévoir pour le bébé et pour de futures grossesses éventuelles. Alors, une fois son compte rendu rédigé, il envoya un SMS à Sam.

On a fini en salle d'opération. La maman et le bébé vont bien. x

La réponse arriva quasi instantanément.

Tant mieux. J'ai des restes si tu veux dîner ? x

Il n'avait pas faim et il était fatigué. La journée avait été longue.

Fatigué et pas trop dans mon assiette. Ce ne serait pas juste de t'imposer ça.

Ça m'est égal, que tu ne sois pas dans ton assiette. Peut-être que ça ira mieux si je t'en prépare une ?

Il ne put s'empêcher de sourire. Il se sentirait forcément plus léger s'il voyait Sam.

J'arrive.

Il ne lui fallut pas longtemps pour la rejoindre. Quand elle lui ouvrit la porte, une odeur délicieuse lui parvint. Et il se rendit compte qu'il avait en fait *très* faim.

Il dévora le poulet bardé de jambon qu'elle lui servit avec une simple salade. Puis il y eut des fraises avec une glace à la vanille tout simplement somptueuse.

— J'en ai acheté un litre à la *gelateria* au coin de la rue.

— Excellente idée. Et merci de m'avoir nourri. J'ai l'impression de reprendre forme humaine.

— Une dystocie des épaules qui n'est pas résolue par McRoberts, c'est très inquiétant. Le principal est que vous ayez mis le bébé au monde et qu'il aille bien ainsi que sa maman.

— Oui, c'est un soulagement. Et ta journée à toi ?

— Principalement du suivi. Mais j'ai une intervention demain qui pourrait t'intéresser. Le bébé a un hydrothorax qui lui comprime les poumons. On a fait tous les examens aujourd'hui, dont une échographie à haute résolution pour voir précisément ce qui se passe.

— Qu'est-ce qui cause l'accumulation de liquide dans la poitrine du bébé ? demanda-t-il, curieux.

— Dans ce cas, nous ne sommes pas vraiment sûrs. J'ai écarté les explications d'anémie et de problème cardiaque.

— Tu vas faire quoi ? Une ponction ?

Elle secoua la tête.

— Dans neuf cas sur dix, le liquide se reconstitue après qu'on l'a évacué. Un shunt thoraco-amniotique – un cathéter dans la cage thoracique du bébé qui draine le liquide vers le sac amniotique – stoppera l'hydrothorax et libérera la poitrine pour que les poumons puissent se développer normalement.

Elle ouvrit les mains en un geste fataliste et reprit :

— Évidemment, une chirurgie néonatale comporte toujours des risques, notamment celui de provoquer l'accouchement. Mais le bébé a vingt-neuf semaines. Je vais donner des corticoïdes à la mère pour la maturation pulmonaire du bébé. On fait l'opération demain sous anesthésie.

— Que devient le shunt à la naissance ?

— On l'enlève, même si le bébé peut avoir besoin d'une intubation et d'assistance respiratoire, voire d'un drain pendant quelques jours pour se débarrasser du liquide restant. Mais une fois que le shunt est en place, on vérifie tous les quinze jours qu'il fonctionne correctement. S'il se bloque, on le refait.

— C'est fascinant. Tu es au bloc à quelle heure ?

— À 9 heures.

— Je suis de l'après-midi, mais je viendrai assister à l'opération.

Il regarda sa montre et embrassa Sam.

— C'est très impoli, mais je suis fatigué.

— Ce n'est pas impoli. Tu es resté tard à l'hôpital, dit-elle en lui caressant le visage. Ou alors tu pourrais ne pas partir.

Une part de lui souhaitait rester. Mais il voulait que leur nouvelle première fois soit spéciale. Un jour où il ne tomberait pas de fatigue, où ils n'auraient pas à se lever tôt pour aller travailler. Il voulait savourer son réveil dans ses bras.

— Garde ça en tête, dit-il en la regardant droit dans les yeux. Parce que j'adorerais me réveiller avec toi, mais un jour où on pourrait prendre notre temps. Samedi on part en vadrouille, et dimanche on est tous les deux en congé. On pourrait manger au restaurant en rentrant, puis aller prendre un verre de vin sur mon balcon. Le lendemain matin je te préparerai le petit déjeuner.

— Samedi soir, fit-elle en l'embrassant. On a rendez-vous.

Ce jour-là, Sam réalisa l'opération avec succès, sous l'œil attentif d'Angelo. Lorsque Giannina Gallo fut complètement remise de l'anesthésie, elle se rendit au chevet de sa patiente, qu'elle trouva en compagnie de son mari Enzo.

— J'ai le plaisir de vous annoncer que tout s'est très bien passé, déclara-t-elle. Je préfère vous garder pour le reste de la journée, mais si vous souhaitez rentrer chez vous ce soir c'est possible. J'aimerais vous revoir tous les quinze jours pour un scanner jusqu'à l'accouchement, pour m'assurer que le shunt fonctionne correctement.

— Mais ça a marché ? demanda Enzo.

— Oui. J'ai vu sur le scanner que le liquide s'écoulait déjà de la poitrine du bébé.

— Merci, dit Giannina en prenant la main de Sam. Si vous n'aviez pas fait l'opération, notre bébé n'en aurait pas réchappé.

— C'est pour ça que je suis là, dit Sam avec un sourire.

— Si nous avons d'autres enfants à l'avenir, auront-ils le même problème ? demanda Enzo.

— C'est très peu probable. Vous avez d'autres questions ? Je ne veux surtout pas que vous vous inquiétiez.

— Non. Hier et la nuit dernière ont été horribles, je n'arrêtais pas d'imaginer le pire. Mais maintenant…

Giannina avait un sourire resplendissant. Elle reprit :

— Maintenant j'ai l'impression que le soleil brille de nouveau.

— Parfait, dit Sam en lui tapotant la main. Je vais vous laisser vous reposer. Mais si quelque chose vous tracasse, parlez-en à une des sages-femmes et faites-moi appeler le cas échéant.

— Alors, Chiara, comment allez-vous ? demanda Angelo à la patiente qui prenait place face à lui.

— J'ai eu une sorte de migraine toute la matinée, et un peu la nausée. J'ai pris du paracétamol, mais ça n'a rien fait. Et tout est un peu flou.

Une alarme retentit dans l'esprit d'Angelo.

— Jetons un œil à votre pression artérielle, et voyons si je peux trouver quelque chose pour soulager cette migraine. La douleur se situe où ?

— Ici, dit-elle en se frottant le front.

— D'accord. Vous avez vomi ?

— Non.

La pression artérielle de Chiara était plus haute que précédemment, et même si sa température était normale, son rythme cardiaque était trop rapide au goût d'Angelo.

— Et le bébé remue comme d'habitude ? questionna-t-il.

— Pas autant.

Deuxième alarme.

— Je peux vous ausculter ?

Elle accepta d'un signe de tête, et il procéda à toutes les vérifications. Il n'y avait pas de tension dans son utérus, mais quand il examina la zone sous les côtes, du côté droit, elle grimaça. Et ses jambes ainsi que ses doigts étaient légèrement gonflés.

— Je suis un peu inquiet. Je vais demander un bilan sanguin, et vous faire admettre dans le service.

— Quelque chose ne va pas avec mon bébé ? demanda Chiara. C'est pour ça qu'il bouge moins que d'habitude ?

— Je pense que vous faites une pré-éclampsie.

Chiara parut interloquée.

— Mais… on n'a pas ça quand on est en fort surpoids, ou qu'on a plus de trente-cinq ans ?

— Cela arrive aussi aux jeunes mamans. On ne sait pas précisément ce qui la cause, mais c'est lié aux vaisseaux sanguins du placenta.

Chiara avait vingt-deux ans, et comme elle avait des règles souvent irrégulières, elle n'avait pas pris conscience qu'elle était enceinte avant la vingtième semaine.

— Vous pouvez me donner un médicament pour que ça s'arrête ?

— La seule solution est de mettre le bébé au monde.

— C'est trop tôt…, dit Chiara manifestement bouleversée.

— Il a de bonnes chances de s'en sortir, même à trente-six semaines. Chez les prématurés, la respiration pose parfois problème, mais les corticoïdes peuvent accélérer la maturation des poumons. Les examens sanguins vont nous éclairer sur la situation, cependant je dois vous prévenir : il est probable que votre bébé naisse aujourd'hui ou demain. Qui pouvons-nous appeler pour être à vos côtés ?

Chiara secoua la tête.

— Ma mère panique tout de suite… Le père du bébé ne fait plus partie de l'histoire.

— Un ami ? Une sœur ?

— Ma meilleure amie travaille. Elle ne pourra pas obtenir de congé. Il n'y a personne.

C'était déjà dur de faire face à une complication pendant la grossesse, mais en étant seule…

Il effectua les prélèvements sanguins et les envoya au labo. À la maternité, il présenta Chiara à Emilia.

— C'est Emilia qui va prendre soin de vous aujourd'hui. Je reviens vous voir après la tournée des lits.

Il lui donna un traitement contre la tension, lui administra des corticoïdes et installa une perfusion de sulfate de magnésium pour réduire les risques d'une crise d'éclampsie.

— Emilia, pouvez-vous lui poser un cathéter et surveiller ses urines s'il vous plaît ? demanda-t-il en la prenant à part.

— Et s'il y en a peu, je vous appelle, répondit Emilia.

Il hocha la tête.

— Et si vous pouviez placer le bébé sous monitoring – d'après Chiara il n'a pas beaucoup bougé aujourd'hui.

— Je vous appelle au moindre signe de détresse fœtale.

— On attend son bilan sanguin. Quand on aura stabilisé sa tension, il y a de fortes chances qu'on aille au bloc. Elle est toute seule, la pauvre, conclut-il avec une grimace.

— Je passerai autant de temps que possible avec elle.

Il venait de se préparer un mug de café soluble en rajoutant de l'eau froide pour le boire d'un trait lorsque Sam entra dans la cuisine de l'équipe.

— Ça n'a pas l'air d'aller, fit-elle. Qu'est-ce qui se passe ?

— Je viens de faire admettre une jeune maman en pré-éclampsie. Elle est seule. Je resterais bien auprès d'elle, mais je dois faire la tournée des lits…

— Je n'ai que de la paperasse à faire aujourd'hui. Je peux faire une pause maintenant et reprendre plus tard. Présente-moi ta patiente, je resterai avec elle jusqu'à ce que tu l'emmènes au bloc.

— Tu es sûre ?

Elle haussa les épaules.

— Pas de problème. On ne va pas la laisser se ronger les sangs toute seule, ce ne serait pas bon pour sa tension.

— Je te suis très reconnaissant.

Il présenta Sam à Chiara, et prit connaissance du bilan sanguin de sa patiente à la fin de sa tournée des lits. Comme il s'y attendait, il y avait des niveaux élevés de transaminases du foie, d'urate et de créatinine, et ses plaquettes étaient dans la moyenne inférieure de la normale.

D'après le monitoring, le bébé commençait à montrer des signes de détresse, mais la tension de Chiara s'était heureusement stabilisée et Angelo put l'emmener directement au bloc pour mettre le bébé au monde. Le petit bonhomme était en pleine forme, et lorsque Angelo raccompagna Chiara à sa chambre, sa meilleure amie l'y attendait.

Soulagé de ne pas la laisser seule, il descendit au bureau de Sam.

— C'est un garçon, d'un poids raisonnable pour trente-six semaines. Il respire tout seul comme un grand.

— C'est magnifique, dit-elle avec un sourire.

— Merci pour ce que tu as fait, et pour ta gentillesse.

— C'est une jeune femme sympathique. Je déteste quand nos mamans n'ont personne pour les soutenir. Et mes dossiers pouvaient attendre.

— Sa meilleure amie était là, quand je l'ai ramenée du bloc. Comment a-t-elle appris que Chiara était chez nous ?

— Ça reste entre nous mais Emilia et moi avons persuadé Chiara de lui envoyer un message, et son amie est venue dès la fin de sa journée. Au moins, elle a quelqu'un sur qui s'appuyer un peu, maintenant.

— Merci pour tout, Sam.

Il se risqua à déposer un baiser sur ses lèvres.

— Je ferais mieux de repartir au bloc. À demain matin.

Le samedi matin, Sam alla à pied chez Angelo. Il l'accueillit avec un baiser.

— Prête à partir en expédition ? J'ai un sac avec des serviettes.

— On va sur la côte ?

— Pas exactement, mais j'espère que tu vas aimer ce que j'ai en tête.

Ils prirent la voiture jusqu'au Val d'Orcia. Les routes étaient bordées de cyprès, il y avait des vignobles et des champs d'oliviers et de maïs à perte de vue.

— Je sais que c'est beaucoup demander dans un paysage aussi splendide, mais j'ai toujours imaginé la Toscane avec d'immenses champs de tournesols.

— Tu as raison, mais le meilleur moment pour les voir, c'est juin. Je les ajoute immédiatement à notre liste.

Ils s'arrêtèrent dans un petit village qui dominait la vallée, et se dirigèrent à pied vers la place centrale. Sam s'arrêta, ébahie : toute la place était occupée par une piscine. L'eau était d'un vert transparent, et de la vapeur s'en dégageait doucement.

— Ce n'est pas un bassin, n'est-ce pas ? On dirait les thermes romains de Bath.

— C'est exactement ça. La place a été construite au-dessus d'une source d'eaux chaudes, c'était apparemment sur un chemin de pèlerinage. Il est interdit de se baigner sur la place, mais on peut suivre le courant un peu plus bas et s'asseoir dedans là-bas.

— Maintenant je comprends l'intérêt des serviettes. Super idée.

Ils suivirent un sentier, une eau turquoise coulait en contrebas et brillait dans la lumière du soleil.

Sam se baissa pour mettre les doigts dans l'eau.

— La température est délicieuse.

Ils s'assirent au bord d'une piscine naturelle et trempèrent leurs pieds dans l'eau en s'abandonnant à la caresse du soleil.

— C'est fou de penser que des gens font précisément cela ici depuis des centaines d'années, dit-elle. Plus je passe de temps en Toscane, plus je tombe amoureuse de l'endroit.

Et plus elle retombait amoureuse d'Angelo, même si elle n'était pas encore prête à le dire à voix haute.

Quand ils eurent bien profité de la piscine, ils reprirent la voiture jusqu'à un vignoble, où ils firent le tour des vignes puis une dégustation des productions locales. Enfin ils rentrèrent à Florence par une longue route pittoresque.

Angelo laissa Sam devant sa porte.

— Je vais me doucher et me changer, puis je passe te prendre pour sortir dîner.

Il avait réservé dans un restaurant avec un toit-terrasse, d'où ils observèrent le soleil se coucher sur le fleuve. Enfin, ils rentrèrent main dans la main le long des rives.

— Tu viens prendre un verre de vin sur mon balcon ? proposa-t-il.

Elle accepta, des papillons dans le ventre. Il ne s'agissait pas vraiment de boire un verre, ils passaient à un autre stade de leur relation – et laissaient le passé derrière eux.

Ils n'ouvrirent même pas la bouteille. Dès qu'Angelo eut fermé la porte d'entrée, ils s'embrassèrent, puis il la prit dans ses bras et l'emporta vers son lit.

10.

Après cette nuit-là, « y aller doucement » devint impensable. Sam et Angelo alternaient les nuits chez lui et chez elle, allaient courir ensemble le matin avant de partir travailler et passaient hors de l'hôpital autant de temps que possible en compagnie l'un de l'autre.

À la fin du mois de juin, il l'emmena à la campagne.

— Bien, à partir de maintenant, mets la main devant les yeux. Et ne regarde pas entre tes doigts, même pas quand je me gare.

— Compris.

Il voulait manifestement lui faire la surprise d'un beau panorama, et Sam obéit de bonne grâce.

— Ne regarde pas, lui rappela-t-il en se garant.

Elle entendit sa portière se fermer et la sienne s'ouvrir. Il détacha sa ceinture de sécurité, lui vola un baiser, et la fit sortir de la voiture.

— Bon. Tu peux regarder, maintenant.

La vue lui coupa le souffle. Elle se tenait devant une gigantesque étendue de tournesols, tous tournés vers elle. En arrière-fond, les collines s'élevaient, couronnées par une cité fortifiée et son château.

— C'est saisissant. Je n'ai jamais vu autant de tournesols.

Angelo avait l'air satisfait.

— Tu disais que tu avais envie de tournesols, et cet endroit est connu pour ça, fit-il en l'embrassant doucement. Tourne-toi vers moi, je vais prendre une photo pour ta mère.

— Et une pour ton père, répondit-elle en lui faisant signe de venir se placer à côté d'elle.

Il l'entoura de son bras et elle prit un selfie d'eux deux souriant à la caméra.

— C'est parfait, souffla-t-elle.

Rien n'était plus vrai.

Le mois suivant, autour du 10, Angelo expédiait le travail administratif en retard lorsqu'un technicien échographe frappa à sa porte.

— Je suis en train de faire le scanner de la vingtième semaine d'une des mamans que tu suis et il y a un problème. Je m'inquiète pour la main gauche du bébé, je crois qu'il manque partiellement des doigts, et le pied gauche est gonflé.

Angelo fronça les sourcils.

— Tu penses à un syndrome des brides amniotiques ?

— Je ne suis pas certain. Ma supérieure prend sa pause, tu veux bien venir voir ?

— Bien sûr, mais je voudrais venir avec Sam Clarke. Elle saura si c'est un syndrome des brides amniotiques, et elle pourra aussi intervenir au besoin.

— Sam, du service de médecine néonatale ? Je ne l'ai encore jamais rencontrée, mais il paraît qu'elle assure.

— C'est vrai. Donne-moi deux minutes et je descends.

Il alla voir Sam.

— Tu as une minute ?

— J'ai un rendez-vous dans dix minutes, donc si c'est rapide, oui.

Dans le service d'échographie, Angelo salua Amara et Tino Albano, et leur présenta Sam.

Il consulta l'écran, demanda quelques vérifications au technicien, puis se tourna vers les Albano.

— Je pense que Gianni a raison, il s'agit d'un syndrome de brides amniotiques.

— Qu'est-ce que c'est ? Je n'en ai jamais entendu parler, dit Amara. Il y a eu un problème suite à ma première grossesse ? J'ai fait quelque chose de mal ?

— Ce n'est absolument pas votre faute, lui répondit Sam d'une voix rassurante. On ne sait pas pourquoi cela arrive, mais l'enveloppe intérieure du sac amniotique a été abîmée, à un moment ou à un autre.

Elle attrapa une feuille de papier et esquissa un schéma qu'elle commenta.

— Quelles sont les conséquences pour le bébé ? demanda Tino.

— Eh bien, Gianni a remarqué que le pied gauche était un peu gonflé et que les bouts de certains doigts de la main gauche manquent. Quand on regarde le scanner, le pied gauche est irrigué ; or s'il y a un flux sanguin, les dommages aux nerfs ne sont pas irréversibles. Nous allons faire de notre mieux pour sauver le pied du bébé.

Les Albano avaient l'air profondément choqués.

— Alors notre bébé pourrait perdre son pied ? Mais vous avez dit que vous pouviez le sauver ?

— Je suis chirurgienne dans le nouveau service de chirurgie néonatale, et je conduis des opérations *in utero*. Bien sûr avec ce type d'opération, il y a un risque que la poche des eaux se rompe, Amara, et à vingt semaines votre bébé est trop petit pour survivre.

— Si vous opérez, on peut perdre le bébé. Si vous ne faites rien, il va perdre son pied, balbutia Amara. Je… Quoi qu'on choisisse, c'est mauvais.

— Je suis désolée, dit Sam. Mais sachez que vous n'avez rien fait de mal. Ce n'est pas génétique et c'est très rare.

Amara s'enfouit le visage entre les mains.

— Je ne sais pas quoi dire. Je n'arrive pas à réfléchir.

— Rien ne vous oblige à prendre une décision maintenant, dit Sam. Discutez-en. Prenez votre temps. Même si je donne des consultations cet après-midi, vous pouvez me faire passer un message par Angelo et je descendrai répondre à la moindre de vos questions.

Finalement, après un deuxième entretien avec Angelo et Sam, les Albano optèrent pour l'opération, et autorisèrent certains membres de l'équipe à y assister. Le lendemain, Sam alla rassurer le couple avant qu'Amara ne soit placée sous anesthésie générale. Puis elle partit se préparer et briefer l'équipe.

— J'utilise des instruments miniaturisés pour réduire le risque de rompre la poche des eaux ; je ne veux surtout pas provoquer le travail. Mais opérer *in utero* c'est opérer sous l'eau, tout bouge, il faut faire deux fois plus attention.

Elle revint sur les objectifs de l'opération, puis Amara fut amenée dans la salle. Sam pratiqua les incisions, et Angelo inséra la caméra.

— Voilà, on peut voir le bébé. Et aussi les brides amniotiques à l'intérieur de l'utérus, ces fils blancs. Angelo, tu me montres la main gauche du bébé, s'il te plaît ?

Il s'exécuta.

— Pas de problème avec le pouce, dit-elle, mais il manque le bout de trois doigts. Il ne s'agit pas de l'intégralité des doigts, heureusement ; sa vie n'en sera pas trop affectée, surtout avec un peu de soutien. Tu peux nous montrer le pied gauche, maintenant ?

L'entrave autour du pied était beaucoup plus visible.

— Si on ne fait rien, les brides vont se resserrer et amputer le pied. Ma mission est de le libérer. Avec un peu de chance, le gonflement se résorbera et le pied n'aura pas de séquelles.

Elle écarta la bride du pied du bébé puis, en prenant garde de ne pas toucher sa peau pour ne pas causer de saignement, elle coupa le lien avec ses ciseaux miniatures.

— C'est fait, déclara-t-elle.

Elle fit les sutures nécessaires, vérifia le rythme cardiaque du bébé, et débriefa avec l'équipe pendant qu'Amara était en salle de réveil. Lorsqu'elle eut repris connaissance, avec Tino à son chevet, Sam et Angelo leur rendirent visite.

— J'ai le plaisir de vous annoncer que l'opération est un succès, dit Sam. Vous avez perdu un peu de liquide amniotique, Amara, mais le cœur du bébé a des battements forts et réguliers.

Angelo hocha la tête.

— J'aimerais que vous restiez au lit ici pendant les cinq prochains jours, pour que nous puissions garder un œil sur vous. Si quelque chose vous inquiète, demandez aux sages-femmes de nous avertir, Sam ou moi. On refera un scanner demain, pour regarder de nouveau ce pied, mais d'ici là essayez de vous détendre.

Par bonheur, au scanner du lendemain le pied avait repris une apparence presque normale, et le cœur du bébé était toujours régulier. Amara put repartir au bout des cinq jours.

À la mi-juillet, Ric demanda à voir Sam un instant.

— Sam, merci de vous être libérée. J'ai deux trois choses à vous dire. Pour commencer, nous aimerions que vous présentiez le travail que vous avez effectué ici à la direction de l'hôpital.

— Bien sûr.

— Ensuite, laissez-moi être franc. Votre mission chez nous s'achève à la fin de la semaine prochaine, or nous n'avons aucune envie de vous voir partir. Vous vous êtes intégrée à l'équipe et faites un travail remarquable. Aussi, nous aimerions vous offrir un poste permanent.

Ce qui signifiait qu'elle pouvait rester et faire le travail qu'elle aimait, avec Angelo.

Ils avaient convenu de voir comment la situation tournerait et d'oublier le passé… mais ni lui ni elle n'avait eu le courage d'aborder le sujet.

Repartir à Londres, cela voulait dire retrouver un poste qu'elle aimait, mais aussi une promotion et un programme de recherche qu'elle avait attendus avec impatience. Elle ne voulait pas y renoncer. Comment choisir ?

— Ric, je ne m'y attendais pas. Je suis flattée. Vraiment. Mais puis-je avoir un peu de temps pour y penser ?

Elle avait besoin d'en discuter avec Angelo, de savoir comment il envisageait l'avenir – avec ou sans elle.

— Évidemment. Nous ne voulons pas vous mettre la pression. Et si vous nous donniez votre réponse après votre allocution ?

En tout cas, nous aimons votre travail et nous adorerions vous garder chez nous.

Sam y pensa toute la journée. Angelo finissait tard, aussi rentra-t-elle chez elle pour appeler sa mère.

— Je ne suis pas étonnée, répondit celle-ci lorsqu'elle lui apprit la nouvelle. Mais je croyais que tu ne restais que trois mois, le temps que la bourse de recherche soit versée. C'est tombé à l'eau ?

— Pas du tout, mais je ne sais pas quoi faire, maman. J'ai vraiment très envie de mener ce programme de recherche à bien, d'autant que je le ferais en tant que consultante, mais je suis heureuse, ici, à Florence.

— Tu resterais pour le travail, ou pour Angelo ?

— C'est la grande question. Angelo et moi… nous n'avons pas encore discuté de l'avenir de notre relation.

— Ne pas vous parler vous a déjà conduits à la rupture. Je crois que Dominic nous a appris une chose : l'importance d'être honnête et sincère. Il faut que tu parles à Angelo. Que tu lui parles *vraiment*. Et que vous sachiez ce que vous voulez l'un comme l'autre. Que veux-tu, Sam ?

— Tout, répondit-elle avec un soupir. Je veux Angelo et je veux travailler sur le programme de recherche à Londres.

— Est-ce qu'il peut t'accompagner à Londres ?

Sam raconta à sa mère les soucis de santé rencontrés par le père d'Angelo.

— Il ne peut pas l'abandonner, tu comprends ? Et moi, je ne peux pas tout avoir. C'est Angelo ou Londres.

Sa mère soupira.

— Il faut que vous en discutiez ensemble. Faites une liste des pour et des contre. Pensez à ce sur quoi vous êtes prêts à faire des compromis, ou pas.

— Je dois suivre ma tête ou mon cœur, maman ? Sur le papier, je sais que Londres est le choix raisonnable.

— J'entends un gros « mais » dans ta voix. Je pense que tu viens de répondre toi-même à ta question.

— Eh bien non, en fait. Ma tête me dit de rentrer à Londres, mon cœur de rester en Italie. Dans les deux cas, je vais perdre quelque chose qui compte vraiment pour moi. Et puis, si je reste à Florence, j'ai peur que tout se détraque encore.

— Parle à Angelo, répéta sa mère. Comprends ce que lui ressent. Une fois que tu auras les faits en main, ça t'aidera à prendre ta décision.

— Merci, maman.

Plus Sam y pensait, plus elle était perdue. Fallait-il écouter son cœur, ou sa tête ? Y avait-il une position intermédiaire qui lui permettrait de suivre l'un et l'autre ?

Dans la soirée, Angelo se rendit chez Sam.

— Tout va bien ? demanda-t-il, inquiet.

Contrairement à son habitude, elle semblait épuisée.

— Oui – et non. Ric m'a demandé de faire une allocution pour la direction de l'hôpital la semaine prochaine, avant que je reparte à Londres.

— C'est bien, non ? Attends. Tu dois faire la présentation en italien ? Je suis sûr que tu peux le faire sans aide, mais si tu as des doutes pour le vocabulaire, appelle-moi.

— Merci… J'avais le secret espoir que tu y assistes, pour me sortir d'affaire si je suis coincée par une question.

— Tu penses bien, je serai là. Même s'il est évident que tu n'auras pas besoin de moi.

— Il y a autre chose, Angelo. Ce n'est pas une mauvaise nouvelle mais… je dois prendre une décision. Ric me propose un poste dans le nouveau service.

Alors elle avait une autre raison que lui de rester à Florence… Ils avaient jusqu'ici refusé d'écouter le tic-tac de l'horloge mais il était temps pour eux d'avoir LA discussion. Ils n'avaient plus le choix.

— Tu vas accepter ? demanda-t-il de la voix le plus neutre possible.

Il n'avait pas le droit de faire pression sur elle. Si elle restait, ce devait être de son propre chef et surtout pas pour lui faire plaisir.

— Je ne sais pas. J'y ai pensé toute la journée et j'en ai parlé à ma mère.

— Qu'est-ce qu'elle en dit ?

— De faire une liste des pour et des contre, de t'en parler, et d'être honnête.

Cela le fit sourire.

— C'est une des nombreuses choses que j'aime chez ta mère : elle est pleine de bon sens.

— Elle aussi, elle t'apprécie. Enfin, elle t'appréciait.

— Puis j'ai fait une erreur monumentale et je t'ai blessée. À sa place je réagirais pareil. Et j'espère que je pourrai me racheter, tant auprès d'elle que de toi. J'imagine que tu as fait la liste ?

Elle hocha la tête.

— En ce qui concerne ma carrière, à Londres j'ai une promotion pour travailler sur un programme de recherche qui me tient terriblement à cœur. Si je reste, j'échange mon poste actuel contre un équivalent.

— Si bien que le choix logique, c'est Londres.

— Alors tu penses que je devrais aller à Londres ?

Elle se figea, les yeux écarquillés. Ce qu'elle lui demandait implicitement, c'était s'il souhaitait qu'elle reste pour lui.

— Sam, je ne veux pas t'empêcher de faire quoi que ce soit. Il faut que tu gardes ta carrière à l'esprit. Tu as travaillé dur et je n'aurai pas l'égoïsme de te demander de renoncer à ce que tu souhaites de tout ton cœur.

— Alors tu ne veux pas que je reste.

— Ce n'est pas ce que j'ai dit. S'il n'y avait pas cette promotion en jeu, je te dirais de rester.

Elle hocha la tête.

— Cette décision ne concerne pas que moi, alors je vais être courageuse et te demander : qu'est-ce que tu veux, *toi* ?

— Je te veux, mais heureuse. Jamais je ne te demanderais de sacrifier tes ambitions pour moi.

— Mais si je repars à Londres, ça veut dire quoi, pour nous ? Tu n'aurais aucun mal à trouver un travail à Londres, mais tu ne peux pas quitter ton père. Il a besoin de toi.

Et son père ne quitterait pas l'Italie.

— Quand dois-tu donner une réponse à Ric ? fit-il, soucieux.

— La semaine prochaine. Hélas, mes options sont limitées : soit je reste ici avec toi, soit je rentre à Londres sans toi.

— C'est à mon tour d'être courageux et de te demander : qu'est-ce que tu veux, *toi* ?

— Je te veux toi *et* le programme de recherche. Mais j'en demande trop. Je ne peux pas avoir les deux.

— Tu es sûre d'être obligée de choisir ? Il y a peut-être moyen de négocier ? Certes, nos vies sont entre Rome, Florence et Londres, mais nos hôpitaux sont jumelés. Ton programme de recherche doit-il nécessairement être effectué à Londres ?

Son visage s'éclaira.

— C'est là que sont les financements, mais c'est un argument. Je vais demander à Will si une partie du travail au moins pourrait se faire depuis Florence. Ce que je veux, Angelo, c'est être avec toi *et* m'impliquer dans ce programme.

Il la prit dans ses bras.

— Si ton patron refuse, essaie de voir ce qui coince et cherchons ensemble une solution. Ça vaut la peine d'essayer… Je t'aime, Sam.

Il n'avait jamais cessé de l'aimer.

— Je veux un avenir avec toi, ajouta-t-il.

— C'est ce que je veux aussi, dit-elle avec un grand sourire. Je t'aime, Angelo.

Elle était là, leur seconde chance. Et il n'était pas question de la laisser filer.

11.

Outre son travail ordinaire à l'hôpital, Sam passa la semaine en négociations avec Will et Ric, et en répétitions avec Angelo pour sa présentation. Puis le grand jour arriva. En début d'après-midi, Pia Bianchi avait rendez-vous pour sa césarienne.

— Vous êtes arrivée jusqu'à trente-trois semaines. C'est fantastique, déclara Sam en la prenant dans ses bras.

La salle de travail était bondée : trois sages-femmes, trois spécialistes de néonatologie, l'anesthésiste, Angelo et elle, plus Tommaso avec la mission de tenir la main de Pia et plus tard de couper le cordon.

Tous les bébés avaient atteint un bon poids : 2,3 kilos pour le jumeau transfusé ; 2,9 kilos pour le singleton ; et même 1,88 kilo pour le transfuseur. Bien que prématurés, ils eurent tous de bons scores Apgar. Pia et Tommaso câlinèrent leurs bébés avec des larmes de joie.

— C'est fabuleux, dit Sam. Bravo. Est-ce que je peux vous demander une faveur ?

— Bien sûr, répondit Pia.

— Je fais une présentation devant la direction de l'hôpital tout à l'heure. Vous êtes mes premiers patients, ce serait super de leur montrer une photo de vous et des bébés pour qu'ils mesurent l'effet du nouveau service sur votre famille.

— Prenez mon téléphone, dit Tommaso, je vous enverrai la photo. Et bonne chance pour la présentation. Dites-leur de notre part que vous êtes géniale.

Sam éclata de rire.

— Merci, je leur transmettrai le message.

— Et on aimerait donner vos noms aux jumeaux : Angelo et Samuele.

— C'est adorable, fit Sam, émue.

Une fois toute la petite famille partie pour des examens, Sam se tourna vers Angelo.

— Au départ, les bébés avaient peu de chances de survie. Et maintenant ils sont là, tous en bonne santé. On ne fait pas mieux, comme journée !

— On va fêter ça dignement ce soir, après ta présentation. J'ai mis une bonne bouteille au frais.

— Je compte sur toi. Mais avant, je dois rendre mes notes sur l'intervention, et aller me changer.

— Moi aussi, dit-il. À cet après-midi, pour ton allocution.

Angelo était presque chez lui quand son téléphone vibra. Son cœur manqua un battement. Pourquoi Salvatore l'appelait-il en plein après-midi ?

— *Ciao* Sal, tout va bien ?

— Angelo, ton père a été hospitalisé. Il s'est écroulé dans la rue.

Il lui fallut quelques secondes pour comprendre.

— J'arrive.

Mais lorsqu'il voulut acheter un billet de train sur Internet, il découvrit que la liaison pour Rome avait été suspendue en raison d'un incident technique.

Il n'avait pas le choix : il devait y aller en voiture. Et faire faux bond à Sam. Il lui envoya rapidement un SMS.

> Mon père s'est écroulé dans la rue, il est hospitalisé. Trains annulés, dois y aller en voiture. Je ne pourrai pas être là pour ta présentation. Je t'appelle quand je suis à Rome. Désolé de te faire faux bond mais tu vas assurer. xx

Il glissa le téléphone dans sa poche, courut jusque chez lui, attrapa ses clés de voiture et partit à Rome.

Sam trouva le message en sortant de la douche. Oh non. Angelo devait être dans tous ses états.

Fais attention à toi. J'espère que ton père tient le coup. Dis-moi si je peux faire quelque chose. Ne t'inquiète de rien pour ici. xx

Elle finit de se préparer, et rejoignit Ric dans son bureau.

— Angelo ne pourra pas être là pour la présentation, est-ce que je peux compter sur vous pour m'aider si je coince ?

— Absolument ! Vous semblez inquiète, Sam, que s'est-il passé ?

— Angelo a dû partir à Rome, son père vient d'être hospitalisé. J'imagine qu'il va appeler dès qu'il en saura plus.

— Je vais le faire remplacer en attendant, pour qu'il ne se soucie pas de devoir rentrer demain. Je lui envoie le message pendant que vous vous installez pour votre présentation. Si vous avez besoin de quoi que ce soit, venez me trouver.

— Merci.

Dans l'auditorium, Sam ouvrit ses documents et passa son allocution en revue, tout en s'assurant que le vidéoprojecteur fonctionnait. Puis elle sortit consulter son téléphone dans le couloir. Pas de nouvelles d'Angelo. Elle lui envoya un message.

Téléphone sur silencieux. Je pense à toi. La présentation commence. xx

À son retour, l'auditorium s'était rempli. Ric vint la présenter, elle prit une profonde inspiration, se rappela qu'elle maîtrisait son sujet et qu'elle aurait de l'aide si ses connaissances linguistiques lui faisaient défaut, puis elle se jeta à l'eau avec le sourire.

En conclusion, elle projeta la photo des Bianchi et de leurs triplés.

— Le premier cas dont je vous ai parlé : les triplés et le syndrome transfusé-transfuseur pour les jumeaux. La maman est parvenue à trente-trois semaines de grossesse, elle est arrivée aujourd'hui pour sa césarienne programmée. Les bébés sont en soins néonataux, ils se portent bien. J'ai le plaisir de vous présenter Tommaso, Angelo, et Samuele Bianchi.

Tout le monde applaudit, puis vinrent les questions.

Dès qu'elle put s'absenter de la réception qui suivit, Sam alla consulter son téléphone. Il n'y avait toujours aucune nouvelle d'Angelo. Peut-être était-il coincé dans les embouteillages – ou peut-être les ennuis de son père étaient-ils vraiment sérieux. Elle ne voulait pas l'appeler, au cas où il aurait été au volant ou en pleine discussion avec l'équipe soignante, mais il ne fallait pas non plus qu'il se sente abandonné. Elle lui envoya un message.

La présentation s'est bien passée. J'espère que ton père va bien. Appelle-moi si tu as besoin de quelque chose, à n'importe quelle heure. Je t'aime. xx

Angelo trouva son père assis dans son lit d'hôpital.

— Papa, fit-il en le prenant dans ses bras. Je suis tellement content de te voir. Pendant tout le trajet, je me suis fait un sang d'encre. Je t'imaginais intubé ou pire.

— Désolé de t'avoir inquiété, dit Ruggiero, piteux. Sal aurait dû te rappeler pour te dire que j'allais mieux et que ce n'était pas la peine de venir.

— Tu ne vas *pas bien*, papa. D'après Sal tu t'es écroulé et tu as été conduit à l'hôpital. Que s'est-il passé ?

— J'ai fait un faux mouvement dans l'escalier et je me suis fait mal au dos. J'allais prendre de l'ibuprofène pour pouvoir me rendre chez le médecin, mais il y avait un flacon de codéine dans le fond de l'armoire à pharmacie, et… Je suis désolé. Je n'ai pris qu'un comprimé. Et je suis parti consulter aussitôt. Seulement, j'ai dû faire une chute de tension à cause de la codéine, parce que je me suis retrouvé dans une ambulance. Les infirmiers ont appelé Sal.

— Oh papa…, lâcha Angelo.

Il était partagé entre colère et inquiétude.

— J'ai commis une erreur, c'est la dernière, dit Ruggiero d'un ton ferme. Je vais aller porter le flacon de codéine à la pharmacie, pour qu'ils s'en débarrassent dans les règles, ou je pourrais te le confier, si tu ne me fais pas confiance.

— On verra. Maintenant que je sais que tu vas bien, je vais aller parler à ton médecin.

Le docteur lui confirma que d'après leurs examens il ne s'agissait de rien de plus grave. La tension de Ruggiero était redevenue normale, il pouvait rentrer chez lui.

Soulagé, Angelo consulta son téléphone, et les messages de Sam lui serrèrent le cœur. C'était tellement elle, d'être chaleureuse et pleine de compassion alors qu'il l'avait laissée tomber. Et son « je t'aime » mit fin à son apitoiement.

La présentation s'était déroulée comme il l'avait prévu, et avec un peu de chance le conseil d'administration accepterait la proposition que Sam et lui avaient élaborée la semaine précédente, avec l'accord du patron de Sam et du sien.

Il l'appela.

— Alors, la superstar ?

— Je n'ai pas changé, mais la présentation a plu aux administrateurs. Et de ton côté ? Comment va ton père ?

Il lui fit un résumé des événements. Tout allait pour le mieux, mais il voulait passer quelques jours à Rome.

— Bien sûr, dit-elle, puis elle marqua une pause. Angelo, c'est difficile d'avoir cette conversation au téléphone mais j'y ai pensé toute la soirée. Je sais qu'on avait des projets, mais on dirait que ça ne marche pas. On ne peut pas partager notre temps entre l'Angleterre et l'Italie parce que ça ne ferait que t'éloigner de ton père. Or il a besoin de toi.

Angelo se figea, glacé à l'idée que Sam puisse le quitter. Il s'appuya contre le mur, ses jambes menaçant de lui faire défaut.

— Que veux-tu dire ?

— On devrait faire une pause, dit-elle doucement. Le temps que ton père aille mieux. Il n'est pas question pour moi de te détourner de lui, alors je préfère rentrer à Londres.

Non. *Non.* Ce n'était pas ce qu'il voulait. Du tout.

— Tu me largues ?

— Non, je te donne de l'espace pour que tu aides ton père à s'en sortir. Je suis passée par là avec Dommy. Plusieurs fois.

Ce n'est pas facile de soutenir quelqu'un qui rechute. Tu n'as pas besoin qu'une autre personne réclame ton attention.

Il n'était pas d'accord. Il avait besoin d'*elle*. Mais elle semblait inflexible.

— Sam, s'il te plaît, ne pars pas avant que je rentre à Florence. Laisse-moi au moins te voir avant.

— On n'a pas le temps. Mon vol est demain, tu le sais. C'est juste que… je vais rester là-bas un peu plus longtemps que prévu.

Combien de temps ? Pour toujours ? Il n'eut pas la force de demander.

— On se retrouvera, si c'est ce qui doit être.

Là, elle donnait vraiment l'impression de le laisser tomber en douceur.

Il devait être avec son père, et avec Sam, et il ne pouvait pas se couper en deux. Il y avait forcément une solution.

— Sam, je t'aime. Je veux être avec toi.

— Moi aussi, je t'aime. Il n'y a pas de doute là-dessus, Angelo. Je te le jure. Je te donne juste du temps.

Il n'en voulait pas, mais se disputer avec elle au téléphone ne résoudrait rien.

— Je vais trouver une solution. N'abandonne pas, je vais trouver.

Puis il raccrocha, avec l'impression de porter le poids du monde sur ses épaules. Alors, il rejoignit son père qui l'attendait dans sa chambre, habillé et prêt à partir.

— On dirait que le monde s'est dérobé sous tes pieds, lança Ruggiero.

À quoi bon mentir ?

— C'est le cas. Sam repart à Londres. Sans moi.

— Parce que je me suis retrouvé à l'hôpital aujourd'hui ?

Angelo esquiva d'un haussement d'épaules.

— Angelo, sois honnête avec moi.

— D'accord. Sam et moi avions trouvé un compromis : nos hôpitaux étant jumelés, nous avions pensé pouvoir travailler à mi-temps pour les deux. Mais ce qui s'est passé aujourd'hui lui a fait prendre conscience que même à mi-temps, Londres reste trop loin de toi.

— Je n'ai pas besoin d'aide. C'était juste une erreur.

— Je sais que tu t'en sors, papa. Je ne dis pas que tu es trop faible pour venir à bout de ton addiction. Mais un tas d'autres choses peuvent se passer. Tu peux te casser le col du fémur, ou attraper une pneumonie. Tu ne rajeunis pas et je veux être auprès de toi.

— Je n'ai pas besoin d'aide, répéta Ruggiero, buté. Ne sacrifie pas ta vie pour moi.

— Réfléchis plus loin. Si Sam et moi avions la chance d'avoir un jour des enfants, je voudrais qu'ils voient leur *nonno*. Comment cela serait-il possible, si on naviguait entre deux pays différents ? L'autre option serait que Sam sacrifie ses ambitions pour s'installer à Florence, mais je me refuse à lui demander cela.

— Si elle t'aime et qu'elle veut être avec toi, c'est le plus important, non ?

— Maman a déménagé en Italie pour toi. Dis-moi, honnêtement, l'a-t-elle regretté ?

— Non. Même malade, elle voulait être ici, avec moi.

— Tu aurais déménagé à Londres pour être avec elle ?

— Elle ne me l'a jamais demandé.

— Ce n'était pas ma question, papa.

Ruggiero garda le silence tandis qu'il réfléchissait.

— Oui. J'aime Rome, mais je l'aimais plus encore.

— Alors je vais te demander quelque chose, dit Angelo avec douceur. Quelque chose de difficile parce que je sais ce que tu ressens pour Rome. Je veux être avec Sam. Sa vie est à Londres. Mais je ne veux pas te laisser. Londres est trop loin. Même Florence est trop loin, en fait. Il faut que je trouve un compromis, une solution qui marcherait pour tout le monde. Alors est-ce que tu peux imaginer venir vivre à Florence ?

— Partir de Rome ? fit Ruggiero, estomaqué.

— Pour vivre près de nous. Pas avec nous, tu as besoin de ton indépendance, mais pour que nous puissions être là en dix minutes en cas de besoin. Ce serait possible pour toi ?

— Mais ta mère est à Rome.

— Maman est dans nos cœurs. Elle sera avec toi à Rome ou à Florence. Ou même à Londres.

— Londres, répéta Ruggiero.

Voilà, il l'avait dit. Angelo avait laissé entendre à son père qu'ils pourraient déménager en Angleterre. Il poursuivit :

— La tombe de maman est à Rome, mais son âme est avec moi tous les jours parce que je suis fait d'elle, comme de toi. Je sais que je te demande beaucoup, mais je ne vois pas d'autre solution. Nous devons agir ensemble, comme une famille.

— Tu en as parlé à Sam ? On ne s'entendra peut-être même pas, quand on se rencontrera enfin.

— Vous allez vous liguer contre moi, voilà ce qui va se passer, répondit Angelo en riant. Penses-y, papa. Ou propose une autre solution.

Ruggiero le prit dans ses bras.

— Tu es le meilleur des fils. Et je sais que tu cherches à contenter tout le monde. Laissons passer la nuit. J'ai besoin de réfléchir.

— J'attendrai que tu sois prêt. Maintenant, rentrons.

Le lendemain matin, quand Angelo se leva, Ruggiero préparait le café.

— Je suis né à Rome, je comptais vivre toute ma vie ici et y mourir, dit-il en plaçant une tasse de café devant son fils. Mais si déménager à Florence – ou à Londres – te permet de vivre avec Sam un amour comme celui que j'ai connu avec ta mère, alors je déménagerai. Je n'ai pas envie de voir grandir mes petits-enfants à travers un écran d'ordinateur. Et j'y ai pensé, ce n'est pas juste que ce soit aux parents de Sam de bouger chaque fois qu'ils auront envie de vous voir. Et puis en Angleterre j'ai la famille de ta mère, en plus de toi.

C'était plus que ce qu'Angelo avait espéré.

— Tu déménagerais en Angleterre ?

— Si ta mère me l'avait demandé, je l'aurais fait. Et tu es, comme tu l'as dit hier avec éloquence, à moitié fait de ta mère. Si c'est Londres qui te va le mieux, je vivrai là-bas.

— Tu vivrais à Londres, reprit Angelo, le souffle coupé.

— C'est ça, la solution qui marcherait pour tout le monde à laquelle tu m'as demandé de réfléchir hier. Sam a son poste et son programme de recherche, toi tu as la femme de ta vie et un travail que tu aimes. Et moi… ça me permettra peut-être de repartir de zéro, de me refaire des souvenirs.

— Oh papa ! dit Angelo en le prenant dans ses bras. Je ne peux pas croire que tu ferais ça pour moi.

— Pour nous tous. Du moment que Baffi peut venir aussi. À quelle heure est l'avion de Sam ?

— À midi.

— Espérons que tu ne sois pas coincé dans les embouteillages. Allez, bois ton café, il a refroidi, et va retrouver la femme de ta vie.

— Je t'aime, papa. Merci.

Angelo appela Sam en chemin mais tomba sur son répondeur. Il lui dit qu'il l'aimait et qu'il avait un plan B valable, dont il lui ferait part à l'aéroport de Pise.

Le trajet lui sembla interminable, et un embouteillage mit ses nerfs à rude épreuve. Sam ne répondait pas à ses appels. Il la supplia de ne pas mettre le pied dans l'avion avant qu'il lui ait parlé.

Il courut à perdre haleine jusqu'à l'embarquement. Sam était là, à regarder sa montre comme si elle avait peur de le manquer, ou de manquer son avion.

Enfin elle était là, à ses côtés ! Il la prit dans ses bras et la fit tourner en l'air en l'embrassant.

— Comment va ton père ? demanda-t-elle quand il l'eut reposée au sol.

— Beaucoup mieux qu'hier. Assez bien pour inventer un plan B. Le plan A, c'était de se partager entre Londres, Florence et Rome, et ça ne marchait pas. Mais le plan B fonctionne.

— Et le plan B, c'est… ?

— Londres. Il vient avec nous. On a parlé à cœur ouvert hier, et c'est lui qui a proposé cette solution ce matin. J'ai peut-être évoqué des petits-enfants, j'aurais dû t'en parler avant, je m'excuse.

Un sourire éclaira le visage de Sam.

— Ne t'excuse pas, nous sommes sur la même longueur d'onde. Mais tu es sûr, pour Londres ?

— Absolument. Là où tu es, c'est là que je veux être. Londres est le meilleur endroit pour nous tous. Je peux y trouver du travail, tu auras ton programme de recherche et ta promotion. Il va falloir faire quelques listes pour déterminer où on vivra et où on se mariera.

— J'ai bien entendu ? murmura-t-elle, le rouge aux joues.

— Ah, oui, je suis allé un peu vite. Revenons en arrière.

Il mit un genou à terre et lui prit la main.

— Oublie l'aéroport. Nous sommes dans un jardin…

— Peu importe où nous sommes, du moment que nous sommes ensemble.

— Samantha Clarke, tu es l'amour de ma vie, et nous avons déjà perdu deux ans, alors allons-y franchement. Veux-tu m'épouser, avoir des enfants avec moi, et vieillir avec moi ?

— Oui !

Et ils scellèrent cette promesse d'un doux baiser.

Épilogue

Deux ans plus tard

Sam lovée contre lui, Angelo regardait leur jardin à Muswell Hill.

— Que demander de plus ? fit-il. C'est le parfait dimanche d'été. Ton père et le mien s'occupent du barbecue, ta mère et Louisa s'extasient devant le bébé, Lily se repose contre le ventre rebondi de Nina, et Joe leur lit une histoire…

Il l'embrassa avec tendresse.

— … Et je profite de ma chance d'avoir cinq minutes en tête à tête avec toi.

Elle lui rendit son baiser.

— On est censés rapporter la salade et une autre bouteille de vin, docteur Brunelli.

— Ce n'est pas comme si la salade allait être trop cuite. Tu es prête à retourner au travail demain ?

— Oui. Et dans les conditions idéales, trois jours par semaine, pour profiter de Dommy autant que possible.

Ils avaient appelé leur fils Dominic Michael Ruggiero, en hommage à leurs pères et à son frère, ce qui avait fait pleurer leurs parents de joie.

— Même si, après six mois de congé maternité, reprendre le scalpel va me mettre sur le fil du rasoir, dit-elle.

— Tu as le scalpel dans le sang.

— Pauvre Dommy, il va devoir affronter nos épouvantables jeux de mots toute sa vie, sans parler de ceux de sa marraine et de ses trois grands-parents !

— Quatre, répliqua Angelo. Figure-toi que papa va demander Louisa en mariage ce soir, et je suis certain qu'elle va accepter.

Peu de temps après son arrivée, Ruggiero avait rejoint un groupe de bénévoles pour un projet de jardin, et avait rencontré Louisa. L'été précédent, leur amitié s'était muée en amour.

— Oh c'est magnifique, elle est adorable ! Ils vont être très heureux ensemble.

— Mon père s'inquiétait : il ne voulait pas que je pense qu'il remplaçait maman. Évidemment, ce n'est pas le cas. Il ouvre son cœur un peu plus, voilà tout. Et je le veux heureux plutôt que seul.

— Ça me réjouit. Tu ne regrettes toujours pas d'avoir quitté l'Italie ?

— Non. Chez moi, c'est là où tu es. Et je me réjouis chaque jour que tu sois venue à Florence nous offrir une seconde chance.

— Notre chance, c'est la vie que nous menons ensemble, mon amour.

— Notre vie de famille.

Fou de bonheur, Angelo embrassa de nouveau sa merveilleuse épouse.

LOUISA GEORGE

Un confrère pour confident

Traduction française de

MARIE-JOSÉ LAMORLETTE

BLANCHE

HARLEQUIN

Titre original :
CORNISH REUNION WITH THE HEART DOCTOR

1.

— Bon, tout est calme. Et je suis à jour.

Lexi Fisher ôta son stéthoscope de son cou et le laissa tomber dans sa sacoche.

Au revoir. À plus tard. Je n'aurai pas besoin de toi là où je vais.

— Docteur Fisher ! Taisez-vous ! Vous ne savez pas que prononcer ce mot porte malheur ?

La surveillante Chantelle leva les yeux de sa pile de papiers, dans le bureau des infirmières du service pédiatrique Peter Pan, et eut un grand sourire.

— Vous nous avez probablement attiré un service de nuit infernal.

— Oups. Désolée.

Lexi tournoya, à peine capable de respirer tant elle était excitée.

— Mais… roulement de tambour. J'ai fini pour la semaine. Sept jours. Sept jours entiers sans travailler. N'est-il pas triste que je sois si contente ?

— Pas triste du tout. Je ne me souviens pas de vous avoir vue prendre des vacances, et il y a dix-huit mois que je suis là. J'espère que vous allez beaucoup vous amuser, Lexi. Vous le méritez.

— Oh ! je le ferai. Je vois dans mon avenir des cocktails et des promenades sur la plage. Et sans doute de la pluie, connaissant la Cornouailles, mais ça m'est égal. La pluie de vacances vaut beaucoup mieux que celle qui tombe quand on va travailler. Et ne me demandez pas de vous envoyer une carte postale. Je serai trop occupée…

Lexi ferma les yeux et imagina le pittoresque village de pêcheurs qu'elle avait vu en ligne, les magnifiques plages et les splendides couchers de soleil. Ainsi que la liseuse électronique qu'elle emportait, chargée des derniers romans de ses auteurs préférés.

— … à ne rien faire. Du tout.

— Rien ? Vraiment ? Allons, Lexi. Le soleil, la mer, le sable et… des surfeurs hyper-sexy ?

Chantelle fit un clin d'œil entendu.

— Pourquoi pas une romance de vacances ? Cela fait longtemps, non ?

Quatre ans et demi.

— Croyez-moi, je compte surtout dormir… et beaucoup sourire au mariage de mon amie.

— Une semaine, c'est long pour un mariage, non ?

— Le mariage a lieu demain, mais nous sommes un groupe d'amis à passer là-bas la fin de la semaine. Cela fait si longtemps que nous ne nous sommes pas vus. Pour certains, cela remonte à notre diplôme.

— Docteur Fisher ! Docteur Fisher, Dieu merci vous êtes encore là.

Une jeune infirmière arriva en courant. Jeune, oui… Lexi soupira devant sa queue-de-cheval brillante et son énergie juvénile. Tout le monde était plus jeune qu'elle, désormais. À quarante-trois ans, elle aurait probablement pu être la mère de cette jeune femme. *Si cela avait été possible…*

— Pouvez-vous venir, s'il vous plaît ? Le taux d'oxygénation du bébé Ahmadi a chuté et il a du mal à respirer.

Toute pensée de ses vacances à venir et de son peu de chances de devenir mère quitta l'esprit de Lexi.

— J'arrive tout de suite.

— Pas question, intervint Chantelle en levant une main. Demandez au Dr Kowalski. Lexi raccroche pour ses vacances. Elle n'en a pas pris depuis…

— Hé, c'est moi qui ai prononcé à tort le mot « calme », alors je dois assumer. Et le Dr Kowalski est prise aux urgences. Je m'occupe de ça, il n'y a pas de problème.

Lexi reposa sa sacoche sur la chaise et consulta sa montre. Le train de son vieil ami Jono devait arriver dans une demi-heure.

Elle allait avoir du retard, mais Jono était médecin, lui aussi. Il comprendrait.

Elle le supposait, en tout cas. Cela faisait plus de cinq ans qu'elle ne l'avait pas vu ; il avait pu changer. Elle sourit en pensant aux mails qu'ils avaient échangés pendant et après son divorce. Ils l'avaient beaucoup aidée, durant cette période. Le fait d'écrire, plutôt que de parler, l'avait fait se sentir libre d'épancher ses sentiments. Et Jono lui avait toujours répondu en lui racontant sa vie amoureuse et ses aventures dans l'Outback australien, où il était médecin volant. Certes, il avait toujours fait partie de son cercle d'amis, mais à présent elle le comptait parmi ses amis les plus proches. Par correspondance, du moins.

Et il avait toujours été le même, ce qui était rassurant. Elle n'avait jamais connu un homme qui se préoccupait moins des règles sociales et des emplois du temps. Elle avait hâte de le revoir. De les revoir tous. Des retrouvailles en vacances !

Mais d'abord... Elle ressortit son stéthoscope de sa sacoche. Il était encore chaud.

Deux heures plus tard, Lexi gara sa Mini sur le parking de la gare et courut dans la salle d'attente.

Où était-il ? Pas de grand docteur anticonformiste, souriant de toutes ses dents. Il n'y avait qu'un employé qui nettoyait le sol. Elle consulta son téléphone. Jono avait-il reçu ses textos disant qu'elle serait en retard ? Était-il parti sans elle ? Elle avait pensé qu'il l'attendrait à la sortie.

Elle s'aventura sur un quai peu éclairé et là... allongée sur le côté en travers d'un banc métallique, avec un chapeau australien à large bord sur le visage et un gros sac à dos par terre, lui apparut une forme qui ressemblait à Jono Neale. Si Jono Neale avait un peu grossi et s'était laissé pousser une barbe sombre.

Son cœur se mit à battre très fort.

Serait-il fâché de son retard ? Y aurait-il de l'embarras entre eux, après cinq ans ? Comme avec les autres le lendemain ?

Ils étaient sortis diplômés de la fac de médecine douze ans

plus tôt. Nul doute qu'ils avaient changé, depuis. Ils étaient devenus des personnes différentes – elle, en tout cas. Elle avait connu l'enfer après cette époque enivrante d'études, de boîtes de nuit et de liberté. Et même si elle s'entretenait régulièrement avec certains d'entre eux, comme la future mariée Emma et les demoiselles d'honneur, qui pouvait dire comment elle s'entendrait avec les autres ?

— Hé.

Elle secoua doucement son ami par l'épaule et chuchota :

— Hé, Jono. Réveille-toi.

Un bras se leva. Le chapeau fut enlevé et il se tourna sur le dos en marmonnant :

— On peut tirer un coup, vite fait ?

Lexi ne put s'empêcher de rire et de lever les yeux au ciel. C'était bien là Jono. Mauvais garçon et fonceur. Un Jono plus âgé, hâlé par le soleil, avec un peu de poussière rouge dans des cheveux plus longs qu'auparavant. Le cœur de Lexi s'apaisa. Il n'avait pas changé du tout.

— Tu ne peux pas me choquer, Jono Neale, dit-elle en le secouant de nouveau.

— Lexi ? Docteur Lexi Fisher ? C'est vraiment toi ?

Un œil s'ouvrit. Puis l'autre. Il sourit. D'un grand sourire heureux qui chassa instantanément l'anxiété de Lexi à le revoir.

Il était toujours superbe… La moitié des filles, à la fac de médecine, fantasmaient sur lui. Mais pas elle. Pas seulement parce qu'il avait huit ans de moins qu'elle, mais aussi parce qu'elle était amoureuse de Ross, qu'elle avait épousé dès la fin de leurs études.

Jono se redressa et la prit chaleureusement dans ses bras, en une étreinte généreuse. Il était grand, fort et si familier. Il la garda contre lui et elle se laissa faire, car il était si bon de le revoir. Une onde de chaleur envahit sa poitrine. Ce bon vieux Jono.

Finalement il la lâcha, la tint à bout de bras et la regarda de haut en bras.

— Désolé, tu m'as surpris en plein sommeil. J'étais en train de rêver que…

— Non, arrête !

En riant, Lexi plaqua ses mains sur ses oreilles, sachant qu'il la faisait marcher. Il avait sans doute voulu la choquer, mais elle n'était plus outrée par ses excentricités depuis des années.

— Tu m'as interrompu. J'arrivais juste à la meilleure partie.

— Je n'ai pas envie de savoir. Et je n'arrive pas à croire que tu puisses penser au sexe après un vol de vingt-quatre heures.

Elle, elle n'y pensait jamais, ces temps-ci.

— Tu peux dire quarante. Je ne sais même plus quel jour on est. J'ai volé de Kununurra à Darwin, puis à Sydney, Dubaï et Londres. Pour prendre ensuite le train jusqu'à Oxford.

— Et je t'ai fait attendre. Je suis désolée. J'aurais dû aller te chercher à l'aéroport d'Heathrow. Mais j'ai été retenue par un bébé de huit mois qui avait des problèmes d'oxygénation.

— Pauvre petit, dit Jono avec une pointe d'accent australien. Je suppose que tu l'as stabilisé. Et j'ai eu ton texto, alors j'ai pris une tasse de thé, puis j'ai récupéré un peu pour être bien réveillé pendant le trajet.

Il était médecin, il avait l'habitude de dormir n'importe où et n'importe quand. Mais du thé ?

— Tu bois du thé ? Pas de bière, de vin ou de whisky ? Qu'est devenu mon vieux copain Jono ?

— Oui, du thé. Je vais être ton sobre chevalier servant. Il y a cinq heures de route jusqu'en Cornouailles et il se fait tard. Je veux que nous arrivions entiers.

— Est-ce que... est-ce que tu serais responsable, maintenant ? demanda Lexi, incrédule.

Il haussa les épaules et sourit largement.

— Oui, je sais. Qui l'eût cru ?

Elle désigna son sac à dos.

— Allez, viens. Nous mettrons ton sac sur le siège arrière.

— Il n'y a pas de place dans le coffre ? Lexi Fischer, aurais-tu emporté toute ta garde-robe pour passer une semaine à St Quintin ?

— Ma voiture est une Mini. Il n'y a pas de place du tout. C'est soit t'entasser avec moi, soit attendre le train du matin pour la Cornouailles, mais tu arriveras trop tard pour le mariage. Et en tant que garçon d'honneur, je ne pense pas que tu le veuilles.

— Mark me tuerait, sans parler d'Emma. Apparemment, je suis coincé avec toi.

Il posa un rapide baiser sur la joue de Lexi et sortit le premier de la gare. Elle le suivit, marchant vite pour s'adapter à ses longues enjambées. Il paraissait en pleine forme. En fait, il avait meilleure mine que ce qu'elle lui avait jamais vu. Il avait pris des muscles, arborait un beau postérieur et une mâchoire mieux dessinée que dans son souvenir.

Son regard glissa de nouveau vers ses fesses moulées par son jean. Mignon…

Quoi ? Elle venait de penser que Jonathan Neale était mignon ? C'était complètement déplacé. Elle le connaissait depuis qu'il avait dix-huit ans et elle vingt-six, et elle l'avait toujours considéré comme un petit frère. Elle ne pouvait penser à lui que comme à un ami, qui avait été là pour elle dans les bons et les mauvais moments.

Mignon ? Elle se sentit paniquée. Oui, elle avait définitivement besoin de vacances. Le soleil, la mer et des surfeurs sexy. Elle pouvait même envisager une romance.

Mais pas avec Jono.

Est-ce qu'il fait du surf ?

Arrête.

Lorsqu'il eut déposé son sac sur la banquette arrière, il se plia en deux pour s'installer sur le siège passager, emplissant la voiture d'un parfum de chaleur australienne, de voyage et de quelque chose qui rappela à Lexi l'époque où ils partageaient une maison, durant leur quatrième année. Elle avait longtemps hésité pour choisir sa carrière et avait commencé ses études de médecine plus tard que les autres. Mais ces derniers l'avaient bien acceptée et incluse dans leurs plans. Elle avait noué des amitiés durables et ils s'étaient beaucoup amusés.

Ils démarrèrent. Tandis qu'elle conduisait, Jono essaya d'étirer ses jambes, puis les replia, ses genoux touchant le tableau de bord. Il recula son siège au maximum.

— C'est la voiture la plus inconfortable dans laquelle je sois jamais monté, bougonna-t-il.

— Parce que tu fais un mètre quatre-vingt-dix. Pour une petite souris comme moi, c'est parfait. Regarde tout l'espace que j'ai ! répondit-elle en agitant son bras gauche.

— Ne change pas, Lexi.

Il sourit, mais redevint sérieux lorsqu'elle bâilla.

— Tu es fatiguée. Bon. Je vais te poser un tas de questions gênantes pour te tenir réveillée.

Elle rit doucement.

— Pas sûr que j'aime cette idée.

— Moi si. Un, fit-il en comptant sur ses doigts. Qu'as-tu fait depuis notre dernier mail ?

— Travaillé.

Elle haussa les épaules et pensa tristement que le travail avait été la seule chose dans sa vie, ces dernières années.

— C'est tout ? demanda-t-il, incrédule.

— Oui. J'aime travailler.

— Moi aussi. Mais ce n'est pas tout, pour moi. Sérieusement, quoi d'autre ? Des voyages, des aventures d'un soir ?

— Quoi ?

Elle se risqua à lui jeter un coup d'œil. Il souriait largement de son embarras.

— Non, je suis trop vieille pour ça.

— Oh ! oui. Bien trop vieille pour voyager, dit-il en riant.

Elle leva les yeux au ciel.

— Non, idiot. Pour les aventures d'un soir.

— Une vraie croulante. Tu as quarante et combien ?

— Quarante-trois et je me *sens* croulante. D'ailleurs, je vais le paraître demain comparée à vous, les jeunots.

— Ridicule. Que sont quelques années ? Nous t'avons tous rattrapée, maintenant. Et quoi qu'il en soit, tu es superbe et tu as plus d'énergie que nous tous réunis. Apparemment, tu fais du kick-boxing et tu cours des semi-marathons pour des œuvres charitables, pendant ton temps libre. Tu es une vraie *wonder woman.* À moins que tu ne te sois vantée dans tes mails pour que je me sente incompétent ?

Lexi rit.

— Comme si c'était possible, avec un ego comme le tien ! Je

fais de l'exercice pour exorciser mes démons. Si je reste sans bouger trop longtemps, je me rappelle tout ce qui a cloché dans ma vie.

— Mais tu t'es débarrassée de lui.

Il lui jeta un regard indéchiffrable.

Avoir une discussion face à face, c'était autre chose que d'échanger par mails. Déjà, elle pouvait voir les réactions de Jono. Et elle n'avait pas le temps de soupeser ses réponses.

— Oui. Enfin… pour être honnête, il m'a quittée. Mais cela n'allait pas entre nous depuis un moment.

Elle avait eu si mal à l'époque. Heureusement, elle s'était complètement détachée de Ross, depuis.

— Je me sens très bien, maintenant.

— C'est ce que je vois.

Quelque chose dans le ton de Jono la fit se tourner vers lui. Elle croisa son regard. Même à la lumière orangée des lampes de l'autoroute, ses yeux brillaient. Avaient-ils toujours été si bleus ? Si clairs ? Si chauds ? Elle ne l'avait jamais remarqué. Il eut un grand sourire.

— Alors… tu ne songes même pas à sortir avec quelqu'un ?

— Non. Pas depuis Ross.

Pourquoi cela semblait-il trop personnel, tout à coup ? Il connaissait tous ses secrets. Elle eut une sensation étrange dans la poitrine. Elle déglutit et lui posa une question, à son tour.

— Es-tu excité par ce grand retour en Angleterre ?

Il hocha la tête, sans relever le brusque changement de sujet.

— Absolument. Ça fait un peu bizarre de boucler la boucle en revenant à Oxford, où nous avons étudié, mais le moment est venu.

— Oh ? Pourquoi maintenant ? Tu as épuisé toutes les femmes d'Australie ?

— Très drôle. Je ne suis même pas allé en Tasmanie, dit-il avec un sourire en coin. Il me reste toute une île à explorer.

— Et pourtant tu es ici.

— Je devais renouveler mon visa, et… Je suppose que je n'avais plus de raison de rester là-bas, déclara-t-il d'un air sérieux.

— Le mal du pays ?

— En quelque sorte. Papa a été malade, et même s'il n'a pas

été un père génial, je suis tout ce qui lui reste. Alors j'ai pensé qu'il valait mieux que je sois dans le coin pour le cas où il aurait besoin de moi… ou de quoi que ce soit, ajouta-t-il vivement.

Parler de son père avait toujours été difficile pour Jono. Leur relation s'était détériorée à son adolescence et ils s'étaient éloignés. Aussi cette raison à son retour était-elle surprenante.

— Tu aurais dû me le dire, je serais allée le voir ! J'aurais sûrement pu faire quelque chose.

Et cela lui aurait paru normal, avec tout le soutien que Jono lui avait apporté.

— Tout va bien. Je n'en aurais rien su si son généraliste ne m'avait pas retrouvé comme son parent le plus proche. Apparemment, il s'est installé près des baraquements militaires d'Abingdon. Je ne lui ai pas dit que je rentrais, mais le poste de cardiologue s'est libéré au bon moment et j'ai sauté sur l'occasion. Il est grand temps que papa et moi parlions. Cela va être intéressant, conclut-il avec une grimace.

— Quel est son problème médical ?

— Il aurait eu un infarctus du myocarde il y a quelques années. Il ne m'en a rien dit. Il a aussi un diabète de type 2 et de l'hypertension. Et puis, le mois dernier, on lui a diagnostiqué une insuffisance cardiaque.

— Il est ironique que tu sois cardiologue.

— Oui. J'aurai sans doute besoin de quelques boissons fortes quand je l'aurai revu. Cela fait si longtemps que je ne sais pas très bien ce que nous aurons à nous dire.

Lexi rit avec sympathie.

— Compte sur moi pour t'accompagner. Il est temps que je te soutienne comme tu l'as fait pour moi.

— Il est toujours plus agréable de boire avec quelqu'un. Oh ! et merci pour l'offre de ta chambre d'amis, en attendant que je me retourne.

— Pas de souci. Elle est vide.

La chambre d'enfant qu'ils avaient prévue des années plus tôt, avant l'échec de nombreuses FIV, songea-t-elle tristement. Avant le départ de Ross avec une femme qui pourrait lui donner l'enfant qu'il souhaitait si désespérément. Mais le retour de Jono lui avait donné l'élan nécessaire pour repeindre la pièce.

— Ce sera distrayant d'avoir de la compagnie. Mais je ne veux rien savoir de tes frasques, comme quand nous étions à la fac.

— Des frasques ? Moi ?

Il ouvrit de grands yeux, une main sur le cœur.

— Oui, toi. La chaussette sur la poignée de la porte pour faire savoir à tout le monde que tu… hum, recevais quelqu'un.

Jono eut un large sourire.

— J'y ai passé pas mal de chaussettes.

— C'était du bluff, dit Lexi en riant.

— Je suis surpris que tu l'aies remarqué. Tu n'as pas emménagé avec Ross au milieu de notre quatrième année ?

— Si. Une grosse erreur, rétrospectivement.

— Je sais. Je n'ai jamais rien dit, parce qu'il était ton choix et que tu semblais si heureuse. Mais j'ai toujours pensé que c'était une mauvaise idée. Il y avait quelque chose en lui qui ne m'inspirait pas confiance.

— Vraiment ? Tu aurais pu le dire, à ce moment-là.

Est-ce que tous ses amis avaient pensé la même chose ?

— Quoi ? Pour que tu me tombes dessus ? Tu étais totalement amoureuse de lui.

— Oui, et regarde où cela m'a conduite. Tu avais raison sur lui, finalement. Maintenant, je ne suis plus sûre de pouvoir me fier à mon propre jugement, dans ce domaine. Il est plus facile de ne plus sortir avec personne.

Soudain, une idée lui vint.

— Hé, peut-être que tu devrais jauger pour moi tout petit ami potentiel, à l'avenir ! Tu pourras être totalement honnête, je promets de ne pas m'en prendre à toi. Non pas que je voie une romance quelconque dans mon futur proche, mais au cas où…

S'étant vu rappeler combien son existence était vide, Lexi commençait à envisager avec plaisir l'idée du soleil, de la mer et de quelque chose pour pimenter sa vie.

— D'accord. Si tu vois quelqu'un qui t'intéresse cette semaine, dis-le-moi et je le passerai au crible.

— Excellent.

Elle ne put s'empêcher de sourire à la pensée de Jono jouant les machos avec tout homme qui souhaiterait l'inviter.

— Un vrai chevalier servant.

— À votre service, madame.

Il appuya sa tête au dossier de son siège et regarda par la vitre. Lexi, elle aussi, fixa la longue route qui s'étirait devant eux. L'autoroute était tranquille ; les énormes lampadaires défilaient tandis qu'ils dévoraient les kilomètres.

Finalement, Jono soupira.

— Ah, la M4. Quelque chose de familier, enfin. J'ai passé les cinq dernières années à aller d'un endroit à l'autre tous les six mois.

— Tu devrais y être habitué. N'est-ce pas ainsi que tu as grandi ?

— Je déménageais tous les deux ans, oui. Fils de militaire. Mais ça commence à bien faire.

Lexi en fut stupéfaite. Elle avait imaginé que ce nouveau poste à Oxford serait temporaire, comme tout ce qu'il faisait.

— Tu ne songes pas à te fixer ? *Toi ?*

Il haussa les épaules.

— Pas exactement. Mais qui sait ?

— Je ne le crois pas une seconde.

— Il ne faut jamais dire jamais.

Jono marqua une pause.

— Je suis si content d'être de retour et de revoir la vieille bande.

Elle sentit ses yeux sur elle et se tourna pour le regarder.

— Je me demande si les autres seront les mêmes ou s'ils auront changé. Je me méfie toujours de ces retrouvailles, parce que tout le monde se compare à tout le monde. Qui a le mieux réussi. Qui a les enfants les plus intelligents.

Son cœur se serra.

— Je ne gagnerai sûrement pas sur ce plan-là.

Jono lui décocha un sourire compatissant et son regard s'adoucit.

— Tu as passé des moments difficiles, avec ça.

— Je suis désolée de m'être épanchée là-dessus dans mes longs mails. Mais l'écrire semblait m'aider.

— Hé…

Il lui pressa le genou.

— Je suis content que tu l'aies fait. Les amis sont là pour ça.

Elle avait pris son parti de sa stérilité, récemment. Mais le fait d'avoir près d'elle la personne avec qui elle avait tout partagé et ce geste tendre la déstabilisèrent subitement. Pinçant les lèvres, elle hocha la tête et se concentra sur la route, ne voulant pas revisiter son passé et gâcher le trajet.

— Cette semaine va être amusante. C'est tout ce que je recherche, pour le moment.

— Moi aussi. Avant que le travail commence et que je doive être de nouveau sérieux. Assurons-nous de passer la meilleure semaine possible.

Il lui fit un clin d'œil.

— Entièrement d'accord.

Lexi sourit. Si seulement elle pouvait cesser de penser qu'il était mignon !

Peut-être avait-elle bien besoin de commencer à chercher un petit ami. Quelqu'un de plus mignon que Jono. Quelqu'un qui pourrait détacher son esprit étrangement traître du beau postérieur de son vieil ami.

Et puis il y avait cette sensation *bizarre* qu'elle avait eue quand il l'avait prise dans ses bras. Et ensuite, lorsqu'elle lui avait jeté un coup d'œil et l'avait vu sourire. Maintenant encore…

Bien sûr, elle avait toujours su qu'il était beau. Mais en mûrissant il était devenu encore plus séduisant. Un peu de gris semé sur ses tempes. De petites rides au coin de ses yeux. Et son regard qui était plus calme, plus posé, moins agité. Mais qui contenait toujours plein d'amusement. Une femme pouvait se perdre dans ces yeux.

Oh ! ciel !

C'était la pire chose dont elle pouvait prendre conscience. Et cela tombait très mal étant donné qu'elle allait passer une semaine avec lui. Sans oublier qu'il vivrait chez elle le temps de trouver un logement à Oxford…

Houlà.

Parce que Jono Neale n'était pas simplement mignon. Il était hyper, hyper-sexy.

2.

Après une halte pour faire le plein d'essence et de caféine – pour Lexi –, ils reprirent la route sinueuse vers le village de pêcheurs de St Quintin, sur la côte nord de la Cornouailles. Malgré tous ses efforts, Jono luttait pour rester éveillé ; il remuait dans son siège, battait des cils, ouvrait la vitre pour inhaler un peu d'air frais.

À côté de lui, Lexi se cramponnait au volant, regardant droit devant elle comme si elle était dans une transe.

Elle avait l'air fatiguée. Elle était toujours jolie, très jolie, même, mais ses yeux bruns portaient les cernes de quelqu'un qui a travaillé trop dur, trop longtemps. Elle avait laissé pousser ses cheveux jusqu'à ses épaules, et de petites mèches adoucissaient ses traits. Son sourire était toujours le même : chaleureux, amical et honnête. Avec une pointe de malice.

Elle avait traversé des moments difficiles, au fil des années, et Jono s'était senti si mal d'être à l'autre bout du monde alors qu'elle avait besoin d'amis autour d'elle. Le travail, le virus qui avait interrompu tout voyage pendant des mois et le décalage horaire avaient fait qu'il n'avait pu lui remonter le moral que par des messages et des mails. Alors maintenant qu'il était là, il allait faire en sorte qu'elle sourie de nouveau. Beaucoup.

— Comment ça va ? Tu veux que je prenne le volant ? demanda-t-il pour la cinquième fois.

— Pas après quarante heures de voyage. En outre, mon GPS indique que nous y serons dans vingt minutes. Si tu mettais un peu de musique ? Fort !

Elle saisit son téléphone et le lui passa. Il était en train de faire défiler l'écran, quand un mouvement extérieur à la voiture le fit lever les yeux. Sortie de nulle part, une ombre envahit sa vision périphérique sur la gauche.

— Attention ! cria-t-il.

— Quoi ? glapit Lexi.

La voiture eut un soubresaut. Les freins crissèrent.

Le bruit d'un choc.

Ils furent projetés en avant, puis en arrière. Il fallut une seconde à Jono pour réaliser ce qui s'était passé : ils avaient heurté quelque chose. Puis il eut une décharge d'adrénaline et bondit hors de la voiture.

Ses entrailles se nouèrent à la vue d'un corps gisant sur la route, illuminé par les phares. À un mètre de là, un vélo tordu était jeté sur le côté, sa roue avant tournant encore. Jono se précipita vers l'accidenté qui commençait à bouger. C'était un adolescent d'environ quinze ans ; il se redressa lentement en grognant.

Jono posa une main sur son épaule.

— Ne bouge pas. Il faut vérifier que tu n'es pas blessé.

— C'est bon. Je vais bien.

Le garçon secoua la tête, s'abritant les yeux d'une main.

— Je suis désolé. Tellement désolé.

Il parlait, remuait ses membres, c'était bon signe.

Derrière Jono, Lexi demanda d'une voix tremblante :

— Qu'est-ce que j'ai heurté ? Un animal ? Ne me dis pas que c'est quelqu'un !

Le cœur de Jono se serra. Elle était tellement sensible. Ce qui faisait d'elle une bonne pédiatre, d'ailleurs.

— Tout va bien. Le vélo est fichu, mais notre ami s'en sort bien.

Toutefois, l'adolescent ne portait pas de casque, ce qui signifiait qu'il pouvait avoir subi un choc crânien. Jono l'étudia avec attention.

— Est-ce que ta tête a heurté le sol ?

— Non. J'ai mis mon bras en avant pour arrêter la chute.

Il serra son poignet gauche contre lui.

— J'ai très mal.

— Tu as eu un bon réflexe. Je suis Jono, et voici Lexi. Nous sommes médecins. Comment t'appelles-tu ?

— Tyler.

— Eh bien, salut, Tyler. Tu as eu de la chance de tomber sur nous.

Jono alluma la lampe de son portable, puis s'agenouilla près du garçon pour examiner son poignet enflé. Lexi, qui avait attaché ses cheveux, s'approcha et plissa le nez.

— On dirait bien qu'il est cassé.

— Non ! protesta Tyler en grimaçant. Je devais commencer un nouveau boulot demain ! Servir le repas dans un mariage !

Jono continuait à l'ausculter pour voir s'il n'avait pas d'autres blessures.

— Ce ne serait pas au Royal Hotel de St Quintin, par hasard ?

— Comment le savez-vous ?

Lexi sourit.

— C'est là que nous nous rendons. Je suis sûre qu'ils pourront se passer d'un serveur. Sinon, je ferai le service moi-même.

— Oui, mais je vais avoir des ennuis. Mes deux sœurs travaillent là et l'hôtel appartient à ma tante. C'était mon premier vrai boulot. J'ai tout fichu par terre.

— En tout cas, en roulant sans lumière et sans casque et en débouchant sans regarder sur une route principale, tu as été très imprudent, dit Jono.

Lexi lui pressa l'épaule.

— Nous verrons ça plus tard, Jono. Occupons-nous d'abord de Tyler.

— Mais si tu devais travailler demain, que faisais-tu dehors si tard ? demanda-t-il tout de même.

— J'étais chez mon copain et on n'a pas vu passer le temps. Il m'a prêté son vélo pour rentrer.

— Et vous avez bu ?

— Deux ou trois bières.

— Bon ! intervint Lexi, le regard combatif. Tu as appris quelques leçons, ce soir. Mais il faut que tu passes une radio du poignet. Y a-t-il un hôpital, dans le coin ?

Tyler regarda la route, dans la direction d'où ils venaient.

— Il y en a un à un quart d'heure ou vingt minutes d'ici.

— Alors nous ferions mieux de t'emmener, dit-elle en se levant. Cela ira plus vite que d'appeler une ambulance.

— D'accord, c'est toi qui commandes.

Jono échangea un coup d'œil avec Tyler, les sourcils haussés.

Elle leur décocha un sourire satisfait.

— Vous feriez bien de ne pas l'oublier.

Heureusement, le service des urgences était très calme pour un vendredi soir. Ils se présentèrent à la réception, puis s'assirent dans la salle d'attente. Tyler boudait toujours.

— Ma mère va me tuer.

— Non, dit Jono, elle sera soulagée que tu sois en vie. Elle sera peut-être en colère contre ton imprudence, mais si elle est comme la mienne, elle attendra que tu ailles mieux pour te passer un savon.

— Donne-moi son numéro, intervint Lexi. Je vais l'appeler et lui expliquer, puis tu pourras te confondre en excuses.

Elle prit le portable de Tyler et appela.

Jono admira la façon dont elle s'y prit, avec compassion et honnêteté. Elle termina en disant :

— Cela ne nous a pas ennuyés du tout. Et je vous en prie, soyez indulgente avec lui. Il a commis une erreur, comme cela nous arrive à tous, mais je suis absolument certaine qu'il ne recommencera pas.

Elle écouta un instant et sourit.

— Oui, je le lui dirai. Ne vous inquiétez pas.

Tyler lui jeta un regard sombre.

— Elle est en colère ?

Lexi lui rendit le téléphone.

— Surtout soucieuse. Elle arrive. Elle te dit de ne pas avoir peur, qu'elle comprend. Et qu'elle t'aime.

L'adolescent prit une expression pleine de vénération.

— Merci, Lexi. Merci d'avoir arrangé les choses. Je pensais qu'elle allait me tuer.

— Elle t'aime, insista Jono. Mais réfléchis avant d'agir, désormais.

— Je le ferai. Merci pour votre aide.

— Pas de problème.

Lexi sourit et lui ébouriffa les cheveux.

— Prends garde à ne pas te remettre dans des ennuis.

Alors qu'ils quittaient l'hôpital, Jono épuisé déclara :

— C'est notre bonne action de la journée.

— Nous ne pouvions pas le laisser partir seul en ambulance. S'il avait été mon fils, j'aurais été si contente que quelqu'un l'aide.

Une ombre passa dans le regard de Lexi, mais elle disparut rapidement. Avait-elle réussi à éloigner d'elle la douleur de ne pas pouvoir avoir d'enfants ? Ou faisait-elle semblant ?

Jono aurait aimé avoir été là pour l'aider à porter cette blessure, et espéra que leurs échanges par mails l'avaient soutenue dans son épreuve. Ces échanges étaient assez intenses, parfois. Ils allaient de la simple demande de nouvelles à des exposés plus détaillés, et même au partage de secrets. Lexi lui avait fait part de son désespoir, quand son mari l'avait quittée pour sa secrétaire enceinte, et lui-même avait admis des choses qu'il n'aurait probablement dites à personne d'autre. Notamment sur son affligeante vie amoureuse. Avoir cette connexion avec elle l'avait aidé, alors qu'il se trouvait à des milliers de kilomètres de ses amis et de sa famille, coupé de tout. Il avait été heureux d'avoir quelqu'un à qui « parler ». Ou avec qui déblatérer…

Que Lexi ne puisse pas avoir d'enfants était bien triste, car elle aurait fait une mère formidable. Et travailler en pédiatrie, chaque jour, alors que ses FIV échouaient les unes après les autres, avait dû être une torture.

Là, elle eut un grand sourire.

— Je n'aurais pas pensé retourner dans un hôpital si vite après avoir quitté le mien pour mes congés.

— Croisons les doigts pour que ce soit la première et la dernière fois.

Elle agita un doigt.

— Pas de vélo après avoir bu !

— C'est noté.

Malgré sa grande fatigue, ses yeux brillaient. Jono ne pouvait voir que la femme splendide qu'elle était devenue après son divorce difficile. Elle avait traité Tyler avec beaucoup de compassion ; elle se souciait sincèrement des autres. Elle était formidable.

— Enfin, reprit-elle d'un ton songeur, nous savons tous que les jeunes adultes font des bêtises…

— Tu parles de moi ? releva-t-il. Bien sûr, que tu parles de moi ! Qu'est-ce que j'ai fait de si grave, dans ma jeunesse ?

Elle leva les yeux au ciel.

— Par où veux-tu que je commence ? Semer des graines de cresson sur le clavier de l'ordinateur de la bibliothèque universitaire ? Verser du colorant alimentaire dans la fontaine de la fac ?

Soudain, ses yeux s'élargirent.

— S'il te plaît, ne me dis pas que tu as préparé une de tes blagues pour le mariage !

Il rit.

— Non. Mais j'ai envoyé des idées pour l'enterrement de la vie de garçon de Mark. Tu es allée à l'enterrement de la vie de jeune fille d'Emma ?

Elle secoua la tête.

— Je travaillais, malheureusement. Il aurait été bien de se retrouver un peu avant la noce.

— Nous nous rattraperons demain. Ou plutôt tout à l'heure, corrigea-t-il en consultant sa montre. Il est très tard.

— Ou très tôt.

Ils sortirent dans la chaude nuit d'été. Le ciel était d'une étonnante couleur bronze, avec des traînées jaune pâle.

— Waouh, Jono ! s'exclama Lexi en levant la tête pour le contempler. Regarde, c'est magnifique !

— J'espère que c'est signe de beau temps.

Comme il l'aurait fait des années auparavant, Jono passa un bras sur ses épaules et elle appuya sa tête contre son torse. Une bonne odeur de shampoing et de glace à la vanille monta autour de lui, mêlée à un parfum qui sentait très bon. Un parfum qui semblait lui souhaiter un bon retour chez lui, avec une pincée d'exotisme.

Il était si bon d'être là avec quelqu'un qui le connaissait, qui avait partagé des choses avec lui, avec qui il pouvait échanger des souvenirs. Cela ne lui était pas arrivé si souvent dans sa vie.

Le grand et beau sourire heureux de Lexi, à la gare, avait été la meilleure chose qu'il ait vue depuis un bon moment. Cette bonne vieille Lexi. *Ne change jamais,* pensa-t-il.

Il sentit une onde de chaleur envahir sa poitrine. Ce qui était étrange. Mais le jet-lag avait parfois des effets bizarres sur le corps. Il chassa cette impression d'un haussement d'épaules.

— Cet accident a ajouté quelques heures de plus à notre voyage, dit-il. Je suis claqué. J'ai hâte de me mettre au lit.

Lexi se raidit sensiblement et se dégagea pour rejoindre la voiture à grandes enjambées. Il courut pour la rattraper.

— Hé, Lexi, ça va ?

— Je suis crevée, mais ça va. Remettons-nous en…

Elle s'interrompit, regardant sa voiture. Du côté du passager, et à l'avant, la tôle était froissée et éraflée.

— Oh ! je n'ai pas pensé à vérifier les dégâts. Il me faudra trouver un carrossier.

— Nous nous en occuperons plus tard. Nous avons toute la semaine pour ça.

— Au moins, nous n'aurons pas à prendre la voiture pour aller au mariage. Il a lieu sur place. Tu imagines arriver dans un véhicule tout cabossé ?

Elle tressaillit et actionna la commande à distance pour débloquer les portières.

— Je ne t'ai jamais dit comment nous sommes arrivés à ton mariage, hein ? lança Jono.

— Non ! s'exclama-t-elle, mi-horrifiée, mi-intriguée. Qu'est-ce que tu avais encore fait ?

— Rien du tout ! Je t'ai bien eue. Il est si facile de te faire marcher !

En riant, Jono tendit la main vers la poignée… et retira vivement son bras, traversé par une vive douleur.

Lexi fronça les sourcils.

— Ça va ?

— Mais oui.

Elle le rejoignit aussitôt.

— J'ai freiné violemment. Est-ce que la ceinture de sécurité t'a blessé à la poitrine ou à l'épaule ? As-tu eu le coup du lapin ?

Il passa une main sur son épaule gauche, fit pivoter son cou.

— Je n'ai rien remarqué.

— Il faut vérifier.

Elle posa sa paume sur sa chemise, le regardant avec des yeux sombres et doux pleins d'inquiétude. Comment n'avait-il jamais pris conscience qu'elle avait de si beaux yeux ? Ils n'étaient pas simplement bruns. Ils étaient d'une riche couleur chocolat.

Elle appuya le bout des doigts sur ses pectoraux.

— Ici ?

— Ça va.

Mais s'il te plaît, n'ôte pas ta main.

Quoi ?

Une pensée bizarre, pour le moins.

Lexi appuya de nouveau, son regard toujours soudé au sien, pour tester sa réaction. Mais il s'en moquait complètement.

— Ici ? Jono ?

Une sorte d'éclair incandescent le traversa, qui n'avait rien à voir avec une douleur quelconque. C'était le contact des doigts de Lexi sur sa peau.

C'est Lexi. Lexi Fisher, se dit-il. Il l'avait connue la moitié de sa vie. Ils étaient solidement implantés dans la zone « amitié ». Rien de plus. En outre, il était son rabatteur : il allait lui trouver un type bien qui la rendrait heureuse. Ce qui signifiait qu'il était définitivement hors du cadre.

Déstabilisé par la réaction de son corps, il se recula.

— C'est bon. Tout va bien, franchement. Allons-y. Ce jet-lag m'a vraiment secoué.

C'était soit cela, soit son cerveau qui lui jouait des tours. Car combien de fois avait-il touché la peau de Lexi, au fil des années ? Des centaines, peut-être des milliers… Lorsqu'ils se serraient à l'arrière d'un taxi en rentrant d'une soirée, lorsqu'ils se frôlaient dans la cuisine qu'ils partageaient, ou encore au labo de la fac, à la table du dîner… D'innombrables fois, ils s'étaient touchés, amicalement, ou pour s'amuser. Et jamais ces contacts ne l'avaient fait réagir ainsi. Comme si…

Il ne voulait même pas y penser.

Une bonne nuit de sommeil le remettrait d'aplomb.

C'était sûr, non ?

3.

La matinée fut un tourbillon de bonheur et de joyeuses retrouvailles. Dans la suite de l'hôtel, Lexi était assise avec les trois autres demoiselles d'honneur, Emma – éblouissante dans un fourreau de soie blanche – et la mère de la mariée. Elle tentait désespérément de dissimuler ses cernes avec du fond de teint. Elles étaient les unes sur les autres, dans un déferlement d'excitation.

— C'est si bon de te voir, Lexi.

Preeti, qui avait elle aussi partagé la maison de quatrième année, vint s'asseoir à côté de Lexi, très enceinte dans sa robe couleur champagne.

— Cela fait si longtemps. C'est tellement dommage que tu n'aies pas pu venir aux deux dernières rencontres et que tu aies manqué le mariage de Sally.

Retranchée dans sa souffrance, Lexi n'avait pas voulu gâcher la fête pour les autres. Elle allait bien mieux, maintenant.

— Tu sais ce que c'est que le travail, avec les réductions de personnel. Mais je suis si contente d'être là, cette fois.

Elle l'était vraiment. Et malgré son appréhension, elle ne se sentait pas beaucoup plus âgée que ses amies. Même si, après une courte nuit de sommeil, elle enviait leur fraîcheur et le fait qu'elles n'aient pas de poches sous les yeux. Mais elles n'avaient pas toutes des vies parfaites et des enfants impeccablement élevés. Elles jonglaient avec le travail et leurs familles souvent chaotiques, faisant de leur mieux, comme elle.

Preeti regarda son ventre et soupira.

— Si j'avais su que j'allais être demoiselle d'honneur, j'aurais retardé cette grossesse. Je ressemble à une baleine. Pauvre Emma, qui m'aura sur ses photos de mariage.

— Quoi ? Non, tu es superbe, Preeti. Être enceinte te va bien. Tu es rayonnante.

— Merci, mais non. J'ai trop chaud, je suis encombrée… C'est plus dur avec l'âge, tu sais. Figure-toi que l'on m'a parlé de grossesse tardive, alors que je n'ai que trente-six ans. Charmant ! Mais à la clinique, certaines futures mères ont quarante ans passés et…

Preeti porta une main à sa bouche.

— Oh ! pardon. Je suis désolée. Je viens de me rappeler… Ross et toi…

Le cœur de Lexi s'emballa, mais elle s'efforça de le calmer. C'était la première fois qu'elle retrouvait les autres depuis le départ de son mari. Seul Jono savait exactement ce qu'elle avait traversé. Elle avait tenu ses amies à distance, craignant d'être débordée par leur sollicitude. Mais à présent elle était plus forte.

— Oui, Ross m'a quittée pour sa secrétaire enceinte. C'est ce que tu voulais dire ?

— Oui.

Les joues de Preeti rosirent et elle tapota le genou de Lexi.

— Mais ne t'inquiète pas, il n'est pas invité. Tu n'auras pas à les voir. Et je n'en parlerai plus.

— Ne marche pas sur des œufs avec moi, ce n'est pas la peine. Je suis complètement à l'aise avec tout ça, maintenant. Je suis contente qu'il soit parti. Quant aux bébés, eh bien, ce n'est pas pour moi, tout simplement. Mais je suis enchantée pour toi. Un petit frère ou une petite sœur pour Jay et les jumelles, c'est chouette !

En parlant, Lexi se rendit compte que la pièce était devenue silencieuse. Quatre paires d'yeux étaient rivées sur elle. Très loin en elle, elle alla chercher un sourire pour les rassurer. Elle ne voulait pas gâcher ce beau jour.

— Hé, où est passée votre effervescence ? N'est-il pas temps de porter un toast à notre magnifique jeune mariée ?

Le champagne fut servi et Lexi se remit de son embarras. Au

milieu des tintements de verres et des souhaits, elle demanda à Emma :

— Alors, qui d'autre va être là ?

— Toute la vieille bande, répondit son amie, rayonnante. Vous, mesdames, les garçons qui jouaient au rugby avec Mark, Bhavesh, le mari de Preeti, Cheng qui arrive de Singapour et Jono, bien sûr. Je suis si contente qu'il ait pu venir. Et qu'est-ce qu'il est devenu beau ! Waouh !

Emma s'éventa d'une main, les yeux brillants.

— Emma ! Tu te maries dans une heure, rappela sa mère en plaisantant. Mais oui, il est superbe. L'Australie lui a réussi.

— Est-ce qu'il fréquente quelqu'un ? demanda Preeti, se tournant vers Lexi.

Elle haussa les épaules.

— Je ne crois pas. Il n'en a pas parlé.

Emma ouvrit de grands yeux.

— Tu as passé plus de cinq heures en voiture avec lui et tu ne le lui as pas demandé ? Ma fille, il faut que tu fourbisses un peu tes armes !

Lexi rit, espérant que ses troublantes sensations de la veille ne reviennent pas.

— Je n'ai pas de visées sur Jono. Il est comme un frère.

Preeti gloussa.

— Oh ! non. Enfin… pour toi, peut-être.

Parce que je suis vieille ?

Lexi passa sur le sous-entendu.

— Il n'a rien mentionné. Nous avions à nous rattraper sur d'autres sujets. Puis l'accident nous a occupés.

Emma se tourna vivement.

— Quel accident ?

Lexi leur raconta ce qui s'était passé, sans mentionner l'étrange décharge électrique qui l'avait parcourue lorsqu'elle avait touché le torse de Jono – ni les pensées qui lui étaient venues lorsqu'il avait parlé de se mettre au lit.

— Vous auriez dû amener ce pauvre garçon ici.

Preeti rit.

— Nous avons deux chirurgiens orthopédiques, une pédiatre, un urgentiste, un obstétricien, trois généralistes et un cardiologue très sexy. Nous sommes parés pour n'importe quelle urgence.

— Oh ! je crois que j'ai un problème au cœur. Il faudrait que je voie ce cardiologue si sexy, dit la mère d'Emma avec un grand sourire, en portant une main à sa poitrine.

Devant les visages choqués des filles, elle soupira.

— Quoi ? On n'est jamais trop vieille pour rêver !

Lexi regarda cette femme d'un certain âge, enthousiaste, les yeux brillants, prête à s'amuser. Elle, elle ne faisait plus partie du jeu depuis des années. Jono avait sans doute raison. Cette semaine, elle pourrait peut-être faire une tentative de séduction et trouver quelqu'un de convenable. Ou de parfaitement *peu convenable*, corrigea-t-elle en souriant intérieurement.

Après tout, elle avait un rabatteur de confiance à sa disposition, prêt à évaluer les candidats potentiels.

Le grand dais blanc protégeait bien du soleil de juillet, et Jono était content qu'il ne pleuve pas. Même si un peu de mauvais temps aurait pu aider à éclaircir son cerveau embrumé.

La noce avait lieu dans les jardins de l'hôtel qui surplombaient une petite crique, une plage privée et la mer. La pelouse verte, l'eau bleue et la blancheur des chaises sorties pour les invités l'éblouissaient. Il avait l'impression d'être dans un rêve aux contours floutés, bien loin de la poussière et des eucalyptus du désert australien. Le jet lag le déstabilisait et il remettait sa décision en question.

Avait-il fait une erreur en rentrant ?

Le mail concernant son père l'avait poussé à revoir la vie qu'il menait. Et oui, il avait bien fait de revenir. Même si le colonel Neale ne le penserait sûrement pas. C'était le pont qu'il aurait à franchir dès qu'il rentrerait à Oxford.

Le célébrant parlait d'un ton monocorde. S'ils ne pouvaient

pas bientôt bouger, il allait s'endormir, se dit-il. Pour se tenir éveillé, il promena les yeux sur le groupe.

Tout le monde regardait Emma, qui était splendide, mais sans qu'il sache pourquoi son regard à lui revenait sans cesse à Lexi.

Ses longs cheveux sombres étaient relevés en un chignon désordonné, et les mèches qui s'en échappaient encadraient son visage. Elle portait une robe en soie qui lui arrivait sous le genou, avec de fines bretelles sur les épaules. Cette robe avait la couleur d'un intense vin rouge australien, et ses sandales à talons étaient assorties.

Elle avait été très jolie pour son propre mariage, comme toutes les jeunes mariées, mais ce jour-là elle avait quelque chose de différent. L'esprit de Jono dériva vers la nuit précédente, et ses doigts fins posés sur son torse. Des picotements le parcoururent. Il avait trouvé cela… très bon.

Il chassa ce souvenir, puis se rendit compte que les gens commençaient à bouger et à applaudir. Il avait manqué le baiser des mariés.

S'était-il endormi ? Avait-il rêvé de Lexi le touchant ?

Bhavesh lui fit signe de se lever : les garçons d'honneur devaient rejoindre leurs cavalières pour escorter les mariés dans l'allée centrale.

« Comme nous sommes les deux seuls à ne pas être en couple, on nous a mis ensemble », lui avait dit Lexi en riant et en levant les yeux au ciel, quand ils s'étaient retrouvés avant la cérémonie.

Elle tenait son bouquet à la main gauche. Il lui offrit son bras et elle le prit en souriant.

— C'était bien, chuchota-t-elle. C'est un endroit parfait pour un mariage.

— J'ai trouvé ça un peu long. Le célébrant semblait aimer s'écouter parler.

— Dès que l'on donne un micro à un homme…

Lexi rit doucement. Ses yeux brillaient, son sourire était large et chaleureux.

— Comment peux-tu être aussi fraîche en ayant si peu dormi ? demanda-t-il.

— Les artifices du maquillage, répondit-elle avec un clin d'œil, en se tapotant la joue. Comment tiens-tu le coup ?

— Je ne sais même plus dans quel hémisphère je suis. Je ne cesse de regarder sous les sièges, pour voir s'il y a des serpents ou des araignées. Les gens doivent me prendre pour un fou.

Ils s'étaient arrêtés pour que le photographe puisse prendre quelques clichés.

— Pour être honnête, je me sens un peu bizarre aux mariages, maintenant, murmura Lexi.

— Moi aussi. C'est à cause de Ross ?

— Oui. Je ne referai pas cette erreur, crois-moi. Je ne serai jamais plus l'attraction principale d'une noce.

Jono regarda comment Emma contemplait Mark, avec adoration, amour et la joie d'un bonheur partagé, et il pensa qu'il n'avait jamais connu ça. Une partie de lui souhaitait le connaître, constata-t-il. Une grande partie.

Ce qui était surprenant. Il s'était toujours dit qu'il était comme son père, passant d'une femme à l'autre sans jamais regarder en arrière. Mais oui, il avait envie d'avoir plus.

— En vérité, je pense que ce serait plutôt bien, déclara-t-il. Je me vois parfaitement vivre la même chose, un jour. Avec tout le tralala.

— Toi ?

Lexi tourna vivement la tête, les sourcils froncés, une trace de déception dans le regard.

— Je croyais que tu étais un célibataire endurci.

— Les gens changent. J'aimerais qu'au moins un des hommes Neale soit un être humain correct. Un mari fidèle, tu vois. Un bon père, si cela existe.

Elle tressaillit.

— Je ne t'ai jamais catalogué comme quelqu'un qui rêve de se caser.

— Je ne t'ai jamais cataloguée comme une femme que les mariages rendent cynique. Mais après tout, tu as tes raisons.

— Je veux, oui !

Elle se mit à rire.

— Tu as entendu ce que je viens de dire ? « Je veux », comme on dit « je le veux » à un mariage. Je suis drôle, non ?

— Tu crois ? la taquina-t-il, riant avec elle parce qu'il devinait sous son sourire la douleur qu'elle cachait encore.

— Oui. Très.

Ses yeux bruns brillèrent.

— Alors, as-tu à l'esprit quelqu'un avec qui tu te marieras en grande pompe ? Y a-t-il déjà une personne spéciale dont tu ne m'as pas parlé ?

— Non et non. Mais je me fais vieux et il faut que je commence à chercher.

— Ne me parle pas de vieillir.

Elle dégagea son bras du sien.

— Quoi ? Tu es plus belle que toutes les femmes qui sont ici.

Elle plissa les paupières.

— Qu'est-ce que tu veux, au juste ?

Il eut un grand sourire.

— Une très belle femme à mon bras. Et tu vois, ce sentiment bizarre que j'ai dans les mariages, cela ressemble à de l'espoir. Ou du désir. Ou quelque chose comme ça.

— Tu souhaites vraiment te marier ? demanda-t-elle, interdite.

— Non. Ce que je veux, c'est savoir que j'en ai fini avec les aventures sans lendemain, le fait de bouger sans arrêt, de courir sans cesse après quelque chose. Je voudrais vivre en sachant que rien ne changera tout le restant de ma vie.

Normalement, Jono ne dirait ce genre de choses à personne. Mais Lexi le connaissait probablement mieux qu'il ne se connaissait lui-même. Il lui avait livré tant de ses pensées, dans tous ces messages et ces mails !

— Oui, c'est ça. J'ai envie de m'arrêter et d'exister, tout simplement.

— Se marier ne veut pas dire que l'on s'arrête, Jono. En fait, tu dois faire beaucoup d'efforts et quelquefois tu échoues…

Lexi posa les yeux sur les mariés.

— Ne parlons pas de ça ici.

— Je suis désolé que tu aies été blessée, Lexi. Ce type est un butor.

— Je sais.

Un instant, en voyant son regard humide, il crut qu'elle allait pleurer. Mais elle sourit et désigna sa robe.

— Hé, si tu te maries, pourrai-je être ta demoiselle d'honneur ? J'aime me mettre sur mon trente et un, cela change des uniformes de l'hôpital.

Jono s'autorisa à la parcourir des yeux. Elle avait perdu du poids, sans doute du fait de tous ces exercices anti-stress, mais ses courbes étaient toujours délicieuses. Elle avait un corps que la plupart des femmes envieraient. Et elle était drôle, vive, intelligente, chaleureuse. Ross avait commis une énorme erreur en la quittant.

Ohé ! Ça va, oui ?

Il ramena son regard sur son visage. Qu'est-ce qui lui prenait, de reluquer ainsi son amie ? Qui était le butor, maintenant ?

— La toilette te va bien, dit-il. Oui, tu pourras être ma demoiselle d'honneur. Et pourquoi pas mon témoin ?

— Excellent. Bon. Et si j'étais aussi ta rabatteuse, cette semaine ? Si tu vois des femmes que tu aimerais connaître, je pourrai les passer au crible pour toi.

— Affaire conclue.

Il tendit la main. Elle la prit et la secoua.

— Nous avons un marché.

Mais alors les choses dérapèrent. En sentant sa peau sur la sienne, Jono fut parcouru d'une onde de chaleur brûlante. Il lui lança un coup d'œil et vit qu'elle le regardait, son expression reflétant sa propre panique. Il laissa retomber sa main. Elle essuya la sienne sur sa robe et détourna les yeux.

Bon sang, que se passait-il ?

Heureusement, leur attention fut détournée par Preeti, qui faisait signe à Lexi de venir pour d'autres photos. Elle rit, paraissant soulagée.

— Je suis très demandée !

Jono la regarda rejoindre ses amies et constata qu'en effet, elle se distinguait des autres par sa beauté et son élégance. C'était ainsi. Un simple fait. Une observation objective.

Et elle est diablement sexy.

Ce n'était donc pas le jet-lag. Il avait passé une trop grande partie de sa vie à courir les filles et voilà que cela déteignait sur ses amitiés. Il fallait que ça s'arrête, tout de suite. Il n'était pas question qu'il mette en danger sa relation avec Lexi en laissant le désir s'immiscer entre eux. Pas question du tout. Sapristi, elle valait mieux que ça et il voulait la garder dans sa vie.

— Docteur Neale, c'est vous ?

La voix le fit se retourner.

— Tyler ! Comment vas-tu ?

— Bien, merci. Je ne souffre pas trop.

L'adolescent sourit largement et leva sa main plâtrée.

— De dos, je vous ai pris pour James Bond, avec ce costume.

Jono, amusé, fit mine de tirer.

— Vous êtes bien trop vieux pour ça, déclara Tyler. Votre femme est ici ?

Sa femme ? Lexi, sa femme ?

Il en eut un coup au cœur. Toute une vie avec Lexi ?

Non. Houlà. Non. Niet. Ils étaient amis, rien de plus.

Il se mit à rire.

— D'abord, trente-cinq ans ce n'est pas vieux. Et ensuite, je n'ai pas de femme.

Le jeune garçon prit un air embarrassé.

— Pardon, je voulais dire Lexi. Euh… le docteur Fisher.

— Elle vient de partir faire des photos avec la mariée et les autres demoiselles d'honneur, dans la salle de réception. Tu n'as pas peur des cris et des gesticulations ?

— Les femmes, non ? fit Tyler avec un haussement d'épaules désabusé.

— Oui. Les femmes.

Jono se dit qu'aller retrouver Lexi alors qu'il était dans cet état d'esprit n'était peut-être pas une très bonne idée. Ce qu'il lui fallait, c'était mettre de la distance avec elle et les sentiments étranges qui l'habitaient. Mais ses chances étaient maigres, dans un mariage intime où les relations étaient à l'honneur.

Levant les yeux, Lexi vit Jono et Tyler qui arrivaient. Son cœur tressauta et ses joues s'enflammèrent. Après ce qui s'était passé avec Jono quelques minutes plus tôt, elle avait décidé qu'il vaudrait mieux ne plus le regarder. Mais comment s'en empêcher ? La veille, avec ses habits de voyage et sa barbe, il avait déjà été très séduisant. Mais dans son costume trois pièces, tiré à quatre épingles, il était glorieusement sexy. Elle devait se retenir pour ne pas le toucher de nouveau.

Bien malgré elle, elle se concentra sur le jeune garçon.

— Salut, Tyler, comment ça va ?

— Super.

Il la regarda, rayonnant, et lui tendit le sac en papier qu'il tenait dans sa main valide.

— C'est pour vous. Pour vous remercier de votre aide. Et…

Il rougit comme un coquelicot.

— Vous… vous êtes très belle.

— C'est adorable. Merci.

Elle regarda dans le sac, qui contenait une boîte de chocolats.

— C'est très gentil. Et je suis contente de voir que tu vas mieux.

— Oui.

Tyler regarda ses pieds, intimidé.

— Et pour ton travail ? Ont-ils trouvé quelqu'un pour te remplacer ?

— Oui. J'ai demandé à mon copain Charlie. Ça lui plaît.

— Ouf ! Je n'aurai pas à servir, alors. Je n'aurais pas voulu tacher ma robe.

Lexi sourit à la tête baissée de l'adolescent. Quinze ans, avec les hormones en ébullition. Pour rien au monde elle n'aurait voulu revenir à cet âge-là, ni revivre ce qu'elle avait traversé. La quarantaine avait du bon.

— Mais tu ne vas rien gagner, alors ?

— Si, ma tante m'a demandé de mettre à jour le site de

l'hôtel, en attendant que je retrouve mes deux bras. Bon. Merci encore. Il faut que j'y aille.

— D'accord. À plus tard.

Elle regarda partir l'adolescent. Jono s'approcha.

— On dirait que tu as un admirateur ! Je pense qu'il a le béguin pour toi.

— Ne sois pas idiot.

— Je joue juste ton rabatteur. Mais un mot en douce, quand même.

Il se pencha, si près que son parfum emplit l'air. Un mélange d'herbe, de fumée et d'épices. Le ventre de Lexi s'échauffa.

— Il est un peu jeune pour toi.

Elle le regarda, soudain oppressée. *Ne le sont-ils pas tous ?* Il fit une petite grimace.

— Avec moi, il est insolent. Il m'a dit que j'étais vieux.

— Ce n'est pas agréable à entendre, hein ?

Sur ces entrefaites, Emma arriva.

— Hé, Jono. Le service t'a plu, ou j'ai vu un bâillement ou deux ? C'est l'effet du jet-lag ?

— Le service a été magnifique. Félicitations.

Il sourit et posa un baiser sur la joue de la mariée. Puis il décocha un sourire complice à Lexi.

— C'était seulement un peu long.

— Oui, chuchota-t-elle en lui donnant un coup de coude. Il faut t'y préparer.

Mais elle ne dut pas parler assez bas, car les yeux d'Emma s'arrondirent.

— Quoi ? Tu prévois un mariage, Jono ? Dis-moi tout ! Je veux tout savoir.

— Moi ? Non !

Il secoua la tête, l'air paniqué.

— Pas de mariage en prévision.

— Pour le moment ?

Emma le regarda, la tête penchée sur le côté. Il haussa les épaules.

— Il faudrait d'abord que je trouve une personne assez folle pour m'épouser.

— Je vais demander à toutes les femmes célibataires qui sont ici de se mettre sur les rangs. Mais avant, viens te faire prendre en photo avec les garçons d'honneur.

Emma passa son bras sous celui de Jono et l'entraîna vers le photographe. Tandis qu'ils s'éloignaient, Lexi entendit dire à la jeune mariée :

— Un mariage, Jono ? Je suis folle d'impatience. Et les enfants ? Font-ils partie du plan, aussi ?

Lexi ne put saisir la réponse de Jono, mais elle le vit hocher la tête en souriant, puis ils se mirent à rire tous les deux. Il parlait probablement du nombre d'enfants qu'il espérait avoir.

Son cœur se serra. À en juger par son attitude avec Tyler, Jono ferait un père merveilleux. Ce qui signifiait que s'il cherchait une mère pour ses enfants, elle-même serait totalement hors du coup.

Elle se secoua mentalement. Comment était-elle passée en quelques heures de la joie de le retrouver à la contrariété de ne pas pouvoir porter ses enfants ?

Ayant besoin de s'éclaircir la tête, elle sortit dans le patio qui donnait sur la mer. La soirée était calme et tranquille, et la lumière qui baissait nimbait d'un éclat doré le village voisin. Elle inhala une bouffée d'air iodé et ferma les yeux, rattrapée par la fatigue.

— Tu fuis la folie ambiante ?

La voix de Jono, derrière elle, la fit sursauter.

Ne le regarde pas. Ne le regarde pas.

Si elle ne le regardait pas, elle n'éprouverait peut-être pas toutes ces choses compliquées.

— Je suis sortie une minute pour voir le coucher du soleil.

— C'est magnifique, ici. Je ne savais pas que la Cornouailles était si belle.

— Elle est splendide.

Lexi se pencha par-dessus le muret.

— J'irai nager là-bas, demain, et il paraît qu'il y a de belles promenades sur les falaises.

— Ce n'est pas l'idée que je me fais de vacances reposantes.

Il posa les mains sur le muret et regarda au loin.

— Je me détends en étant active. Je n'aime pas rester assise toute la journée, dit-elle.

— Organisons un match de beach-volley et une baignade demain matin, après le petit déjeuner.

Elle ne voulait pas penser à Jono en maillot de bain, mais elle ne pouvait guère refuser. Elle allait passer la semaine avec lui ici, puis elle ne savait combien de temps chez elle. Elle le verrait sans doute diversement habillé… ou déshabillé. Et peut-être avec une femme à son bras, ou dans son lit. Non, pas peut-être. C'était sûr. Elle ne connaissait que trop bien ce vieux Jono.

À moins qu'il n'ait beaucoup changé. Et était-ce la jalousie qui montrait sa vilaine tête ?

Elle déglutit, s'éclaircit la gorge.

— Une partie de beach-volley serait amusante. Assure-toi d'inviter toutes les femmes célibataires, pour que je puisse les jauger. Je verrai si je peux trouver la femme parfaite pour toi.

Elle se tourna pour le regarder.

Grosse erreur.

Le regard de Jono captura le sien une seconde de plus que nécessaire.

— Je ne cherche pas la femme parfaite, Lexi. Juste quelqu'un qui m'acceptera tel que je suis. Pas parfait du tout.

Sur ces mots, il s'en alla.

4.

Depuis le haut de la falaise, la vue était splendide. Sur la droite de Lexi, les maisons blanches de St Quintin bordaient des rues étroites qui descendaient vers un petit port, un marché au poisson et une jetée. Juste au-dessous d'elle, le bel hôtel séculaire en pierre crème s'élevait fièrement sur son promontoire.

Sur la gauche, il n'y avait que des champs verts qui s'arrêtaient à la falaise abrupte, au-dessus de rochers couleur beurre frais et d'un à-pic vertigineux. La mer calme, d'un profond bleu turquoise, était à des dizaines de mètres en dessous et donnait sur le sable doré de la plage privée du Royal Hotel. Le soleil dissipait un voile de nuages, avec la promesse d'une belle journée. C'était un décor assez exceptionnel.

Visiblement, elle n'était pas seule à le penser : plus loin sur sa gauche, deux hommes d'âge moyen déployaient des espèces de voiles attachées à un appareil. Deltaplanes ou parapentes, Lexi ne faisait pas la différence. Mais le rouge et le jaune vifs de la toile contrastaient avec l'herbe verte.

Les hommes casqués regardèrent vers elle et lui firent un signe de tête. Elle leur répondit de la main et inspira profondément, car la montée très raide avait sapé son énergie matinale. Son corps avait souffert sous l'effort, mais elle aimait cette sensation qui la faisait se sentir plus forte, plus vivante.

Paix. Tranquillité. Espace.

Juste ce qu'il lui fallait pour se remettre la tête d'aplomb. Au cours de la nuit, elle avait réussi à endiguer ses sentiments déplacés vis-à-vis de Jono et les avait mis sur le compte de la sentimentalité, et peut-être d'une certaine solitude.

Comment pouvait-elle se sentir solitaire quand elle travaillait toute la journée avec des gens, à l'hôpital ? se demanda-t-elle. Mais elle devait admettre qu'il lui manquait d'avoir quelqu'un avec elle, le soir. Pour échanger des idées. *Pour le sexe.*

Non, pas le sexe. Un contact physique. Un frôlement, un baiser, une étreinte.

Elle s'assit par terre et remonta ses genoux contre sa poitrine.

Jono n'est pas mon antidote contre la solitude.

Mais elle craquait pour lui.

Sapristi, elle avait l'impression d'avoir le même âge que Tyler.

Loin au-dessous d'elle, de petites silhouettes s'agitaient sur le sable, étalant des serviettes de bain. L'une d'elles, une femme, agita les bras dans sa direction. Et soudain tout le groupe fit pareil, les bouches s'ouvrant et se refermant. Ses amis. Elle se leva et mit ses mains en porte-voix.

— Je ne vous entends pas !

L'un d'eux fonça vers la mer, puis revint en arrière, lui faisant signe de venir se baigner. Elle s'avança prudemment jusqu'au bord de la falaise. Waouh ! Ces hommes allaient-ils vraiment sauter de là ?

— Oui, j'arrive ! cria-t-elle.

Fini l'espace et la tranquillité.

Comme elle avait son deux-pièces sous ses affaires de sport, elle descendit directement sur la plage.

— Eh bien, tu as dû te lever tôt ! observa Preeti en tapotant sa serviette pour que Lexi s'asseye à côté d'elle.

Celle-ci se dévêtit et s'allongea.

— Rien de tel qu'un bol d'air frais et une bonne course pour me réveiller, le matin.

Son amie fronça les sourcils.

— Moi, je ne fais rien avant d'avoir bu mon café et consulté les réseaux sociaux. Ça passe même avant mes enfants.

Lexi regarda les autres, autour d'elle. Aucun signe des jeunes mariés, mais certains garçons et demoiselles d'honneur étaient là. Ainsi que Jono, qui jouait au foot avec Bhavesh, Cheng et d'autres hommes qu'elle ne connaissait pas. Il lui adressa un signe de main.

Elle répondit, les yeux rivés sur lui. Ses cheveux étaient emmêlés, comme s'il venait de prendre une douche ou de se baigner. Son torse nu était bronzé. Et ce qu'elle avait imaginé la veille, sous son costume, était encore beaucoup mieux en réalité.

Ne regarde pas. Ou au moins, ne le fixe pas.

Mais elle ne pouvait s'en empêcher. Il avait des épaules musclées, des pectoraux bien dessinés qui auraient fait rêver plus d'un homme et des abdominaux…

Arrête de regarder.

Preeti, qui admirait elle aussi Jono, lui donna un coup de coude.

— Mince, je n'ai pas épousé le bon.

— Quoi ? Bhavesh est un amour et il vous adore, les enfants et toi.

— Je sais. Je plaisantais. Je l'adore aussi. Mais je laisserais volontiers mon café et les réseaux sociaux en plan pour un spectacle pareil, le matin.

— Moi aussi, je suppose, dit Lexi qui se sentit obligée d'aller dans son sens.

Et quoi qu'il en soit, elle était là, la preuve objective que Jono était canon. Elle soupira. Elle avait juste une réaction féminine normale. Cela passerait. Les toquades ne duraient pas.

— J'ai offert d'être sa rabatteuse, confia-t-elle à Preeti. Alors si tu rencontres des femmes convenables, indique-les-moi, pour que je puisse les jauger.

— Sa *rabatteuse* ? s'exclama son amie, incrédule. Tu ne penses pas que tu devrais, au contraire, avertir toute femme qui s'approche de lui ? Restez loin de cet homme. C'est un briseur de cœurs et il enchaîne les liaisons sans lendemain. Regardez, mais ne touchez pas.

— Il m'a dit qu'il était prêt à se caser, alors peut-être a-t-il changé ? Je sais que je ne suis plus la même qu'à la fac de médecine.

Mais elle devait admettre que dans son état d'esprit actuel, l'idée de Jono s'engageant avec une femme la rendait envieuse de cette femme.

Elle se rallongea sur la serviette et contempla le ciel. Au-dessus d'eux, les deux deltaplanes planaient et plongeaient tels deux énormes oiseaux rouges et jaunes.

— C'est stupéfiant. Ils sont si libres !

— Ça ne me fait pas envie, merci, dit Preeti en se levant. Il fait trop chaud. Je vais nager.

— Bonne idée. Je t'accompagne.

— Tu n'as pas besoin de me surveiller, tu sais !

Lexi détourna les yeux de Jono.

— J'ai besoin de me rafraîchir.

— Ce corps splendide te fait de l'effet, à toi aussi ?

— Non. J'ai encore chaud de ma course.

Son attirance pour Jono était-elle si évidente ? se demanda-t-elle.

— Mais oui, fit Preeti, ironique, en pénétrant dans l'eau. Houlà ! Elle est gelée !

— Fais attention, la pancarte indique que la pente est forte.

— Tout va bien. J'ai fait des compétitions de natation, dans ma jeunesse. Faire la planche me fait du bien au dos. Et le bébé adore ça. Il donne des coups de pied comme un footballeur. Et comme son père ! Figure-toi que Bhavesh lui a déjà acheté des tickets pour la saison, alors qu'il n'est même pas encore né !

— Il est fier d'être père.

— Oh ! oui. Il adore avoir ses enfants autour de lui. Et il s'inquiète pour eux plus que moi.

Lexi avait réussi à ne plus penser à Ross, mais en écoutant son amie elle sentit son ventre se crisper. Il avait rêvé d'être père, lui aussi, et elle n'avait pas pu lui donner d'enfant à cause de sa maudite stérilité. Elle frissonna sans le vouloir.

Maudit Ross, aussi. Dès qu'il avait eu une chance de s'échapper, il l'avait saisie. En bafouant les vœux de leur mariage et toutes les promesses qu'il lui avait faites.

Elle s'allongea sur l'eau et s'efforça de le chasser de sa tête, pour repenser aussitôt à Jono. Apparemment, elle n'avait qu'un esprit à deux voies, pour ce qui était des hommes.

Au bout de quelques minutes de pensées torturées, Preeti la rejoignit.

— Hé, tu as l'air gelée. Retourne sur la plage.

Mais il n'y avait plus que Jono sur le sable, maintenant. Les autres s'étaient évaporés.

— Non, ça va, je reste avec toi.

— Tu as les dents qui claquent. Vas-y et prends ma serviette. Je me servirai de celle de Bhavesh.

— Je te dis que ça va.

— Tes lèvres sont bleues. C'est parce que tu n'as pas une once de graisse, alors que moi le bébé me tient chaud. Allez, rentre !

Lexi dut reconnaître qu'elle commençait à trembler. L'eau était très froide.

— Bon, si tu es sûre… Je te surveillerai de loin.

Lexi retourna à la nage jusqu'à la plage et marcha vers la serviette de Preeti, mais Jono était assis juste à côté.

— Hé, pousse-toi un peu, s'il te plaît, dit-elle en faisant couler des gouttes d'eau sur lui.

— Voilà. Tu as l'air frigorifiée.

Il lui tendit sa serviette et elle s'enveloppa dedans.

— L'eau est vivifiante.

Elle se frotta les bras pour se réchauffer, très consciente qu'il l'observait. Elle n'aurait su dire si sa chair de poule était due à l'eau froide ou au fait qu'il gardait les yeux rivés sur elle.

C'était ridicule. Il était son *ami*. Les amis n'avaient pas ce genre de pensées.

Jono prit la serviette et lui frotta le dos.

— J'ai joué les rabatteurs pour toi.

Elle essaya de ne pas penser à ses mains qui passaient et repassaient sur son échine.

— Et alors ?

— Eh bien, il y a Lucas, le type en short vert, répondit-il en désignant un groupe qui regagnait l'hôtel. Il n'est pas mal, même s'il a de grandes dents et commence à perdre ses cheveux.

— Le physique n'est pas important.

Lexi détacha les yeux du torse de Jono et les fit remonter jusqu'à son visage. Mauvaise idée. Elle ne pouvait cesser de penser combien il était superbe.

— Il est comptable et vit à Newcastle. Ce qui pose un problème de distance.

— Je pourrais déménager.

— Non, Lexi.

Il arrêta de la frictionner et se mit face à elle, ses genoux touchant les siens. Il était si près qu'elle pouvait voir des paillettes ambrées dans ses yeux bleus, ses longs cils et sa dent légèrement de travers, qui rendait son sourire si craquant.

Son cœur s'emballa et elle fut envahie par une bouffée de chaleur.

— Non quoi ?

— Tu ne dois pas renoncer à certaines choses pour quelqu'un d'autre. Tu l'as assez fait avec Ross.

Parfois, elle regrettait de lui avoir tout dit. Elle ne pouvait se cacher de lui. Et il n'y avait pas de secrets entre eux, à part cette irritante toquade…

— Il s'agit de compromis, Jono. Mais d'accord. Quelqu'un qui habite plus près. Le garçon aux cheveux noirs, par exemple ?

Il secoua tristement la tête.

— Josh ? Il est gay.

— Dommage, il est charmant.

— Je croyais que le physique ne comptait pas ?

Il rit, les yeux pétillants.

— Et celui en short bleu ?

— Ashley. Il n'est pas mal non plus. Il vit à Swindon.

— Ah, nous sommes pratiquement voisins, alors.

Ce qui valait beaucoup mieux que de partager une maison. Elle déglutit à la pensée de passer plus de temps avec Jono, alors qu'il était beau comme un dieu.

— Bon. Va pour Ashley. Tu me le présenteras plus tard. Je suis impatiente de le rencontrer, mentit-elle.

Elle s'assit, entoura ses jambes de ses bras et posa le menton sur ses genoux. En se tenant ainsi, elle ne serait pas tentée de toucher Jono, espéra-t-elle.

— Cette histoire de rabattage est très amusante.

Il captura son regard de ses yeux bleus.

— Sois prudente, Lexi. Tu ne connais pas ces hommes.

— Justement, c'est apprendre à les connaître qui est amusant, non ?

Il pinça les lèvres.

— Fais attention, c'est tout.

— Je n'ai pas envie de faire attention, j'ai envie de m'amuser.

Lexi chercha Preeti des yeux, dans la mer. Et là-bas, au large, leur amie agitait frénétiquement les bras.

— Oh ! mon Dieu.

Lexi bondit sur ses pieds, le cœur tambourinant dans sa poitrine. Elle aurait dû la surveiller, au lieu de baver devant Jono.

— Regarde ! s'écria-t-elle. Est-ce qu'elle nous fait des signes, ou est-ce qu'elle appelle au secours ?

— Je ne sais pas. Elle est loin.

Jono courut se mettre à l'eau. Lexi le dépassa pour plonger dans la mer glacée.

— C'est bon, Preeti ! Ne panique pas !

Mais alors qu'ils se dirigeaient vers leur amie, celle-ci hurla :

— Non ! Non !

Avalant plus d'eau salée qu'elle ne l'aurait voulu, Lexi fonça dans les vagues pour rejoindre Preeti qui nageait vers eux.

— Tout va bien, dit-elle. Nous sommes là.

Preeti grimaça.

— Ce n'est pas moi ! Je t'ai dit que je savais nager. Mais regardez, là-bas : un des deltaplanes s'est écrasé sur les rochers. Le pilote a besoin d'aide, vite !

Lexi suivit des yeux la direction de son doigt et vit sur la droite de la crique un amas de toile et de métal empilé sur les rochers. Son estomac se contracta.

— Oh ! mon Dieu. Je n'ai rien entendu.

— Parce que le vent souffle de la mer. Vite, allez le voir ! Je ne peux pas courir, mais je vais appeler une ambulance et téléphoner à l'hôtel pour avoir un kit d'urgence et de l'aide.

Jono, qui les devançait, cria :

— Je pense qu'il va lui falloir plus que des bandages.

Peu après, Lexi le rejoignit. Il était déjà agenouillé près du blessé, sur les rochers, et lui parlait.

— Hé, ça va aller, ça va aller.

Mais ça n'allait pas du tout. L'homme grognait, une jambe dans une position bizarre, et son visage était recouvert de sable et de sang. Heureusement, il portait un casque et des lunettes.

— Nous allons vous aider, dit-elle. L'ambulance a été appelée.

Pas de réponse.

Jono posa un doigt sur sa carotide.

— Le pouls est faible. D'où est-il tombé ?

— Je ne sais pas, je ne regardais pas.

Parce qu'elle était bien trop occupée à dévisager Jonathan Neale.

5.

L'homme était grièvement blessé. Il avait des fractures ouvertes à la jambe gauche et à la cheville droite. Les côtes contusionnées, ce qui pouvait signifier une hémorragie interne. Jono testa ses réactions aux stimuli.

— Coma de niveau 8 sur l'échelle de Glasgow, dit-il.

Ce n'était pas bon. Jono pressa une serviette sur la jambe gauche qui saignait abondamment.

— Apparemment, il s'est déchiré une artère.

Une silhouette arriva en courant sur la plage. Tyler.

— Papa ! Papa ! hurlait-il. Papa…

Non. L'estomac de Jono se retourna. Avant que le jeune garçon ne s'approche trop près, il leva une main. Se rendit compte qu'elle était couverte de sang et l'essuya sur son short.

— Hé, mon grand, si tu allais voir cette dame, là-bas ? Elle s'appelle Preeti et elle est docteur, aussi. Elle te dira ce qui se passe.

Mais Tyler courut jusqu'à Lexi et lui saisit l'épaule.

— Sauvez-le, comme vous l'avez fait pour moi ! Aidez-le !

— Je fais de mon mieux, mon grand. Tu vois, je le stabilise. Je promets que je viendrai te parler dans un moment.

— Il faut que vous le sauviez ! supplia l'adolescent, désespéré.

Lexi le regarda dans les yeux et Jono put voir l'émotion qui la gagnait. Elle poussa un long soupir.

— Je te l'ai dit, je vais faire de mon mieux. Mais la vérité, Tyler, c'est qu'il est dans un état grave.

Le garçon lui saisit le bras.

— Je sais que vous pouvez y arriver, Lexi ! Je le sais !

— Lâche mon bras, s'il te plaît. Je ne dois pas bouger.

— Il faut laisser Lexi faire son travail, dit Jono. Comment s'appelle ton père ?

— Dean.

— D'accord, merci. Hé, Dean, nous allons vous conduire à l'hôpital dès que possible. Il faut que vous teniez bon. Tyler est ici. Vous devez vous battre pour lui.

Pas de réaction.

Une pensée traversa l'esprit de Jono. Son père se serait-il battu pour lui ? Peut-être, s'il avait jamais pris le temps d'apprendre à le connaître. Il secoua la tête. Ce n'était pas le moment de penser à sa propre vie, quand celle de quelqu'un d'autre était en danger. Ce qu'il leur fallait, c'était du matériel. Mais il était en short de plage et Lexi… Lexi ne portait que ce deux-pièces rouge si sexy qu'il s'était efforcé de ne pas regarder toute la matinée.

Il déglutit, puis observa Tyler.

— Vite, donne-moi ta ceinture.

L'adolescent batailla pour la retirer, avec une main dans le plâtre, mais finalement il la tendit à Jono. Celui-ci l'attacha solidement à quelques centimètres de la plaie et la serra fort. Ce garrot de fortune arrêterait le saignement un moment, mais il n'était pas idéal. Si cela continuait, Dean risquait d'avoir de graves ennuis.

Du coin de l'œil, il vit Bhavesh qui arrivait en courant.

— Tu vois cet homme, là ? dit-il à Tyler. C'est un médecin urgentiste. Il va nous aider à stabiliser ton père.

— Nous allons faire tout notre possible, Tyler, ajouta Lexi d'une voix qui tremblait. Je te le promets.

Soudain, le bruit des sirènes emplit l'air, mais ils ne pouvaient encore relâcher leur garde. C'était une course contre la montre. Preeti, au téléphone, préparait une admission à l'hôpital en urgence catégorie 1. Bhavesh coordonnait les soins. Cheng avait pris la place de Lexi. Emma avait installé deux perfusions, grâce au matériel qu'elle avait dans sa sacoche.

On leur avait envoyé un hélicoptère.

Enfin, les ambulanciers arrivèrent avec le partenaire de

deltaplane de Dean, qui n'était autre que l'oncle de Tyler et le propriétaire de l'hôtel. C'était une véritable histoire de famille.

Pendant que Lexi téléphonait à la mère de Tyler pour la deuxième fois en vingt-quatre heures, Jono posa ses mains sur les épaules du jeune garçon.

— Tu veux que j'aille avec toi à l'hôpital ?

— Je ne sais pas. Je ne sais plus quoi faire, Jono.

Et soudain, Tyler se mit à sangloter, la tête enfouie dans la poitrine de Jono.

— Il ne peut pas mourir ! C'est mon papa !

Jono l'enveloppa de ses bras et le tint contre lui. Il avait la poitrine oppressée. Une fois de plus, il ne put s'empêcher de penser à son propre père. À ce respect, à cet amour entre père et fils qu'il n'avait jamais connu. Mais il sut qu'il avait bien fait de rentrer en Angleterre.

Les ambulanciers, aidés par le groupe d'amis, stabilisèrent suffisamment Dean pour le transporter à l'hôpital. Alors que l'hélicoptère s'élevait dans les airs, une femme de l'âge de Jono, environ – ou peut-être un peu plus âgée, de l'âge de Lexi, mais cela ne faisait guère de différence, pour lui –, vint vers eux en courant.

— Tyler ! Tyler ! Dean !

— Maman…, fit le jeune garçon d'une voix étranglée, en se dégageant de Jono.

La femme leva les yeux vers l'hélicoptère.

— Comment va-t-il ?

— Il tient bon, répondit Lexi. On l'emmène au Royal Cornwall Hospital de Truro. Je suis Lexi, c'est moi qui vous ai eue au téléphone tout à l'heure et l'autre soir.

— Ah, oui. Merci. Merci beaucoup. Je suis Anna.

La mère de Tyler semblait désorientée, choquée. Et soudain, elle fit la relation.

— Oh ! Oui. Le docteur Lexi. Tyler ne cesse de parler de vous.

Lexi sourit.

— C'est un bon garçon. Mais il faut que vous partiez pour

l'hôpital, maintenant. Et si vous ne comprenez pas le charabia médical, appelez-moi, je vous expliquerai tout.

Jono tapota le dos de Tyler.

— Tu veux que je t'accompagne ?

L'adolescent regarda sa mère et se redressa.

— Non, merci. Je vais m'occuper de ma maman.

Pauvre petit, qui jouait à l'adulte pour protéger sa mère, alors qu'il était probablement démoli intérieurement. Jono savait exactement ce qu'il devait ressentir.

— Bien sûr, mon grand. Bon courage.

Après leur avoir dit au revoir, Jono se tourna et découvrit que Lexi n'était plus là. Allait-elle bien ? Était-elle secouée ? Avait-elle besoin… de lui ?

Pourquoi diable aurait-elle besoin de lui ?

Quelle idée ridicule. Et pourtant il ne parvenait pas à l'écarter. Était-ce parce que lui-même avait besoin d'elle, en cet instant ? Pour parler de l'accident avec elle, son amie ?

Ou bien était-ce complètement autre chose ?

Il la trouva en train de se laver les mains dans les sanitaires extérieurs de l'hôtel. Elle frissonnait. Son minuscule deux-pièces ne la couvrait pas beaucoup et les pales de l'hélicoptère avaient fait voler du sable partout. Jono retourna en courant sur la plage, jusqu'au petit tas d'affaires qu'ils y avaient laissé, et revint avec une serviette propre. Il la posa sur les épaules de Lexi.

— Tiens, tu parais transie.

— Je vais bien, merci.

Elle lui sourit, avec dans son expression un mélange de tristesse et de gratitude. Son cœur battit la chamade.

Il lui rendit son sourire, se lavant les mains à son tour.

— Les docteurs en vacances, hein ? On n'échappe jamais à un drame.

— Il est normal que nous intervenions.

— Mais cette famille a une propension aux accidents.

— Oui. J'espère que Dean s'en sortira.

— Moi aussi. Tu es sûre que tu vas bien ?

La tristesse avait pris le dessus, dans ses beaux yeux bruns.

— Pas vraiment.

Elle resserra la serviette autour d'elle.

— Je suis médecin et je devrais ne pas me laisser gagner par l'émotion en traitant ce genre de cas – je traite tout le temps des urgences – mais je me suis sentie si impuissante, sans matériel adéquat. Et puis il y avait cette connexion avec Tyler… Cela rendait tout si intense.

— C'est toujours pire lorsqu'on connaît le patient ou ses proches. Tu veux rentrer, prendre une boisson chaude pour te réchauffer ?

— Non. Je suis un peu secouée.

Elle montra ses mains qui tremblaient.

— Je pense que j'ai besoin de marcher, pour faire baisser l'adrénaline.

— Eh bien, viens.

Il lui prit la main et ils marchèrent au bord de l'eau, pataugeant dans les vagues. Le soleil était haut dans le ciel bleu. Quelques personnes se faisaient bronzer sur la petite plage, comme si rien de tragique ne venait de se passer à proximité.

— Nous avons fait de notre mieux, Lexi. C'est aux urgentistes de jouer, maintenant.

— Je ne pouvais pas supporter la façon dont Tyler me regardait. Comme si j'allais brandir une baguette magique.

— Tu es son héroïne.

— Je ne veux être l'héroïne de personne. C'est trop de pression. Et je ne pouvais faire aucune promesse.

Elle frissonna, mais sourit quand même.

Bonté divine, elle était si belle dans ce petit bikini, avec sa queue-de-cheval toute décoiffée. Elle était… son amie, se dit-il sévèrement, en repoussant toute autre idée dans un recoin de son esprit. Si elle pensait qu'il la voyait comme un objet sexuel, ou même simplement sensuel, *une fille à prendre*, elle détesterait ça. Il ne devrait pas avoir ce genre de pensées.

Elle pencha la tête sur le côté.

— J'ai vraiment été impressionnée par la façon dont tu t'es comporté avec Tyler.

— Oui, c'est un bon garçon. Je me vois en lui.

— Les bonnes parties de toi, tu veux dire, observa-t-elle avec un clin d'œil. Non. Tu es un bon modèle. *Maintenant.* Je n'aurais peut-être pas dit ça il y a quelques années.

— Moi non plus, répondit-il en riant. Dieu merci, j'ai grandi.

L'estime qu'elle éprouvait pour lui le boosta. Mais il se passait quand même quelque chose de bizarre. Toute sa vie, il avait gardé ses émotions enfouies en lui – sauf dans les mails qu'il avait écrits à Lexi. Des mails où il se livrait sur sa vie en Australie, sur ses conquêtes, sur ses joies ou ses contrariétés. Il avait tout partagé avec elle. Mais comment se faisait-il qu'il éprouvât encore le besoin de se confier autant à elle alors qu'elle se trouvait avec lui ?

Ils n'avaient jamais été aussi proches avant d'échanger ces multiples messages. Et certes, il s'était bien dit qu'ils auraient une relation plus étroite, après ça, mais pas ce genre de connexion. Une connexion où il remarquait des choses comme la joliesse de sa bouche, la douceur de sa voix…

Son allure si sexy, dans ce petit bikini ?

Est-ce que ce n'était que de son côté à lui ? se demanda-t-il. Que pensait-elle, elle ? Cette décharge électrique de l'autre soir avait-elle été un vrai changement entre eux, ou le fruit de son imagination ? Il était perturbé par le jet-lag… Mais ce qu'il éprouvait était-il réciproque ?

Pendant ce temps, elle continuait à bavarder, visiblement inconsciente de ce qui se passait en lui.

— C'est bien que Tyler ait pu montrer ses émotions, Jono. C'est une grande preuve de confiance.

— Je l'aime bien. Mais tu sais quoi ? Durant tout cet épisode, j'essayais d'imaginer ce que j'aurais éprouvé à son âge si mon père avait été gravement blessé, et je n'ai rien trouvé.

— Oh ! Jono…

Elle s'arrêta et lui toucha la joue du bout des doigts. Ce fut fugace, mais ce geste suffit à faire naître en lui des spirales de chaleur.

— Je suis sûre que tu aurais désespérément souhaité qu'il aille mieux.

— Maintenant, oui. Mais à quinze ans, j'ai honte de dire que je ne me serais peut-être pas soucié de ce qui lui arrivait. Sauf peut-être par rapport à ma mère. J'ai toujours voulu qu'elle soit le moins blessée possible, même si les frasques de mon père lui brisaient le cœur.

Lexi l'avait écouté avec attention, l'air concerné. Elle fronça les sourcils.

— Qu'est-ce qui a changé ? Pourquoi ce besoin soudain de nouer une relation avec lui ? Tu ne parlais pas vraiment de lui, dans tes mails.

— La plupart des gens que je connais ont des enfants et quand je les observe, je vois tout l'amour qu'il y a entre eux. Mon père ne m'en a jamais donné. J'ai besoin de savoir pourquoi. Et si je parviens à le comprendre, peut-être me comprendrai-je aussi. Peut-être comprendrai-je pourquoi je ne peux pas m'engager durablement dans une relation, ni m'installer, ni cesser d'aller d'un endroit à l'autre. Je saurai peut-être enfin ce que j'ai fait de travers.

— Ne te culpabilise pas, si ton père a été un mauvais parent. Tu n'as rien fait de mal, dit Lexi avec un doux sourire.

— Oh ! si, Lexi. Je lui en ai fait voir des vertes et des pas mûres, quand j'étais adolescent. Je suppose que je voulais avoir son attention, et je faisais tout ce que je pouvais pour l'obtenir. En bien ou en mal. Surtout en mal.

Elle rit.

— Mais c'était normal, pour un adolescent.

— Je parie que tu n'as pas été comme ça. Tu étais en tête de classe, à la fac de médecine. Un peu bas-bleu, pour être honnête. Tu ne devais pas beaucoup inquiéter tes parents.

Il lui donna une bourrade, en riant.

— Je leur en ai fait voir aussi. Je n'ai décidé de ma carrière qu'un peu avant trente ans. Auparavant, j'allais de petit boulot en petit boulot. Je ne savais pas ce que je voulais. Et cela a duré longtemps.

— Je ne m'en serais jamais douté. Tu m'as toujours paru si… mûre.

Elle fit une grimace.

— Tu veux dire vieille ?

— Non, expérimentée.

Il eut un grand sourire, puis l'idée d'une Lexi pleine d'expérience s'installa en lui, provoquant une réaction de tout son corps. Comment serait-elle au lit ?

Il ne pouvait pas aller sur ce terrain. Il s'y refusait.

— Mes parents ont probablement été très soulagés quand je me suis enfin fixée.

Elle perdit son sourire.

— Mais ils le sont sans doute moins maintenant, avec l'échec de mon mariage et le fait qu'ils n'ont pas de petits-enfants.

— Ah, Lexi. Je n'aime pas t'entendre dire des choses comme celles-là. Ce n'est pas ta faute si ton ex était un crétin, ou si ton corps n'est pas parfait. N'importe qui serait fier de toi. Tu es la meilleure pédiatre que je connaisse. Tu te soucies de tes patients. Tu es dévouée à ton travail.

— Oui, à mon travail, sans jamais m'amuser, dit-elle avec une petite grimace. Mais tu vas arranger ça, rabatteur Neale.

Il ne sut comment répondre. Il n'avait aucune envie qu'elle couche avec Ashley, de Swindon, ou n'importe qui d'autre. Il aurait voulu retirer son offre de lui trouver un petit ami, mais ce ne serait pas correct, se dit-il.

Il lui releva le menton pour la regarder dans les yeux.

— Tu es brillante.

Pendant un instant leurs regards se joignirent et de nouveau il sentit son corps parcouru par de l'électricité. De vraies décharges qui le secouaient. Cette fois, il fut archi-sûr qu'elle l'avait senti aussi, parce que ses pupilles s'élargirent. Ses joues pâles se colorèrent de rouge. Et… est-ce qu'elle se pencha vers lui ? Ou se pencha-t-il vers elle ?

Il n'aurait su le dire. Et il ne se faisait pas à la façon dont son corps réagissait en la présence de Lexi.

Terrain amical. Terrain amical. Terrain amical.

Des sonnettes d'alarme résonnaient dans sa tête.

En tout cas, ils s'étaient rapprochés. Le visage de Lexi était si près qu'il pouvait voir en gros plan l'arc délicieux de sa lèvre supérieure. La rougeur de ses joues. La façon dont elle sortait sa langue pour humecter sa lèvre inférieure.

— Je suis loin d'être brillante, murmura-t-elle. Mais j'accepte efficace et professionnelle.

Et diablement sexy.

Elle se libéra de son emprise et se frotta les bras. Elle était fébrile, elle avait le souffle court. Elle eut un sourire hésitant, puis un rire qui sonna faux.

— Quoi qu'il en soit, je suis contente que tu aies décidé de contacter ton père.

— Il va probablement me mettre à la porte de la maison. S'il me laisse entrer.

— Alors c'est qu'il ne te mérite pas.

Ses yeux bruns flamboyèrent.

— Il faut qu'il sache quel fils super il a, et ce qu'il a manqué durant toutes ces années. Parce que tu es un homme bien, Jono. Un homme vraiment bien.

Waouh.

Elle était si ardente, si vibrante pour le défendre qu'il eut envie de la prendre dans ses bras et de l'embrasser.

Non. Il ne le pouvait pas. *Ils* ne le pouvaient pas.

Mais elle le rendait fou. Sa bouche. Ses… Tout.

Puis elle s'écarta pour s'éloigner. Et son esprit fut pris dans un tourbillon de regrets, d'occasions manquées. Il tendit la main pour lui toucher le bras. Il ne pouvait pas se retenir.

— Lexi ?

— Jono.

Elle tournoya, son regard se joignant de nouveau au sien. Alors il les vit. Le besoin, le désir… La même chaleur intense, la même confusion que celles qui l'habitaient.

Elle secoua la tête.

— Je… Nous…

Il tenta de lire dans son esprit, en vain. Pourtant il pensait la connaître. Mais ceci était différent. Les choses avaient changé et il ne savait pas quoi faire de cette nouvelle réalité.

— Lexi.

Il l'attira à lui, incapable de se refréner, même s'il essayait.

Mais avant qu'il comprenne ce qui se passait, la bouche de Lexi glissa sur la sienne.

6.

C’était arrivé si vite, songea Lexi.

Une minute ils parlaient et riaient, puis soudain les choses étaient devenues sérieuses. Elle avait levé les yeux vers lui et quelque chose dans son regard l’avait atteinte profondément ; alors la connexion entre eux s’était nouée.

L’envie de le prendre dans ses bras et même de l’embrasser avait été si puissante qu’elle avait failli la dominer. Pourtant, Dieu sait combien elle avait essayé de contrôler ses émotions. Mais avant qu’elle comprenne ce qu’elle faisait, elle s’était penchée vers lui.

Elle avait perçu son choc, au début, puis senti son soupir contre sa bouche. Elle avait entendu le grognement qui montait de sa gorge tandis qu’il prenait son visage entre ses mains et l’attirait à lui, son torse nu touchant sa peau. Il était chaud, doux, et en même temps dur et brûlant. Elle n’avait pas su si c’était un rêve, ou si elle souhaitait que ce soit un rêve. Mais non, elle voulait que ce soit vrai.

Il avait approfondi le baiser, se pressant contre elle. Elle avait senti la tension de son désir, et une tension similaire s’était logée entre ses jambes. Il avait le goût qu’elle avait imaginé : un goût de chaleur et de soleil, d’excitation, de danger. Et quelque chose qui lui appartenait en propre. Un goût de sucre, d’épices. Elle avait noué les bras autour de son cou et l’avait tenu tout près d’elle, incapable de se rappeler la dernière fois qu’elle avait embrassé quelqu’un. Elle avait oublié à quel point c’était bon.

Oh ! oui, c’était bon. Son baiser avait brûlé son âme et marqué son corps. Ses grandes mains l’avaient explorée, il avait posé les doigts sur ses côtes, si près de ses seins qu’elle s’était tendue vers lui. Elle avait fait courir ses paumes dans son dos et l'avait attiré encore plus près, ne pouvant se rassasier de lui. Il avait glissé sa langue dans sa bouche et elle avait gémi, brûlante et affamée. Le besoin sexuel, incandescent, lui avait fait tourner la tête et avait répandu ses ondes en elle, s'accumulant dans son ventre. Qui eût cru qu'elle pourrait ressentir encore ce genre de choses ? D'ailleurs, l'avait-elle jamais ressenti à ce point ? Avait-elle jamais été si vivante, si excitée ? Qui eût cru que Jono pouvait embrasser ainsi ?

Son ami.

Et voilà. La sirène d'alerte était là. Sonore. Et elle l'écouta. Elle la sentit se réverbérer en elle comme si le soleil avait brusquement disparu derrière un nuage noir, annonçant un orage.

Si ceci se passait mal, elle perdrait tout ce qu'ils avaient construit au cours des dernières années : la confiance, l'affection, le respect. S'ils sortaient ensemble et qu'il la trahisse comme Ross l'avait trahie ? Si cela tournait comme son mariage avait tourné, en dépit des vœux et des promesses…

Mais elle allait beaucoup trop loin. Il n'y avait pas de promesses, ici. Une relation à long terme avec lui serait impossible. Elle était juste folle de désir pour quelqu'un d'inatteignable et de totalement inapproprié.

Ce n'était qu'un baiser.

Jono avait de la valeur pour elle en tant que confident. S'ils avaient une histoire, à qui se confierait-elle ? Elle avait bien Preeti, Emma et les filles au travail, mais personne ne la connaissait comme lui.

Elle s'écarta et s'essuya la bouche du revers de sa main. Elle ne voulait pas croiser son regard, mais elle se força à le faire. Avait-il désiré autant qu'elle ce qui s'était passé ? Éprouvait-il de la répulsion ? Était-il choqué ?

Choqué, oui. Abasourdi. Ses yeux bleus étaient brûlants de désir et emplis de confusion. Manifestement, il ne savait pas non plus ce qui leur arrivait. Il ne dit pas un mot, se contentant de la dévisager.

Et elle ne savait pas quoi lui dire. Avait-elle tout gâché ?

Probablement. Elle gâchait toujours tout. Elle n'avait pas rempli sa part du contrat de mariage avec Ross. Elle avait été incapable de concevoir l'enfant qu'ils désiraient. Elle avait tout cassé.

Elle détourna son regard pour fixer le sable, à ses pieds. Puis elle porta une main à sa bouche et réalisa quelle menace représentait ce baiser pour leur amitié.

Était-il déjà trop tard ? Pouvaient-ils revenir en arrière ?

— Oh ! mon Dieu. Jono, je suis désolée. Vraiment désolée. Je n'aurais pas dû faire ça. J'ignore pourquoi je l'ai fait.

Il regarda le sable, aussi, puis releva les yeux et scruta son visage.

— Ne t'excuse pas. C'était un bon baiser. Mieux que bon.

— Oui.

Ce baiser avait été fantastique.

— Mais… non. Ceci est stupide. La tension émotionnelle due à un accident – ce qui est étrange, car je suis médecin et je travaille tous les jours avec des gens malades ou blessés – et je pars dans tous les sens. Tu es mon ami, Jono. Mon ami. Cela a plus de valeur pour moi qu'un baiser.

Mais depuis qu'il était revenu, elle s'était sentie déstabilisée, avait eu l'impression que son monde se déformait. Il y avait quelque chose en lui qui faisait surgir tant d'émotions : le souvenir des moments difficiles qu'elle avait partagés avec lui, mais aussi quelque chose d'autre, quelque chose de neuf, de délicieux, de tentant – et de complètement déplacé.

Elle grelottait, à présent, et ce n'était pas qu'elle avait froid. C'était dû aux ramifications de ce qu'ils venaient de faire, à l'excitation sensuelle que ce baiser avait allumée en elle. Ses genoux s'entrechoquaient presque et ses dents étaient sur le point de claquer.

Jono passa le talon de sa main sur son front.

— Je n'étais pas… Je ne m'attendais pas à ça.

— Moi non plus. C'est juste que je… Je ne sais pas.

— Quand as-tu… Je veux dire, est-ce que tu as…

Il ferma les yeux.

— Excuse-moi. Je ne sais pas ce que je dis.

— Pareil pour moi.

Comment se faisait-il qu'elle ne puisse pas lui parler des étranges sentiments qui l'habitaient ?

Cet homme avait lu ses mails sur l'échec de son mariage, sur son incapacité à concevoir, sur la nécessité de programmer les rapports sexuels pour accroître les chances de fertilité. Elle lui avait avoué que cela devenait routinier et même… ennuyeux. Elle doutait que le sexe avec Jono puisse jamais être ennuyeux. La vie avec lui était toujours si amusante.

Il était au courant des examens qu'elle avait passés, de leurs résultats. De sa rage quand une FIV échouait. Des jours de congé maladie qu'elle prenait quand elle était trop déprimée pour sortir de son lit. De la fois où elle avait mis sa chambre à sac et jeté tous les vêtements de Ross par la fenêtre, dans le jardin plein de boue…

Elle lui avait écrit des milliers de mots, et maintenant elle n'en trouvait pas un seul. Finalement, elle parvint à demander, penaude :

— Pouvons-nous oublier que ça s'est produit ?

— Toi, peut-être. Mais moi, je ne vois pas comment je pourrais l'oublier.

Des larmes piquèrent les yeux de Lexi. Elle pinça les lèvres. Elle voulait juste s'arrêter de trembler. Elle voulait penser rationnellement, au lieu d'éprouver ce besoin insensé de l'embrasser de nouveau. Parce qu'il avait raison, ce baiser avait été plus que bon. Sentir de nouveau son corps dans ses bras, le goût de sa bouche…

Il fallait qu'elle prenne le large.

Elle s'éloigna de quelques pas.

— Je vais rentrer à l'hôtel.

Il hocha sèchement la tête, puis lui emboîta le pas.

— Je viens avec toi.

— Non. Je t'en prie, non.

— Mais…

— S'il te plaît, Jono. J'essaie de digérer tout ça. J'ai besoin d'être seule.

Elle s'en alla, essayant de conserver sa dignité alors que ses pieds s'enfonçaient dans le sable et la faisaient trébucher, comme si elle était ivre de désir, de danger et de regrets. Elle regagna l'hôtel en vacillant.

Ce baiser avait tout détruit, pensa Jono.

Qui eût cru qu'une chose aussi simple, une chose qu'il avait pratiquée des centaines et même des milliers de fois dans sa vie avec d'autres femmes, pourrait endommager si rapidement une relation ?

Mais cela remontait à deux jours, et depuis Lexi l'évitait. Chaque fois qu'il voulait se mêler à son groupe, elle allait rejoindre d'autres amis.

Faisait-il seulement partie de ses amis, maintenant ?

Mais ce soir-là, ils se retrouvaient tous dans une minuscule trattoria et le sort avait voulu qu'ils soient assis côte à côte. Ce qui était une torture. Et une aubaine, en même temps, car Lexi portait une robe bain-de-soleil orange aux très fines bretelles qui la moulait superbement. Sa peau avait de belles couleurs, son nez était un peu brûlé. Elle avait mis du mascara sur ses cils, ce qui accentuait la beauté de ses yeux ; et sur ses lèvres, du gloss qui lui donnait envie de glisser sa langue dessus.

Ils étaient amis.

Ils étaient amis et c'était lui manquer de respect que de la désirer ainsi. Il avait passé deux jours à tenter de refroidir sa libido, en vain. Mais il devait à Lexi de ne pas se comporter comme un adolescent en proie à ses hormones, et de se faire un devoir de préserver leur amitié.

Il était temps d'éclaircir l'atmosphère. Il lui sourit sans se forcer, car il était sincèrement heureux de la voir.

— Salut, Lexi.

— Salut.

Elle lui adressa un petit sourire crispé, serrant entre ses doigts la tige de son verre de vin.

— Comment ça va ?

— Super.

Elle détourna les yeux vers Preeti, comme pour chercher refuge auprès d'elle, mais celle-ci discutait avec sa voisine. Les autres étaient tous occupés à une chose ou à une autre. Finalement, elle se tourna vers lui.

— Ces deux jours ont été délicieux.

— Ah oui ? Qu'as-tu fait ?

Elle haussa ses épaules cuivrées.

— J'ai couru, j'ai exploré le village, j'ai lu… Et toi ?

— Hier, je suis allé pêcher avec les garçons. On a attrapé un bar comme ça ! dit-il en écartant les bras autant qu'il le pouvait.

Il fit un clin d'œil.

— Non, en réalité il était si petit qu'on a dû le remettre à l'eau. Et la mer était si agitée que j'ai failli vomir.

— Formidable, commenta-t-elle sans enthousiasme, alors que normalement elle aurait ri ou levé les yeux au ciel. Le climat australien ne te manque pas ?

— Il fait assez chaud ici, merci. Là-bas, c'est intenable.

— Oui, il a fait chaud, aujourd'hui.

Sa voix était presque mécanique.

C'était horrible. Ils se parlaient comme s'ils étaient deux vagues collègues, et non d'anciens bons amis.

— Tu as eu mon texto au sujet de Dean ?

— Oui.

Elle parut se détendre un peu.

— C'est une si bonne nouvelle, qu'il ait déjà quitté les soins intensifs. Mais son rétablissement va prendre du temps.

Elle n'avait pas répondu à son texto. Apparemment, ils ne pouvaient même plus s'écrire, maintenant.

Elle reprit la parole :

— Cette pauvre famille a été bien éprouvée, ces derniers jours, mais Anna s'est quand même occupée de ma voiture. Le carrossier du village est son frère. Il est venu chercher la Mini hier soir. Elle devrait être prête pour notre retour à Oxford.

— Très bien.

Mais Jono n'en pensa pas moins. Se retrouver serrés dans

une voiture minuscule sans savoir quoi se dire ? Comment se comporter ? Il en avait assez. Il fallait qu'ils aillent de l'avant. Comment allaient-ils vivre sous le même toit s'ils communiquaient de la sorte ?

Il se tourna face à elle, de façon à bloquer leurs voisins de table.

— Ceci est vraiment trop inconfortable, Lexi. Parler du temps, se montrer trop polis l'un envers l'autre, c'est l'enfer. Ce n'est pas nous. Peut-on repartir de zéro ?

— Je…

Elle ferma brièvement les yeux, visiblement aussi mal à l'aise que lui.

— Peut-on le faire ? insista-t-il en se penchant vers elle pour ne pas être entendu par les autres. Oublier l'autre jour ? Nous étions tous les deux à cran. C'est arrivé comme ça, c'est tout.

Mais il recommencerait bien. Surtout en cet instant où il pouvait sentir l'odeur de son écran solaire mêlée à son parfum fleuri. Il se radossa à son siège.

Elle expira longuement, puis ouvrit de grands yeux.

— Oui, s'il te plaît. Je ne savais pas quoi te dire. La dernière chose que je souhaite est de détruire notre amitié. Mais je ne sais pas comment m'y prendre.

— Alors tu m'as évité…

— C'était si évident ?

— Pour moi, oui. Personne d'autre ne l'a remarqué.

— Je suis désolée pour tout.

Enfin, elle eut un vrai sourire, chaud, sincère et soulagé.

— Je commençais à penser que nous ne nous retrouverions jamais. Jurons de ne plus jamais recommencer.

— D'accord.

Il réalisa à ce moment-là à quel point il avait eu envie qu'elle l'attrape et l'embrasse là, devant tout le monde. Mais il ne pouvait faire état d'un passé de stabilité et d'engagement, deux choses qu'elle méritait après ce que Ross lui avait fait. En outre, elle disait non et il devait respecter sa décision.

Elle fronça le nez.

— Je sais que je t'ai dit que tu pouvais être mon rabatteur, mais je me rends compte que je ne suis pas prête. Pas même pour quelque chose de léger et de temporaire avec toi, pour s'amuser. Et de toute façon, je suis tellement plus vieille que toi !

Elle pensait qu'il voulait une aventure sans lendemain ? Est-ce que cela suffirait à les débarrasser de cette attirance ? Il n'en était pas sûr.

— À notre âge, huit ans de différence ne comptent plus, répondit-il. Cela n'aurait aucune importance si… si nous songions à recommencer.

Le désir flamba dans les yeux bruns de Lexi. Elle battit des cils. Déglutit.

— Ce qui n'est pas le cas, trancha-t-elle. Mais mon âge compte pour moi, Jono. J'ai vécu un mariage, un divorce… Nous ne recherchons pas les mêmes choses.

— Comme quoi ?

Elle baissa les yeux sur ses mains.

— Se marier, avoir des enfants…

— Je…

Il allait la contredire, puis il s'arrêta. Certes, il avait envie de stabilité et de trouver une partenaire à un moment donné, mais il n'avait rien planifié. D'ailleurs, ce n'était pas quelque chose que l'on planifiait.

Lexi ne pouvait pas avoir d'enfants, il le savait, alors un avenir avec elle serait différent d'un avenir avec une autre femme. Mais pourquoi avait-il ce genre de pensées alors qu'ils n'avaient échangé qu'un baiser, et qu'elle n'en voulait pas d'autres ? Quand il s'agissait d'elle, il nageait en pleine confusion. Chaque partie de lui aspirait à être touchée par elle ; il brûlait de reproduire ce baiser.

Elle reprit la parole :

— De toute façon, il ne sert à rien de s'étendre là-dessus parce que nous ne recommencerons jamais. D'accord ?

Elle lui tapota la main d'une manière très platonique.

— Tu es mon ami et j'accorde trop de valeur à notre amitié pour risquer de la perdre.

Il retira sa main, de crainte de saisir la sienne. Et elle avait raison. Ils avaient quelque chose de rare, avec leur amitié. Si leur baiser avait débouché sur du sexe, et qu'ensuite les choses n'aient pas marché entre eux, il aurait perdu Lexi. Et elle lui aurait manqué.

— Oui, d'accord. Tu as raison.

Mais son attirance pour elle demeura. Avec l'envie de l'embrasser de nouveau.

— Bon. Tu vois Helen, là-bas ?

Elle indiqua une femme blonde.

— Tout à l'heure, je l'ai vue surfer sur un site de rencontres. Et je me suis dit…

— M'inscrire sur un site de rencontres ? coupa-t-il en riant. Merci, je l'ai déjà fait.

Elle leva les yeux au ciel.

— Je sais. Je me souviens de tes histoires. Non, je pensais à Helen. Elle est jolie, seule, intelligente, et elle cherche visiblement un partenaire. Elle vit et travaille à Oxford. C'est parfait pour toi.

— Sauf qu'elle ne m'attire pas.

— Tu ne lui as même pas parlé.

— Elle n'est pas mon genre.

— Et quel est ton genre ?

Toi. Il but une gorgée de bière pour s'empêcher de le dire. Après ce baiser, il n'avait plus envie qu'elle lui cherche une petite amie, et vice versa.

— Tu sais quoi ? Je crois que je vais me contenter de choses simples, cette semaine. Pêcher, parler avec mes potes, marcher… Peut-on laisser tomber cette histoire de rabattage ?

Lexi fronça les sourcils.

— Mais Jono, tu ne trouveras pas le bonheur familial auquel tu aspires si tu ne cherches pas ! Quand tu auras mon âge, tu risques de le regretter.

— Crois-moi, je suis suffisamment sorti avec des femmes et j'ai plein de regrets. Je n'ai jamais pris ces relations au sérieux. Alors maintenant, je vais laisser ça de côté jusqu'à ce que je sois bien installé dans mon nouveau poste.

— Waouh ! Tu as réfléchi, on dirait. Ce plan me semble excellent.

Elle lui décocha un grand sourire, qu'il jugea un peu crispé.

— Ce qui veut dire que je pourrai jouer les rabatteuses quand nous vivrons ensemble !

— Non. Vraiment. Laisse tomber, Lexi.

Il se sentait de plus en plus tendu. La seule femme qu'il convoitait, c'était elle et elle ne voulait pas de lui.

— Je ne veux pas que tu me trouves une copine, et encore moins une épouse.

Elle battit des cils, comme si elle était blessée par ses mots. Et il s'en sentit mal.

Puis il jeta un regard autour de lui et s'aperçut que Bhavesh et Cheng le fixaient d'un air curieux. Il se força à sourire et leva son verre vide.

— Je vous paye une tournée !

Là-dessus, il quitta sa place et alla chercher refuge au bar. Mais lorsqu'il regarda en arrière, Lexi avait toujours les yeux rivés sur lui et il ne put déchiffrer son expression.

7.

Il était tard et Lexi avait bu trop de vin pour tenter d'endiguer les pensées sexy – et paniquées – que lui inspirait Jono. Elle ne pouvait pas dormir, se couvrant, se découvrant, ne sachant pas si elle avait froid ou trop chaud.

Est-ce que c'était déjà la préménopause ?

Juste ciel, non ! Elle était sûrement trop jeune pour ça ?

Jono se moquerait d'elle, s'en donnant à cœur joie. Et elle serait définitivement trop vieille pour lui.

Ils avaient décidé de rester amis, mais sa réaction quand elle lui avait suggéré de sortir avec Helen n'avait pas semblé aller dans ce sens. En fait, elle ne savait pas très bien où ils en étaient. D'autant qu'elle n'avait pas répondu à ses textos, choisissant de faire l'autruche.

Soudain, on frappa à sa porte et elle sursauta. Le cœur battant, elle bondit de son lit et alla regarder par le judas.

Jono ? Une bouffée d'excitation l'envahit. Son cœur manqua quelques battements. Que voulait-il ?

Est-ce qu'il aurait envie de…

Une vive chaleur s'accumula dans son ventre et entre ses jambes. Que pourrait-il vouloir d'autre, en venant la trouver si tard dans sa chambre d'hôtel ?

Il avait parlé de recommencer. Est-ce que…

Les joues en feu, elle ouvrit la porte.

— Jono ? Je ne m'attendais pas à te voir.

— Je sais qu'il est tard. Désolé, mais il fallait que je te voie.

Il lui décocha un sourire crispé qui indiqua qu'il n'était pas là pour s'amuser. Elle n'aurait su dire si elle en était soulagée ou déçue. Parce qu'il faisait ce qu'il fallait, mais elle se rappelait encore le goût de leur baiser, et elle mourait d'envie de recommencer.

— Ah bon ? Pourquoi ?

— Pour une raison quelconque, tu ne réponds pas à mes textos. Je me demandais si tu les avais reçus, la réception n'est pas toujours bonne, ici.

Il s'avança dans la chambre. Sa présence sembla remplir l'espace.

— Oui, je les ai reçus et j'aurais dû te répondre. Mais je ne savais pas quoi te dire. Je ne les ai même pas lus.

Elle posa une main sur son bras.

— C'est Dean ? Son état s'est détérioré ?

— Non, c'est mon père. Il a été transporté à l'hôpital à la suite d'une crise cardiaque, répondit-il, le regard douloureux. Les choses ne se présentent pas bien. Je vais prendre le premier train. Il y en a un qui part de Truro à cinq heures et demie. Je ne voulais pas que tu découvres que j'étais parti en te levant, demain matin.

Elle le regarda avec plus d'attention. Sous son bronzage, il avait les traits tirés. Soudain, toute la gêne qu'elle éprouvait disparut. Il était bouleversé, et seule comptait l'affection qu'ils avaient l'un pour l'autre.

— Ne prends pas le train. Je t'emmènerai en voiture.

— Ta voiture est au garage.

— Ah, oui, c'est vrai. Eh bien je prendrai le train avec toi.

— En fait, je pense que c'est quelque chose que je dois faire seul.

Elle comprenait, surtout s'il ne restait pas beaucoup de temps à son père.

— Oh ! Jono, je suis tellement désolée. Que dit son cardiologue ?

— Ils essaient de le stabiliser. J'espère simplement avoir une chance de me réconcilier avec lui avant…

Il ne finit pas sa phrase.

— Je suis sûre que tu pourras le faire.

— J'aurais dû aller le voir dimanche, après le mariage, au lieu de rester ici à m'amuser. Mais je pensais que j'avais du temps.

Il haussa les épaules et se passa une main dans les cheveux. Puis il la regarda, les yeux tristes et sérieux.

— J'ai juste besoin…

D'un câlin ? D'un baiser ? Les braises se rallumèrent dans le ventre de Lexi. Elle avait envie de le tenir, de le réconforter, d'une façon pas du tout platonique.

— De quoi ? demanda-t-elle.

— D'un double de ta clé. Pour que je puisse aller dormir chez toi quand j'aurai vu mon père, demain.

— Oh ! oui, bien sûr. Je te le donne.

Elle fouilla dans son sac, retira une clé de son trousseau et la lui tendit. Il la remercia d'un signe de tête.

— C'est là que mes vacances prennent fin, dit-il. Même si mon père va mieux, je ne reviendrai pas. Ce n'est pas la peine.

— Il ne reste que quelques jours, de toute manière. Je serai de retour à Oxford d'ici le week-end. Je suis navrée que les choses soient si compliquées entre nous, et de ne pas pouvoir te prendre dans mes bras.

Il fronça les sourcils.

— Bien sûr, que tu le peux. Nous sommes toujours amis, non ?

— Évidemment.

Mais ce ne sera plus jamais la même chose, entre nous.

Ils ne pouvaient pas perdre leur amitié, cependant. S'ils la perdaient, elle n'aurait plus son alter ego.

En espérant qu'une bonne vieille accolade pourrait les ramener au moment heureux où ils s'étaient retrouvés, à la gare d'Oxford, elle lui ouvrit les bras et il vint à elle.

Il la serra contre lui, fortement. Et c'était trop bon. Elle percevait la chaleur de son corps, sentait sa présence, solide, et elle avait la sensation d'être à sa place. Comme s'il était son homme.

Un besoin sexuel déplacé monta en elle, lui donnant envie de se presser encore plus étroitement contre lui. Mais elle ne pouvait vraiment pas faire ça.

En revanche, elle était d'accord pour arrêter cette histoire de rabattage. Penser à Jono avec une autre femme lui faisait trop mal. Une femme qui irait si bien avec lui, contre lui… Non. Elle ne pouvait pas être celle qui lui trouverait une petite amie.

Elle s'écarta et le vit pincer les lèvres, les narines frémissantes, le souffle court, comme s'il avait du mal à reprendre le dessus. Par rapport à leur étreinte, ou par rapport à la maladie de son père ? se demanda-t-elle. Elle posa sa paume sur sa joue et il rouvrit les yeux.

— Je ne sais pas quoi te dire, Jono.

— Bonne chance ? Ne gâche pas tout ? suggéra-t-il avec un sourire ironique.

— Tu ne gâcheras pas tout.

Elle se mit sur la pointe des pieds pour l'embrasser sur la joue.

— Tiens-moi au courant. Reste en contact avec moi.

— Ne l'ai-je pas toujours fait ?

Il se tourna pour partir, puis il revint en arrière et prit la joue de Lexi dans sa main.

Pendant un moment ils restèrent là, à se regarder dans les yeux, liés par une corde invisible faite de désir et de confusion.

En dépit de ce qu'ils avaient décidé, de l'électricité crépitait entre eux. Il aurait été si facile de retourner dans ses bras et de poser sa bouche sur la sienne, se dit-elle. Mais ce n'était pas le moment. Ce ne serait jamais le moment.

Il était tard, ils étaient fatigués, Jono était déstabilisé. Et elle aussi. Alors, cette fois, elle eut recours à toute la force qu'elle possédait pour plonger les yeux dans les siens et sourire.

— Au revoir, Jono.

Il semblait lutter aussi. De nouveau, il ferma les yeux un instant. Lorsqu'il les rouvrit, ils étaient emplis de détermination.

— Oui. Je te verrai dans quelques jours, Lexi.

— Je croyais que tu étais en Australie.

Le colonel Neale était adossé à un oreiller dans son lit d'hôpital, relié à une perfusion et à des tubes d'oxygène. Bien loin de l'homme soigné et fringant que Jono avait vu pour la dernière fois aux obsèques de sa mère, il paraissait diminué, frêle, pas rasé, les mains tremblantes. Il avait du mal à respirer. Sa peau fine et parcheminée était bleuie par les canules fixées au dos de ses mains. Jono savait combien son père devait détester être vu ainsi. « Faible » ne faisait pas partie de son vocabulaire.

Ayant posé les raisins et la bouteille d'eau qu'il avait apportés sur la table de chevet, il prit une chaise en plastique, l'approcha du lit et se plia en deux dessus. Il pensa un instant à Lexi et à sa petite voiture. À Lexi et à leur dernière étreinte. Il n'avait pas eu envie de la quitter, mais avait forcé ses jambes à le ramener à sa chambre. Elle l'avait regardé comme si elle souhaitait désespérément que les choses aillent mieux entre eux. Aurait-il dû accepter qu'elle revienne à Oxford avec lui ? Il ne voulait pas de témoin, mais son soutien lui aurait fait du bien.

— Je suis rentré pour te voir… papa.

Il y avait si longtemps qu'il n'avait pas employé ce mot qu'il lui faisait un drôle d'effet dans sa bouche. Toutes les tensions accumulées depuis toutes ces années se nouèrent de nouveau dans ses entrailles. Pourquoi ? se demanda-t-il. Il était une personne différente, maintenant. Il ne pouvait pas se sentir abandonné par cet homme, de nouveau, et ne le voulait pas. Mais les vieilles habitudes avaient la vie dure…

— Tu as entendu dire… que j'étais mourant ?

— Non. Que tu étais malade.

— Tu es cardiologue ?

Comment son père le savait-il ?

— Oui. Et j'ai trouvé un poste ici, à l'hôpital. Je commence lundi.

— Tu peux arranger ça ?

Le colonel frappa son cœur.

— Ce n'est pas à moi de le faire. Tu es bien entouré, ici. Ils font appel à la meilleure médecine.

— Je ne vois pas pourquoi je ne peux pas rester chez moi.

— Parce que tu as besoin d'être surveillé, en attendant que l'état de ton cœur soit sous contrôle.

Jono inspira profondément, puis relâcha son souffle.

— Je suis désolé.

Désolé pour tout. Pour m'être mal conduit quand j'étais adolescent. Pour ne pas avoir insisté pour que nous restions en contact. Pour ne pas avoir cherché à te retrouver plus tôt. Pour ne pas avoir forgé un lien plus étroit, plus fort. Pour ne pas être capable de te sauver maintenant.

Mais c'était son père qui avait desserré les liens entre eux, et les avait finalement coupés. Après l'enterrement, il y avait eu un coup de téléphone, puis plus rien. Ils étaient des étrangers l'un pour l'autre, maintenant, chacun ignorant tout de la vie de l'autre. Comment deux personnes liées par le sang pouvaient-elles être si éloignées émotionnellement ?

Finalement, son père capta son regard et le soutint, le fixant comme s'il était un puzzle à déchiffrer. Il n'y avait rien d'autre dans ses yeux, ni affection ni regret.

— Je suis fatigué, dit-il. J'ai besoin de dormir.

— Je peux rester pendant que tu te reposes.

Le regard du colonel se durcit.

— Non.

— Très bien. Je reviendrai plus tard.

Son père secoua la tête, s'allongea et ferma les yeux. Fin de la conversation. C'était tout ? Ils ne s'étaient pas vus pendant des années et cela s'arrêtait là ?

Jono, frustré, essaya de comprendre pourquoi il avait fait tout ce chemin, alors qu'il savait pertinemment qu'il n'obtiendrait pas de réaction. Mais au moins il avait essayé. Il avait un poids sur la poitrine. Il aurait voulu réveiller les instincts paternels de son père – s'il en avait – mais il ne trouva pas les mots. Alors il lui adressa un signe de tête et s'en alla – non sans avoir demandé à la surveillante de l'informer immédiatement si l'état de son père se modifiait.

Il sortit à grandes enjambées dans la fraîche journée d'été, dont l'éclat l'aveugla presque, et regarda les deux côtés de la rue. Où aller ? Que faire, maintenant ?

N'ayant pas de plan, il descendit vers la rivière et marcha le long de la berge. Il y avait des barques sur l'eau, des gens qui faisaient de l'aviron, des familles installées dans l'herbe, avec les enfants qui jouaient, les parents qui discutaient. Des familles heureuses. La douleur s'accrut dans sa poitrine. Il pensa aux couples que formaient ses amis. Et lui il était là, essayant de combler un fossé avec le seul parent qui lui restait… et n'y parvenant pas.

Il connaissait bien Oxford, et il pouvait probablement y retrouver des amis, mais il ne les connaissait pas assez bien pour aller les voir alors qu'il souffrait autant.

Lexi.

Lexi comprendrait, elle. Il lui vint à l'idée qu'au cours des dernières années, il avait toujours été attiré vers elle chaque fois qu'il avait besoin de parler, de plaisanter, de partager sa vie.

Il l'appela. Pas de réponse.

Il marcha un moment dans les rues familières, mais qui avaient changé. Certains commerces n'étaient plus les mêmes, d'autres avaient fermé. Il semblait qu'Oxford avait évolué, comme lui. Est-ce que revenir avait été une idée stupide ? Peut-être aurait-il dû rester en Australie.

Il rappela Lexi. Rien.

Il fut sur le point de laisser un message, mais il ne savait pas très bien quoi dire. Peut-être ne comprendrait-elle pas. Peut-être ne voudrait-elle pas entendre parler de lui.

Il hésita, puis se décida :

— Salut, j'appelle juste pour te donner des nouvelles. Ne t'inquiète pas. À ce week-end.

Il avait été là quand elle avait eu le plus besoin de lui, et elle avait rendu sa vie meilleure alors qu'il se trouvait à des milliers de kilomètres.

Et maintenant… maintenant il avait besoin d'elle, mais les choses avaient basculé dans un territoire qu'il ne savait pas comment parcourir.

Apparemment, ce baiser avait tout gâché.

8.

Lexi pénétra dans son petit cottage d'Old Marston et laissa choir sa valise dans l'entrée, heureuse d'être chez elle, mais souhaitant que ses vacances aient duré deux semaines de plus. Avec tout ce qui s'était passé, elle ne se sentait pas complètement reposée.

Mais assez de temps s'était écoulé depuis le départ de Jono pour qu'elle soit revenue de sa brève toquade. Heureusement, c'était fini.

— Jono ? Jono, je suis rentrée !

Pas de réponse. Elle le chercha dans la maison et dans le petit jardin, mais il n'était pas là. Toutefois, il y avait des traces de sa présence : des vêtements dans la penderie de la chambre d'amis, une brosse à dents dans la salle de bains où flottait son parfum. C'était à la fois étrangement domestique et un peu terrifiant. Avait-elle vraiment envie d'être si proche de lui ?

Elle allait devoir s'habituer à vivre de nouveau avec quelqu'un. Et ce quelqu'un était Jono !

Elle venait de prendre une douche quand elle entendit s'ouvrir la porte d'entrée. Bon sang. Il était de retour. Un mélange d'impatience, d'inquiétude et d'excitation l'envahit.

Elle se sécha et s'habilla en vitesse, puis descendit. Elle le trouva dans la cuisine, en train de ranger des courses dans les placards. Mon Dieu, il était beau, avec son vieux T-shirt gris et son short en jersey bleu marine. Il était grand, bronzé et concentré sur sa tâche. Son cœur eut un petit soubresaut.

Oups. Apparemment, son attirance pour lui n'avait pas disparu autant qu'elle l'avait espéré.

— Le chocolat, c'est sur l'étagère du haut, avec le muesli.

— Oh !

Il tournoya et la dévisagea.

— Tu m'as fait peur. Tu es rentrée tôt !

— Quand on est prêt à partir, à quoi bon traîner ? Comment ça se passe, ici ?

— Bien. J'étais sorti faire des provisions.

Il sourit et le cœur de Lexi se calma. Peut-être que le temps et la distance avaient éclairci l'atmosphère…

— Parfait. C'est bon de voir que tu es comme chez toi.

Il leva un bras et elle admira ses muscles. Son T-shirt sortit de son short, lui donnant un aperçu appétissant de son ventre doré et d'une fine ligne de poils noirs au-dessous de son nombril. Sa peau la picota. Il était bien trop sexy pour être là, avec elle, dans sa cuisine. Allait-elle survivre, ou mourir de frustration sexuelle avant qu'il ne trouve un autre endroit où habiter ?

— Ta maison est super. Bon. J'ai du poulet avec de la sauce au pesto, de la salade de légumes grillés et du pain. J'en ai pris pour deux, avec du vin.

— Tu attends quelqu'un ?

Elle espéra que non. Qu'il s'en tiendrait à ce qu'il avait dit, et ne sortirait avec personne avant d'être installé. D'un autre côté, s'il avait une invitée, son traître corps cesserait peut-être de s'enflammer dès qu'elle était près de lui.

Il eut un grand sourire.

— Toi, idiote !

Le soulagement la submergea.

— Comment s'est passé le retour ? demanda-t-il.

— Sans incident. Comment va ton père ?

Le sourire de Jono s'estompa.

— Il est ronchon. En gros, rien n'a changé depuis vingt ans. Il a été choqué de me voir et n'en a pas paru très heureux. Le lendemain, quand je suis retourné le voir, il a fait semblant de dormir. Hier, il passait une radio et je ne l'ai pas vu, mais la surveillante m'a dit qu'il n'allait ni mieux, ni moins bien. Il me frustre à un point ! Comment peut-il être aussi froid maintenant encore, alors qu'il a besoin… d'être entouré ?

— Tu ne t'attendais pas à ce qu'il soit différent ?

— Non, répondit Jono en fixant le comptoir. Mais l'espoir fait vivre…

Lexi ne fut pas surprise par la réaction du colonel, et se sentit heureuse que malgré tout Jono n'abandonne pas la partie. Elle aurait voulu l'aider, mais elle ne pouvait pas se mêler de ses relations avec son père.

— Tu as quelque chose de prévu, pour cet après-midi ?

Il haussa les épaules.

— Non, pourquoi ?

— Une balade, ça te dirait ?

Elle apprécierait de sortir, au lieu de rester à la maison avec lui. Sinon, elle allait devenir claustrophobe.

— D'accord, répondit-il avec un sourire sincère. Où ?

— Nous pourrions faire un pèlerinage…

— Ah oui ? fit-il, l'air enthousiaste. Mais tu vis ici, ça va t'ennuyer…

Elle douta que quoi que ce soit puisse être ennuyeux avec lui.

— Non. Tu sais, avec mon travail, je ne sors presque jamais. Et ça me ferait du bien de me dégourdir les jambes.

— Entendu. Emportons un pique-nique.

Une demi-heure plus tard, ils marchaient en direction de leur ancienne université, s'arrêtant sans arrêt pour évoquer des souvenirs. Parcourir ces rues avec un vieil ami, comme autrefois, était très agréable. Mais dans ce temps-là, elle ne pensait pas sans arrêt au charme de Jonathan Neale et ne brûlait pas de le toucher…

Alors qu'il se tournait vers elle avec un sourire malicieux, après avoir rappelé une blague qu'ils avaient faite à un de leurs camarades, elle se sentit plus que jamais liée à lui par leur histoire partagée et se mit à paniquer. Elle ne pouvait pas continuer à avoir des réactions aussi exacerbées vis-à-vis de lui. Ce n'était pas possible.

Elle décida de parler de travail.

— Ça t'a fait quel effet de retrouver l'hôpital ?

— J'ai découvert avec plaisir que peu de choses ont changé.

J'ai même revu du personnel que je connaissais. Je ne serai pas désorienté, lundi. Irons-nous travailler ensemble ?

— J'y vais à vélo.

Il rit.

— On pourrait peut-être envisager un tandem, alors !

— Pas question. Je tiens à ma crédibilité.

— Bon. Dans ce cas, il faut que j'achète un vélo.

Lexi les imagina roulant le long de la rivière, chaque matin, comme un couple marié. Et sa panique s'accrut. C'était trop intime, trop douillet, trop quotidien… trop tout.

— Tu ne sais pas encore où tu vas habiter, Jono. Tu devras peut-être faire le trajet en voiture.

— Tu veux déjà te débarrasser de moi ? Nous n'avons même pas passé une nuit sous le même toit ! Tu es toujours heureuse que je sois là, au moins ?

Heureuse ? Elle n'en savait rien. En vérité, elle nageait en pleine confusion, prise en traître par son attirance pour lui. Et se demandant comment elle tiendrait pendant des jours, des semaines… ou peut-être des mois avec Jono dormant dans la chambre voisine de la sienne.

— Tu peux rester autant que tu voudras. Et si tu as vraiment envie d'un vélo, tu peux toujours en acheter un d'occasion.

Il s'arrêta et se tourna vers elle, soudain sérieux.

— Alors tout va bien entre toi et moi ?

Son cœur se serra.

— Oui, tout va bien. Naturellement. Tu es l'un de mes plus proches amis. Je détesterais que les choses soient bizarres entre nous.

— Moi aussi.

Ils achetèrent des glaces et continuèrent leur promenade en les léchant avec gourmandise. Jono lui fit goûter la sienne, au caramel beurre salé, et elle lui tendit son cornet parfumé aux cookies. Il lécha lentement la base de la glace en la regardant dans les yeux, avec une lueur sensuelle dans les prunelles. Il était un incorrigible charmeur. Mais sa mimique eut pour résultat d'amener Lexi à se demander ce qu'il pouvait faire d'autre avec sa langue. Et elle songea combien il serait délicieux de l'embrasser en cet instant, avec ce goût de caramel…

Elle s'obligea à ramener son regard sur sa glace.

— Nous avons des techniques très différentes, dit-elle.

— J'ai un tas de techniques, Lexi.

Il se pencha vers elle.

— C'est ce qui garde les femmes intéressées.

— Ah oui ? fit-elle, l'air incrédule.

— Oh oui, chuchota-t-il.

Il plongea ses yeux bleus dans les siens, une seconde de trop. Cela suffit à changer les entrailles de Lexi en lave brûlante. Puis il détourna son regard et rit, plaisantin comme toujours.

Elle secoua la tête, faisant comme si cela n'avait eu aucun effet sur elle.

— Tu es vraiment un obsédé.

— Je sais. C'est dans mon ADN.

Il lui fit un clin d'œil, riant de plus belle, même si elle savait qu'il faisait allusion aux nombreuses liaisons de son père.

— Au fait, dit-il soudain, comment était Ashley de Swindon ?

— Gentil, drôle, pas obsédé du tout, répondit-elle.

Son regard bleu s'assombrit un peu.

— Vous avez passé du temps seuls ?

Intéressant. Était-il toujours attiré par elle ?

— Tu te souviens de ce que je t'ai dit, en Cornouailles ?

— Que je suis un homme bien. Qui mérite d'être embrassé… ne fût-ce qu'une fois.

Elle se sentit rougir et secoua la tête.

— Autre chose. Réfléchis.

— Tu m'as dit que tu n'étais pas prête à sortir avec quelqu'un, à cause de ce que Ross t'a fait vivre.

— Oui. Et quatre jours plus tard, je suis toujours de cet avis. Non, je ne suis pas restée seule avec Ashley.

— Bon.

— Qu'est-ce que ça veut dire ?

— Que tu t'en tiens à ta décision. C'est bien.

Ayant fini sa glace, il passa un bras autour du cou de Lexi et posa un baiser tout à fait platonique sur son front.

— Ne change jamais, Lexi Fisher.

Ce n'était pas la première fois qu'il le lui disait. Et elle décida que cela signifiait qu'il l'appréciait telle qu'elle était. C'était l'une des choses les plus gentilles qu'on lui ait jamais dites.

Ils continuèrent leur promenade, visitant leur ancienne université, constatant que rien n'avait changé.

— C'est drôle, observa Lexi. Il me semble que c'était hier, que nous étions là, et en même temps cela me paraît très loin.

Jono lui lança un coup d'œil curieux.

— Tu changerais quelque chose à ta vie, si tu le pouvais ?

— Non, je ne crois pas. Ma vie a été faite de hauts et de bas, mais elle m'a amenée ici, à ce point. Et je suis fière de ce que je suis et de ce que je fais. Bien sûr, j'aurais aimé avoir des enfants, mais je peux m'en passer. J'adore mon métier et je vois des bébés tous les jours. Mieux encore, je les aide à aller mieux. Je ne peux pas souhaiter davantage.

Il lui sourit.

— Je sais combien il a été dur pour toi d'en arriver là. Mais je suis si content que tu aies accepté ton sort.

— Il ne sert à rien de regretter ce que l'on ne peut pas avoir. Et toi ? As-tu des regrets ?

— J'aimerais pouvoir dire que j'aurais aimé prendre la vie plus sérieusement, mais ce ne serait pas vrai. Je suis content de m'être amusé. Ma vie me convient. J'ai des amis, j'ai eu des amours…

— Des aventures sexuelles, tu veux dire.

— Oui, et il y en a eu pas mal.

Il fit jouer ses sourcils, coquin, puis redevint sérieux.

— Mais je me demande si mon père pourrait dire qu'il est satisfait de sa vie. Il est tout seul, sans proches autour de lui alors qu'il arrive à la fin. C'est triste. Parce que ce qui compte, ce sont les gens qu'on aime. L'amour qu'on donne.

Et Lexi se rendait compte que Jono avait beaucoup d'amour à donner. Quelle sorte d'amant serait-il ? Elle imagina qu'il serait très distrayant. Mais comme partenaire ? Elle ne pouvait pas le dire. Elle le connaissait trop bien… et en même temps pas du tout. Car ce Jono était différent de son camarade d'université, et même de celui avec qui elle avait échangé tant de mails.

Ce Jono avait des moments sérieux, il pensait à son avenir, se faisait du souci pour son père. Elle avait toujours su qu'il était quelqu'un de bien, mais n'avait pas réalisé à quel point, au fond, il était correct, honnête et aimant.

Ils terminèrent la journée en faisant de la barque à fond plat sur la rivière, avec une godille, et rirent beaucoup. À un moment donné, alors que Jono s'approchait d'elle pour assurer son équilibre, elle remarqua pour la première fois qu'il avait quelques cheveux gris. Pas beaucoup, mais cela signifiait qu'il mûrissait aussi. Elle n'était pas la seule.

Et elle se dit que Jono ne la faisait pas se sentir plus jeune, ou plus vieille, ou plus mûre, mais qu'il la faisait se sentir davantage elle-même. Pendant longtemps, en raison de ses épreuves, elle avait oublié comment rire et ne pas se prendre trop au sérieux. Il lui faisait retrouver tout cela. Et elle découvrait que ce n'était pas une question d'âge, mais d'attitude dans la vie.

Or elle adorait l'attitude de Jono. Et elle en profitait, purement et simplement.

Elle pensa aussi qu'elle ne s'était jamais autant amusée avec un homme.

C'est la meilleure sortie à deux que j'aie jamais vécue.

Mais la réalité vint refroidir son enthousiasme.

Ils ne sortaient pas ensemble. Et il n'était pas son homme.

9.

En fin d'après-midi, alors qu'ils pique-niquaient tardivement, le portable de Jono sonna. Il le sortit de la poche de son short et regarda l'écran. Puis il pâlit.

— C'est l'hôpital.

Lexi hocha la tête, toute joie brusquement disparue.

— Réponds vite.

Il se mit debout et alla jusqu'au bord de la rivière, faisant les cent pas en s'entretenant avec son interlocuteur. Elle le vit redresser les épaules, comme pour absorber un choc. Espérant que ce n'étaient pas de mauvaises nouvelles, elle attendit.

Il rangea le téléphone dans sa poche et resta un moment immobile, contemplant l'eau, pendant qu'elle ramassait le pique-nique. Quand elle eut fini, elle s'approcha de lui et demanda doucement :

— Qu'y a-t-il ?

Il se tourna pour la regarder, le visage indéchiffrable.

— C'est mon père.

— Oh ! Jono. Est-ce qu'il est…

Il comprit ce qu'elle n'osait pas dire et secoua la tête.

— Il veut me voir.

— Eh bien, c'est une bonne nouvelle, non ?

Il fit signe que oui, en hésitant.

— C'est la première fois qu'il me montre de l'intérêt.

Une lueur d'espoir brillait dans ses yeux bleus. Elle pria qu'il ne soit pas déçu, ni blessé.

— Il veut que tu y ailles maintenant ?

— Oui.

Si cela ne se passait pas bien, il aurait besoin d'un soutien, pensa Lexi. Elle referma vivement la glacière et dit :

— Alors partons tout de suite.

Lexi resta au côté de Jono tandis qu'ils longeaient rapidement les couloirs de l'hôpital. Elle n'avait rien demandé, elle avait juste agi. Mais lorsqu'ils arrivèrent à la chambre, elle s'arrêta et posa une main dans son dos, gentiment.

— Veux-tu que j'entre avec toi ?

Il n'en avait pas spécialement envie, mais la présence d'une tierce personne pourrait peut-être aider à décrisper les choses, se dit-il.

— Il me déplaît de te faire subir la mauvaise humeur de mon père, mais oui, s'il te plaît.

— On a parfois besoin d'un tampon. Je suis là.

Les émotions qui l'agitaient – espoir et anxiété mêlés – se calmèrent un peu devant son doux sourire et l'affection qui se lisait sur son visage. Savoir qu'elle serait là lui donnait le courage d'affronter son père une fois de plus. Il allait ouvrir la porte quand elle dit :

— Jono, attends.

Il se retourna et vit qu'elle lui ouvrait les bras.

— Viens ici.

Il passa les bras autour de sa taille et la serra.

— Ça va aller, murmura-t-elle. Quoi qu'il se passe, tu t'en sortiras bien.

Et il la crut. Une fois dans la chambre, il constata que son père allait mieux. Vêtu d'un pyjama écossais, il était assis dans un fauteuil près de son lit. Il avait meilleure mine, respirait plus facilement et ses yeux étaient moins vitreux.

Jono hésita sur le côté du lit.

— Bonjour, papa.

— Jonathan. Et… ?

Jono entoura d'un bras la taille de Lexi. C'était peut-être un geste possessif, mais il se méfiait de son père.

— Voici mon amie Lexi.

— Lexi.

La voix rogue du colonel s'adoucit, et il esquissa même un sourire. Le charmeur, toujours.

— Bonjour, colonel Neale. Je suis ravie de vous rencontrer.

Avec un sourire poli, Lexi s'assit au bout du lit, laissant la chaise à Jono. Il était heureux de l'avoir avec lui. Elle avait été drôle et détendue, ce jour-là. Il ne l'avait jamais vue plus belle que quand elle riait, dans la barque.

— Lexi. Joli prénom.

Gordon Neale hocha la tête et ferma les yeux.

— J'avais une bonne épouse, autrefois. J'ai tout fait foirer.

Jono ne dit rien. Il lui suffisait de voir que son père se rendait compte qu'il avait mal agi. Ce n'était pas à lui d'offrir son pardon, c'était à ce mari volage de le demander.

— Tu voulais me voir, papa ?

Un lent hochement de tête.

— À quel sujet ?

— Je ne me sens pas trop bien.

— Je sais, papa.

Le silence s'étira. Jono attendit. Son père avait-il quelque chose de particulier à lui dire ? Avait-il seulement souhaité avoir un peu de compagnie ?

Finalement, le malade reprit la parole :

— Qu'est-ce que tu fais, dans la vie ?

— Je suis médecin.

Son père le savait bien ! Troublé, il lança un coup d'œil à Lexi, qui paraissait soucieuse aussi. Le colonel était-il cyanosé, l'oxygène ne parvenant pas à son cerveau ? Mais Gordon fronça les sourcils et grommela :

— Non. Pendant ton temps libre.

— En Australie, je faisais du surf et de la randonnée. Je joue un peu au golf et…

— J'étais… un footballeur exceptionnel, coupa son père.

— Je sais. Capitaine de l'équipe du régiment. Je m'en souviens.

Mais Jono se souvenait aussi qu'il ne lui demandait jamais

comment s'étaient passés ses matchs de tennis. Ce que faisait son fils ne l'intéressait pas.

— De quoi voulais-tu me parler, papa ? demanda-t-il.

Le colonel haussa les épaules.

— Je voulais juste te voir. Te dire… que tu peux venir me rendre visite.

— Très bien.

L'émotion serra la gorge de Jono. Son père n'avait jamais été démonstratif, ni affectueux. Mais cette déclaration était mieux que rien.

Sur ce, Gordon prit la canne posée à côté de son fauteuil et se leva avec difficulté.

— Il faut que j'aille… pisser.

Jono posa une main dans son dos, pour le soutenir.

— Je t'accompagne.

— Non ! gronda le malade. Je peux me débrouiller. Ces maudits diurétiques…

Pendant qu'il se dirigeait d'un pas mal assuré vers les toilettes, Jono rapprocha sa chaise de Lexi. Elle lui pressa la main.

— Tu tiens le coup ?

Il haussa les épaules.

— Je ne savais pas à quoi m'attendre, mais je ne pensais pas qu'il me parlerait de sport.

Elle fronça le nez.

— Une façon comme une autre d'établir un lien avec toi. Et il a reconnu ses torts envers ta mère. C'est peut-être sa branche d'olivier…

— C'est possible. Mais je me demande si un jour nous aurons de vrais rapports père-fils.

— Peut-être pas, mais c'est la vie. Tout ne se finit pas toujours bien.

Il lui sourit, attendri par ses taches de rousseur sur le nez et ses grands yeux bruns.

— J'aimerais que tu n'en aies pas fait l'expérience.

— C'est comme ça. Et pour ton père, tu pourrais peut-être utiliser son intérêt pour le sport pour établir une connexion avec lui. Pour rétablir une forme de communication entre vous. C'est ce que nous conseillons aux parents d'adolescents difficiles.

Jono rit, frappé par l'ironie de la situation.

— Tu veux que je joue le rôle de parent ?

— Sois toi-même, simplement. Soit il verra qui tu es vraiment, soit il ne le verra pas. Mais au moins, tu sauras que tu as essayé.

Jono regarda la porte fermée des toilettes.

— Ça fait un moment qu'il est là-dedans.

— Les choses prennent plus longtemps, quand on est faible.

Ils attendirent encore quelques minutes, sans rien dire. Puis Jono consulta sa montre, agacé.

— Un quart d'heure ! Je vais frapper pour voir si tout va bien.

Il se leva et inspira profondément, s'attendant à un éclat de son père.

Il frappa trois fois, en appelant. Sans réponse. Finalement, il ouvrit la porte et se figea, paniqué : son père était allongé par terre, à plat ventre, et il y avait du sang. La poitrine prise dans un étau, il s'agenouilla et tâta son pouls. Il le sentit battre et souffla, soulagé.

— Il est vivant. Lexi, appelle du secours.

— J'ai déjà appuyé sur le bouton d'alarme, répondit-elle, une main posée sur son dos pour le rassurer. Mais je vais leur dire de faire vite.

Pendant qu'elle partait en courant, Jono caressa la joue de son père.

— Papa, tu m'entends ? Papa ?

Les paupières de Gordon papillotèrent. Il marmonna d'une voix rauque :

— Jon…

— Oui, c'est moi. Ton fils, dit Jono, ému de prononcer ce mot. Que s'est-il passé ?

— Un vertige.

— D'accord.

Cela avait pu être provoqué par quantité de causes. Mais d'où venait ce sang ?

— Tu as mal quelque part ?

— Partout.

— Écoute, papa. Je vais te retourner pour m'assurer que tu n'as rien de cassé.

— L'équipe arrive, annonça Lexi.

Il fut plus que content de la voir là.

— Peux-tu me donner un coup de main pour l'asseoir ?

— Bien sûr.

À eux deux, ils parvinrent à redresser le colonel. Puis ils réussirent à l'asseoir dans le fauteuil roulant qu'une infirmière avait ramené. Alors Jono vit d'où venait le sang et en rit presque, soulagé : c'était le cathéter qui était sorti de la veine, tout simplement.

À partir de là, l'équipe de cardiologie prit le relais.

— Laisse-les faire, dit Lexi. Tu n'es qu'un parent, ici.

— Oui, mais je vais rester là jusqu'à ce qu'on sache ce qui se passe.

— Je reste avec toi, dit-elle en glissant sa main dans la sienne.

Il s'y accrocha comme à une planche de survie. Et il pria pour ne pas perdre son père avant qu'ils ne se soient retrouvés.

Mais finalement, l'électrocardiogramme s'avéra normal, ainsi que les constantes vitales. Ce n'avait peut-être été qu'un vertige, après tout.

Il était tard lorsqu'ils quittèrent enfin la chambre. Tandis qu'ils longeaient un couloir de l'hôpital, Lexi poussa un long soupir.

— Je suis épuisée, mais si contente qu'il n'ait rien de grave, en plus de son état cardiaque.

— J'ai été si heureux que tu sois là pour m'aider.

Jono s'arrêta et se tourna vers elle, brûlant de la prendre dans ses bras… et de ne plus la lâcher. Elle était devenue son roc.

— Tu aurais fait la même chose pour moi, non ? C'est à cela que servent les amis.

Elle eut un grand sourire.

— Hé, nous avons encore cette bouteille de champagne que

nous n'avons pas touchée. Si nous allions l'ouvrir ? À moins que tu ne préfères faire autre chose ?

Ce n'étaient pas les idées qui lui manquaient, mais ils s'étaient fait une promesse : rester amis.

— Excellente idée, dit-il.

Être seul avec elle serait déjà bien.

10.

Le lundi matin, l'amie de Lexi, la surveillante Chantelle, l'interrogea en bonne et due forme sur ses vacances en Cornouailles. Elle se montra déçue que Lexi soit restée insensible aux charmes des surfeurs, mais son intérêt fut piqué au vif quand celle-ci lui présenta son « vieil ami Jono ». Visiblement subjuguée par le sex-appeal de ce dernier, Chantelle refusa de croire qu'il n'était qu'un ami. Alors, pour l'en convaincre, Lexi lui confia qu'elle voulait caser Jono et lui trouver « la femme parfaite ». Elle demanda à Chantelle de chercher parmi ses relations qui pourrait remplir ce rôle. Chantelle proposa d'organiser une soirée de bienvenue pour Jono, avec les membres du service, et Lexi accepta de donner cette soirée chez elle. Elle fut fixée au samedi soir suivant.

Durant la semaine, Lexi fut confrontée à la présence de Jono sur son lieu de travail. Elle était à la fois heureuse de l'apercevoir ou de le croiser, son cœur s'emballait à chacune de leurs rencontres, et vaguement irritée : elle avait l'impression qu'il empiétait sur son territoire. Mais il n'y eut pas d'incident marquant, ni à l'hôpital ni à la maison.

Enfin, le samedi soir arriva. Et malheureusement, le temps ne fut pas de la partie…

Un orage les obligea à rester confinés dans le cottage, à l'exception de Jono qui passa la majeure partie de la soirée à essayer de faire cuire des saucisses sur un barbecue qui grésillait sous les gouttes d'eau. Mais il jugea que c'était un bon moyen de refroidir l'attirance croissante qu'il éprouvait pour sa colocataire.

Il n'aurait su dire si elle la ressentait aussi, mais cette proximité forcée – au travail et à la maison – était difficile à vivre. Il avait sans arrêt envie de la toucher, de l'embrasser, de lui masser les pieds à la fin d'une longue journée à l'hôpital. De partager la douche qu'elle prenait chaque matin après son jogging, ou de se glisser sous ses couvertures pour la rejoindre dans son lit.

Habiter avec elle le rendait fou. Toutefois, il réussissait à se contrôler, même si c'était plus difficile de jour en jour. Et il ne voulait pas déménager… pour ne pas la quitter.

À la fin de la soirée, qui fut très conviviale, ils dirent au revoir au dernier invité, puis Jono se tourna vers Lexi.

— Je pense que nous pouvons dire que cette soirée a été un succès retentissant, non ?

— Oui, je crois aussi. Même si nous avons dû manger des saucisses détrempées, je pense que tout le monde s'est bien amusé.

Son sourire était rayonnant, ses yeux brillaient. Elle était superbe dans un grand pull bleu qu'elle avait enfilé sur sa jolie robe bain-de-soleil rose – une robe qui découvrait ses cuisses exquises. Elle avait les cheveux humides, des gouttes de pluie perlaient sur sa peau. Elle était la plus belle femme que Jono ait jamais vue.

— Regarde-moi ! dit-elle en riant, et en passant une main sur ses mèches mouillées. Je dois être horrible.

— Pas du tout. Tu es magnifique.

Il eut un sourire qui partait du cœur. Il ne savait pas s'il était autorisé à dire ce genre de chose, selon les termes de leur pacte, mais il ne put s'en empêcher. Elle leva les yeux au ciel, visiblement amusée.

— Tu dis ça parce que tu ne veux pas te retrouver sans domicile.

— Non, je le dis parce que c'est vrai.

— Mais oui, mais oui. Je suis magnifique, trempée comme un rat !

— Quand j'ai suggéré un barbecue, je n'ai pas pensé au temps anglais.

Il ferma la porte d'entrée et se rendit dans la cuisine pour commencer à ranger. Il était toujours partant pour faire la fête, mais quand il l'avait vue descendre dans cette robe qui laissait voir sa peau nue, il avait eu envie de mettre sur la porte une pancarte « Soirée annulée » et de la convaincre d'aller au lit avec lui. Là, il lui aurait lentement enlevé sa robe et l'aurait embrassée partout, avant de lui faire l'amour toute la nuit.

Ce qui posait un problème. Il ne pouvait pas vivre avec elle en la désirant en permanence. Et en même temps, il était bourrelé de doutes. S'ils faisaient un pas l'un vers l'autre – un baiser, une nuit d'amour – et qu'il ne soit pas à la hauteur, par la suite ? S'il était incapable de se fixer ? Les enjeux étaient élevés. Lexi et lui étaient liés par une longue histoire. S'il ressemblait plus à son père qu'il ne voulait l'admettre… et gâchait tout ?

Lexi le suivit, ramassant en passant une assiette et des verres sales.

— Tu as visiblement l'habitude de faire des barbecues.

— En Australie, c'est presque une religion. Nous devrions songer à acheter un de ces grands barbecues à gaz, qui fonctionnent par tous les temps.

Nous ? Et quel sujet de conversation !

Pourtant cet échange était plaisant, confortable. Ils se connaissaient si bien qu'ils pouvaient parler de tout et de rien. Il aimait ça.

Lexi fit couler le robinet, mit la vaisselle dans l'évier et se tourna vers lui.

— Et tu as eu un succès fou ! D'après moi, tu ne t'es pas simplement fait des amis ; tu as quelques vrais fans, maintenant. Des fans qui t'adorent. Becky a été très attentive à toi, en particulier.

— Becky ?

— Une interne en pédiatrie. Jolie blonde à queue-de-cheval.

— Je ne vois pas.

En fait, il n'avait eu d'yeux que pour Lexi, aux petits soins avec leurs invités. Elle leva les yeux au ciel.

— Robe verte. Sandales argent.

— Ah oui, elle est mignonne. Très jeune.

— Seulement deux ou trois ans de moins que toi. Et donc dix ans de moins que moi.

Voilà qu'elle remontait les barrières entre eux. Comme si quelques années de différence pouvaient l'empêcher de la trouver superbe.

Il tenta de dissimuler son large sourire.

— Lexi Fisher, serais-tu jalouse ?

Ses joues rosirent.

— Non ! Je joue juste les rabatteuses.

Elle en était encore là ? Ces jours de cohabitation n'avaient-ils rien changé ? Pour lui, si. Il savait qu'elle lui plaisait. Il comprenait ses réserves, mais il ne pouvait mettre fin à l'attirance qu'il éprouvait pour elle, à cette connexion qui ne cessait de grandir entre eux. Il ne pouvait pas non plus ignorer la façon dont son corps réagissait à elle.

— Nous avions dit que nous arrêtions ça.

Elle eut un sourire faussement candide.

— Chantelle et moi avons pensé que tu avais besoin d'un petit encouragement.

— Crois-moi, je suis parfaitement capable de savoir avec qui je veux ou ne veux pas sortir. Pour l'instant, je m'occupe de moi… et de mon père, bien sûr.

— Tu as eu une idée géniale, d'offrir de le raccompagner chez lui en voiture quand il sortira.

— Ma suggestion l'a peut-être pris de court, mais il n'a pas pu refuser devant les médecins et les infirmières. Si tout va bien, il rentrera vendredi après-midi. Merci de me prêter ta voiture.

— Je t'en prie. Si ça peut t'aider…

Elle prit un torchon et commença à essuyer les assiettes, mais il le lui enleva.

— Je peux le faire.

En riant, elle s'adossa à l'évier.

— Laisse-les sécher comme ça. Je les rangerai demain.

— Pas question. Ma mère s'assurait toujours que tout était en ordre le soir. Pour pouvoir prendre un nouveau départ le lendemain matin, sans avoir à ranger le bazar de la veille.

— C'est assez profond, en fait. Ça suggère de ne pas laisser le passé interférer avec le présent. Ce que je fais tout le temps.

Elle fronça les sourcils, pensive.

— De quelle manière ?

Il adorait avoir ce genre de conversation avec elle. Une conversation à cœur ouvert, sincère et authentique. Comme elle.

— Oh ! tu sais bien. Je protège soigneusement mon cœur. Je sais que je ne le devrais pas, mais c'est comme ça. J'ai du mal à lâcher prise et à simplement m'amuser.

Elle battit rapidement des cils.

— Tu ne parles jamais de ta mère.

Il nota le changement de sujet, mais resta concentré sur ce qu'elle avait laissé échapper : elle protégeait son cœur. Alors est-ce qu'en réalité ce n'était pas la peur, plus qu'autre chose, qui motivait son refus de sortir avec lui ? Est-ce qu'elle craignait qu'il ne la laisse tomber ? Qu'il s'en aille, comme il l'avait toujours fait ?

En aurait-il envie ? Il aspirait à la stabilité, mais il ne l'avait jamais connue, jusqu'à présent. Pourquoi serait-ce différent à Oxford ? Parce que Lexi était différente ? Mais elle ne voulait pas de lui. À cause de son père ?

C'était la même chose.

Sa poitrine se contracta douloureusement et il massa l'endroit de son cœur. Il avait toujours désiré l'attention et l'affection de son père. Le fuyant parce qu'il ne pouvait pas les obtenir, et que cela faisait trop mal. L'amour faisait souffrir. Point barre. Et vouloir être aimé par quelqu'un qui ne pouvait pas vous aimer était encore pire. C'était pour cela qu'il ne se liait jamais à personne.

Lexi se méprit sur son geste.

— Je suis désolée, Jono. Je sais combien tu aimais ta mère, et je ne voulais pas te rappeler des souvenirs douloureux.

Il ne la détrompa pas.

— Comme toi, je préfère que le passé reste le passé.

— Oui, je comprends très bien. Oublie ce que j'ai dit.

Il haussa les épaules.

— Pas de problème.

En réfléchissant, il avait essuyé la vaisselle et elle lui ôta le torchon des mains pour le faire sécher. Puis elle jeta un coup d'œil dans le jardin.

— La pluie s'est arrêtée.

Elle fit coulisser la baie, sortit et huma l'air odorant. Une brise chaude s'engouffra dans la cuisine, faisant voler les listes postées sur le frigo et retenues par un aimant qui proclamait : *I love St Quintin.*

L'endroit où les choses avaient commencé et s'étaient terminées. S'il pouvait revenir à cet instant avant qu'ils s'embrassent, s'arrêterait-il, maintenant ? Non. Il ne voudrait rien changer.

Jono observa la façon dont la poitrine de Lexi se soulevait et s'abaissait, tandis qu'elle inspirait et expirait, les yeux fermés. Il nota qu'elle était décoiffée, que son mascara avait coulé sur ses joues. Et, comme toujours quand il la regardait, son cœur battit plus fort, son sang s'emballa dans ses veines.

— Ça va ? demanda-t-il.

Elle se tourna et sourit, le visage éclairé par la lumière extérieure. Son expression était calme, sereine. Tout simplement magnifique.

— J'adore respirer l'odeur du jardin après la pluie. Ça sent si bon la terre, la verdure… Viens respirer, toi aussi.

— Tu rends la chose si attirante ! dit-il en riant.

Il sortit et l'imita, inspirant profondément.

— Ça sent l'humus.

— Oui.

Elle eut un grand sourire.

— J'aime aussi ce moment de la nuit où tout le monde dort. Parfois, je sors et je m'assieds dans le noir, pour savourer le calme. Un soir, j'ai vu un blaireau. J'ai eu si peur que je me suis enfermée dans la maison.

Elle éclata de rire. Cela lui allait bien. Elle avait ri bien plus souvent, ces derniers jours. Et c'était lui, avec l'histoire de son père et son nouveau travail, qui avait été le plus sérieux, pour une fois.

— Tu serais mal en Australie, alors. Il faut sans cesse vérifier si une méchante bête ne se cache pas près de toi.

En riant, il retourna à la cuisine, prit le torchon et revint essuyer les deux transats de la terrasse.

— La journée a été bien remplie. Assieds-toi. Je vais chercher le vin.

Elle se dévissa le cou pour le regarder.

— Tu sais, Jono Neale, tu pourrais commencer à me plaire.

— Du calme. Ne force pas sur les compliments.

Tu me plais déjà beaucoup.

Beaucoup trop. Il touchait du bout du pied la frontière « Amis » et n'allait pas plus loin, parce qu'ils l'avaient décidé. Lexi redoutait qu'ils ne gâchent ce qu'ils avaient. Et elle avait sans doute raison. Il n'était pas le bon candidat pour elle, parce qu'elle avait besoin de certitude, de stabilité. Mais que ferait-il si elle tombait amoureuse d'un autre homme ? Prétendrait-il que tout allait bien, parce qu'il était le bon ami de service ?

Non, cette idée ne lui disait rien du tout.

Il emplit deux verres de vin et les porta dehors, avec une couverture et des coussins. Puis ils s'assirent l'un près de l'autre, regardant dans le noir et écoutant les bruits de la nuit.

Soudain, Lexi frissonna et resserra la couverture autour d'elle.

— Il fait frais.

— Tu veux rentrer ?

— Non, je suis bien, ici.

Elle se pencha vers Jono et posa la tête sur sa poitrine. Il passa un bras sur ses épaules, la joue appuyée sur ses cheveux. Et ce moment était si parfait, si juste, qu'il eut envie de lui parler de sa mère, ce qu'il ne faisait jamais.

— Ma mère était formidable.

Elle tourna légèrement la tête, l'air interrogateur. Il lui sourit.

— C'est bon. Je veux que tu la connaisses.

— Merci.

Elle se réinstalla contre lui.

— Elle était jolie, drôle, attentionnée… Elle me disait toujours qu'elle était très fière de moi et me félicitait pour ce que je réussissais. Je pense qu'elle essayait de compenser le désintérêt de mon père. Mais elle était très seule. Elle était timide et réservée, et ne se faisait pas facilement des amies. Elle appréhendait de se mêler à des groupes et détestait être le centre de l'attention.

Il sentit Lexi rire doucement sur sa poitrine.

— Tu es sûr d'être son fils ?

— Je sais. Je ressemble probablement plus à mon père que je ne le voudrais.

Cette idée lui pesait lourdement.

— Nous héritons des traits de nos deux parents, Jono, ainsi que de nos ancêtres. Et nous avons notre propre singularité, aussi.

— Je suppose. Et ma mère était certainement unique en son genre. Mais mon père la faisait beaucoup souffrir, et elle n'avait personne à qui se confier. Au début, elle se mettait en colère, puis au bout d'un certain temps elle a paru se résigner à son inconduite. Je pense qu'elle se sentait coincée, nous vivions en Allemagne, dans une base militaire, et nous dépendions de son argent. Mais curieusement, plus mon père était absent, plus nous étions heureux. Finalement, elle a trouvé le courage de le quitter et nous nous sommes rapprochés de sa sœur, à Nottingham. Nous sommes restés seuls pendant huit ans, environ. Puis, alors que j'étais en terminale, on lui a diagnostiqué un cancer des ovaires très avancé.

— Oh ! mon Dieu, Jono, dit Lexi en portant une main à sa bouche.

— Elle est morte quelques jours après mes résultats au bac. J'ai toujours pensé qu'elle avait tenu bon pour être rassurée sur mon avenir. Elle avait quarante-deux ans.

— Plus jeune que moi. Oh ! je suis tellement désolée.

Des larmes brillèrent dans ses yeux. Elle fronça les sourcils.

— Mais si elle a été malade durant ton année de terminale, il a dû être très dur pour toi de te préparer à entrer à Oxford.

— J'ai beaucoup travaillé pour elle. Elle était tout ce que j'avais.

— Elle serait si fière de toi, aujourd'hui. Je suis triste qu'elle ne puisse pas voir l'homme que tu es devenu.

— Merci.

— Et je regrette que ton père n'ait pas été un homme meilleur.

— Moi aussi. Quand nous avons déménagé, je l'ai vu de moins en moins. Après la mort de ma mère, ses visites ont cessé, parce qu'elle n'était plus là pour les organiser.

— Tu as eu des débuts chaotiques, Jono.

— C'est le passé. J'ai une bonne vie, maintenant.

Il ne s'en était pas rendu compte, mais pendant qu'il parlait Lexi avait changé de position. Elle était face à lui, les pieds glissés sous sa cuisse, une main sur son bras.

Il avait vivement conscience de sa présence, du contact léger de ses doigts, de la chaleur qui émanait d'elle. Ses cheveux qui séchaient bouclaient autour de son visage.

— Oui, tu t'en es bien sorti.

Il prit une mèche entre ses doigts, capturant son regard.

— Seulement bien ?

— Mieux que bien.

Elle lui prit la main, caressa l'intérieur de son poignet, puis remonta le long de son bras, lui donnant des frissons de désir. Quand ses doigts atteignirent sa mâchoire, il était dur et brûlant. Elle sourit en effleurant sa joue, son regard parcourant son visage, puis s'arrêtant sur ses yeux bleus.

— Je dirais même que vous êtes sacrément étonnant, docteur Neale.

La façon dont elle le regardait le troublait profondément, mais il ne voulait pas en tirer de conclusions erronées.

— Est-ce que tu as trop bu ?

Elle secoua la tête, ouvrant de grands yeux.

— C'est mon premier verre. Je n'ai pas bu de la soirée, pour le cas où j'aurais dû raccompagner quelqu'un.

Jono posa les doigts sur son poignet et arrêta ses caresses.

— Alors il faut que tu penses aux conséquences de tes gestes. Je fais de mon mieux pour respecter notre promesse, mais tu me tues, en me touchant de cette façon.

— Notre promesse. Oui.

Elle l'étudia un instant.

— J'y crois toujours.

— Que nous sommes amis ?

— Nous le sommes.

Elle lui caressa la joue.

— Nous sommes d'abord amis. Toujours. Et je suis si heureuse de t'avoir dans ma vie. Tu es mon meilleur ami. Je peux tout te dire. Enfin… presque tout.

— Tu vois ? Cette… attirance nous a changés. Autrefois, tu m'aurais absolument tout dit. Maintenant, tu gardes des choses pour toi.

Il ferma les yeux et compta jusqu'à dix, essayant de se ressaisir. Mais il n'avait conscience que du souffle altéré de Lexi, de la chaleur de sa main. Lorsqu'il rouvrit les paupières, elle le regardait toujours, les lèvres légèrement entrouvertes.

— Je garde des choses pour moi. Oui.

Elle déglutit et il observa le mouvement de sa gorge, captivé.

— Et ça me tue aussi.

— Dis-moi ce que tu penses.

Il passa les doigts sur la ligne de sa mâchoire, sur son cou, souhaitant pouvoir y poser sa bouche.

Le sourire de Lexi s'élargit, coquin.

— Tu ne veux sûrement pas savoir ce que j'ai dans la tête.

— Bon sang, si tu ne peux pas me le dire, alors écris-le-moi, Lexi. J'attendrai. Dis-moi ce que tu veux, ce que tu ressens, de la façon que tu pourras. Une chose que j'ai apprise avec mon père, c'est que l'on doit dire ce que l'on éprouve avant qu'il soit trop tard. Ne sois pas celle qui aura des regrets en regardant en arrière. Sois celle qui dira : « J'ai bien fait. »

— Je ne veux pas gâcher les choses entre nous.

— Je sais. Moi non plus. Mais crois-moi, ce baiser sur la plage n'a rien gâché pour moi. Au contraire.

— Oui, mais tu… tu as l'habitude d'embrasser et d'oublier, alors que moi, quand j'embrasse, ça me poursuit et me rend folle.

— C'est compréhensible. C'était un bon baiser. Un baiser que je n'oublierai jamais.

Il lui caressa les cheveux.

— J'ai changé, Lexi. Et franchement, j'ai eu envie de

t'embrasser dès que je t'ai vue sur ce quai de gare. Je ne pouvais penser qu'à ça.

Elle lui sourit.

— Oui, tu as vraiment changé. Mais c'était la première fois que je prenais ce genre de risque depuis très longtemps. Hormis Ross, tu es le seul homme que j'aie embrassé en plus de vingt ans. Ce n'était pas rien pour moi.

— Pour moi non plus.

Il lui releva le menton pour pouvoir la regarder droit dans les yeux. Il n'avait aucune idée de ce que l'avenir leur réservait, mais il pouvait lui donner ceci. Partager ceci.

— Lexi, j'ai envie de toi. J'en ai assez de prétendre le contraire. J'en ai assez de détourner les yeux pour ne pas te regarder quand tu viens de courir ou de prendre une douche. Je suis las de ne pas pouvoir te dire combien tu es incroyable, à quel point ta beauté me touche. Las de ne pas pouvoir te prendre sur mes genoux et te tenir contre moi à la fin de la journée.

Elle le dévisageait, la bouche entrouverte, les yeux langoureux. Elle tremblait. Son expression coupa le souffle de Jono. Elle le désirait.

Puis elle bougea. Elle se glissa sur ses genoux, enfourcha ses jambes, son visage près du sien.

— Comme ça ?

— Oui, comme ça.

Il posa ses paumes sur sa taille, le tissu de sa robe remonté entre eux, et caressa ses côtes de ses pouces. Si elle se rapprochait, elle s'assiérait sur son érection et sapristi, ce serait si bon. Mais il savait qu'il devait attendre.

Elle se pencha sur lui et plaça sa joue contre la sienne.

— Je veux t'embrasser de nouveau, Jono, murmura-t-elle. Je sais que c'est une idée folle, après ce dont nous sommes convenus, mais je ne peux pas me la sortir de la tête. Tous les jours, je regarde ta bouche et j'ai envie…

Elle pressa ses lèvres sur les siennes.

— De faire ça.

Puis elle passa sa langue sur sa lèvre inférieure.

— Et ça.

Il tint bon. Regretterait-elle ses actions le lendemain ? Et lui ?

Jamais. Quoi qu'il advienne, il était définitivement dans le camp de ceux qui disaient : « Je suis content que ce soit arrivé. »

Il prit son visage entre ses mains et fit glisser sa bouche sur la sienne, habité par tout le besoin et le désir qu'il avait refrenés pendant deux longues semaines.

— Jono…

La voix de Lexi était rauque, ardente.

— Oh ! mon Dieu, Jono.

11.

Ce fut un baiser fiévreux, incontrôlé. Lexi éprouvait un plaisir fou à sentir la caresse des doigts de Jono sur ses cuisses nues, sa bouche brûlante sur la sienne, leurs langues qui se mêlaient. Avec un grognement avide, il approfondit le baiser, une main sous sa robe, maintenant. Elle arqua le dos tandis que ses doigts remontaient vers sa poitrine nue, et lorsqu'il toucha la pointe dressée de ses seins, elle gémit.

— C'est tellement bon…

— Il est tellement bon de te toucher, dit-il contre sa bouche, avant de faire passer son pull et sa robe par-dessus sa tête, puis de les jeter par terre.

Elle se félicita d'avoir un jardin enclos d'un mur qui les protégeait des regards des voisins.

Jono se mit à sucer ses mamelons et elle ferma les yeux, en proie à un besoin intense d'aller plus loin. Elle bougea sur ses genoux, et son sexe vibrant de désir rencontra l'érection de Jono. Juste ciel… Il était si dur, si grand.

Son cœur tambourinait contre ses côtes. Serait-elle à la hauteur ? Il lui traversa l'esprit que ceci mettrait peut-être fin à leur amitié, à moins que cela ne la renforce. Et Jono, qui savait qu'elle ne pouvait pas avoir d'enfants, ne voulait sûrement qu'une aventure sans lendemain. Ils n'avaient donc, ni l'un ni l'autre, aucune attente particulière…

Se cherchait-elle des excuses pour passer une nuit coquine avec lui ? Tout ce qu'elle savait, c'était qu'elle ne voulait pas qu'ils s'arrêtent.

Toutefois, elle nourrissait une certaine appréhension. Ross lui avait volé son estime d'elle-même, sa confiance en son pouvoir sexuel. Certes, elle s'était reconstruite et avait conscience de sa valeur en tant que médecin et personne, mais quelle partenaire serait-elle, au lit ? Les dernières fois où cela lui était arrivé, elle ne faisait l'amour que pour tomber enceinte…

Au secours !

Jono passa son pouce sur sa lèvre inférieure et la regarda, les yeux lourds de désir.

— Qu'est-ce qui ne va pas ?

— Rien. Tout va très bien.

— Je te connais, Lexi. Et je vois sur ton visage que quelque chose t'inquiète.

Formidable. Je vais tout gâcher.

— As-tu un préservatif ? demanda-t-elle.

— Dans ma chambre. Je suppose que tu n'en as pas dans les poches de ta robe ?

Une onde de chaleur, intense, l'envahit. Ainsi, ils allaient bien faire ça…

— Non. Je n'ai pas fait l'amour depuis des années. Et je ne pensais pas que cela m'arriverait de nouveau.

— Ce serait bien dommage.

Il lui releva le menton et l'embrassa de nouveau.

— Je pense que tu devrais beaucoup faire l'amour, Lexi Fisher. Beaucoup, beaucoup. Avec moi.

Il l'embrassa encore, plein de maîtrise et de confiance en lui. Et elle se laissa faire. Il embrassait si bien… Elle n'aurait pas cru qu'elle pourrait ressentir des choses encore plus fortes pour lui, mais les émotions étaient là, vives et bien présentes. Elles la tenaient sous leur emprise. *Jono* la tenait sous son emprise. Il était dangereux de se laisser emporter ainsi par quelqu'un, mais elle n'en avait cure. Elle voulait encore plus de lui.

Elle se pressa contre lui, peau nue contre peau nue. Elle passa ses paumes sur ses épaules, sur son torse musclé. Lui, caressait son ventre. Il effleura sa petite culotte, puis la lui enleva et fit glisser ses doigts jusqu'à son sexe. Avec un grognement de désir, il les enfouit en elle.

Elle se sentit se resserrer autour de lui pendant qu'il l'embrassait avec plus d'ardeur encore. Tant d'ardeur qu'elle faillit jouir. Mais elle se ressaisit et voulut défaire sa ceinture.

Il secoua la tête.

— Non, Lexi. Je veux ne m'occuper que de toi.

— Et le préservatif ?

— Nous sommes encore loin d'en avoir besoin.

Elle enfouit son visage dans son cou, devenant soudain toute molle.

— Oh ! Jono. Je suis désolée. Je ne suis tellement pas prête pour ça.

Il glissa de nouveau sa main entre ses jambes.

— Moi, je dirais que tu es tout à fait prête. Veux-tu monter dans ta chambre ?

Elle leva les yeux vers la lune, les étoiles, le ciel d'un noir d'encre.

— Je pense que ce serait spécial de rester dehors.

Il rit.

— Vraiment ?

— La nuit est si belle.

— Tu es sûre ? L'herbe est mouillée, les transats sont trop étroits, il fait froid et je suis sûr qu'il va se remettre à pleuvoir.

Elle gloussa et appuya son front contre le sien.

— Je ne pensais pas que nous parlerions du temps en un moment pareil. Mais c'est bien. C'est tellement… nous.

En cet instant, de grosses gouttes d'eau leur tombèrent dessus.

— Et voilà, il pleut.

— Bon, c'est réglé. Nous montons.

Jono l'écarta, se leva, puis passa un bras sous ses cuisses et la souleva. Il la porta jusqu'au premier, dans sa chambre à lui. Là, il la déposa sur le lit et s'allongea sur elle, ses yeux bleus brillants d'un désir intense.

— Tu veux qu'on aille vite, ou non ? Dis-moi ce que tu souhaites. Je suis tout à toi.

— J'ai envie de savourer chaque instant. Et tu avais raison. Il fait plus chaud ici.

— Lexi ! la gronda-t-il, amusé et agacé.

Elle élevait encore des barrières, sans pouvoir s'en empêcher. Si ça ne marchait pas entre eux ? Si elle était horriblement mauvaise ?

— Je suis nerveuse, Jono.

Il s'allongea à côté d'elle, appuyé sur un coude, et prit sa joue dans sa main. Son regard était calme, compréhensif.

— Je sais.

— Et tu es si sûr de toi.

— Crois-tu ? Je meurs d'envie de t'embrasser partout, d'être profondément en toi, de te serrer contre moi. Mais tu sais quoi ? Je sais que je suis le premier à te faire l'amour depuis ton mari, que tu as aimé. Alors tu ne penses pas que je puisse être un peu anxieux, aussi ?

Il lui tapota le bout du nez.

— Mais j'ai confiance dans ce que j'éprouve pour toi et je suis certain que ce sera magnifique.

Il se pencha et l'embrassa à lui en faire perdre la tête. Ses membres étaient aussi flageolants que de la gelée, ses entrailles étaient crispées par le besoin. Elle le voulait en elle. *Oh oui.*

Mais alors il s'écarta d'elle pour la dévisager. La panique l'envahit.

— Tu as changé d'avis ?

— Non. Mais je veux inscrire cet instant dans ma mémoire. Toi et moi. *Nous.* Nus dans un lit. Faisant ceci.

— C'est un désastre. Nous parlons trop, c'est peut-être un signe…

Il posa un doigt sur ses lèvres.

— Chut. Il n'y a pas de protocole à respecter, ça n'a pas besoin d'être comme dans les livres ou dans les films. C'est toi et moi, c'est tout. J'aime que nous nous amusions et que nous parlions. Je suis content aussi que nous ayons assez d'expérience sexuelle pour ne pas nous attendre à décrocher les étoiles. Encore que… tiens-toi bien, bébé. Cela pourrait t'arriver.

— Oh ! j'ai affaire au docteur Modeste ? Tu es vraiment si doué ? demanda-t-elle en riant.

— Laisse-moi une chance de te le démontrer.

Il fit glisser un doigt le long de son nez, de son menton, de sa gorge et de sa poitrine, titillant la pointe de ses seins sans la quitter des yeux.

— Pour moi, ça ne pourrait pas être plus parfait. Tu ne pourrais pas être plus parfaite. Parce que tu es Lexi dans toute ta splendeur, et que j'aime ce que tu es.

Le corps de Lexi la picota sous l'effet d'une intense chaleur.

— Waouh. Tu sais dire ce qu'il faut.

— C'est la vérité. Tu es tout pour moi, Lexi. Nous parlons, nous rions, nous tenons l'un à l'autre, nous nous soucions l'un de l'autre. Et maintenant, nous pouvons être vulnérables tout en sachant que tout ira bien.

Ce qui était sûr, c'était qu'elle n'avait pas envie d'être là avec quelqu'un d'autre que lui. Il était son alter ego.

Sa poitrine s'emplit de chaleur et elle prit sa joue dans sa main.

— Pour être honnête, je suis surprise, Jono. En bien. Je ne m'attendais pas à voir ce côté de toi.

— Moi non plus.

Il rit et baissa la tête pour sucer un mamelon, ce qui la fit frissonner de plaisir.

— Je ne m'attendais pas à ceci, Lexi. C'est incroyable. Il y a tant de choses que j'ai envie de te faire, de faire avec toi.

Elle le croyait. Elle savait qu'il la trouvait attirante. Mais à cause de Ross, elle doutait de ce qu'elle pouvait offrir à quelqu'un. Soudain, elle eut besoin de prévenir Jono qu'elle n'était pas aussi parfaite que ce qu'il pensait.

Elle posa une main sur son épaule.

— Je ne suis pas… toute jeune, tu sais.

— Pour l'amour du ciel ! Crois-moi, ton corps est la plus belle chose sur laquelle j'aie jamais posé les yeux. Mais même si tu étais moins belle, je serais toujours là, en train de faire ça, parce que c'est *toi* qui m'excites. Toi tout entière, pas seulement ton corps. Tu as vécu, tu as souffert plus que beaucoup et j'en suis désolé. Mais tout ce que tu as traversé a fait de toi cette personne extraordinaire qui me plaît tant, que j'ai envie d'embrasser, à qui j'ai envie de faire l'amour. Avec qui je veux me réveiller demain matin.

Submergée par un flot d'émotions, elle enfouit son visage dans son torse. Elle n'aurait jamais cru qu'elle pourrait refaire ça avec quelqu'un.

— D'accord, tu peux arrêter les compliments, maintenant. Je suis fabuleuse et hyper-sexy.

— À cent pour cent. Et pour tout te dire, je n'ai jamais fait une déclaration aussi bêtement sentimentale, mais j'en ai pensé chaque mot.

Il fit une petite grimace mi-amusée, mi-embarrassée. Puis il redevint sérieux, il la prit dans ses bras et le feu d'artifice commença.

12.

Lexi était nerveuse. Eh bien, il l'était aussi, car ce n'était pas une mince affaire pour lui. Elle était sa meilleure amie. Ce qui allait se passer était important. Il ne doutait pas que tout irait bien, car leurs corps savaient exactement quoi faire, mais il voulait que ce soit parfait *pour elle.*

Elle mettait sa confiance en lui et c'était un sacré honneur.

Elle était si délicieuse, si précieuse, qu'il ne pouvait penser qu'à s'enfouir en elle. Tandis qu'ils s'embrassaient, un gémissement rauque monta de la gorge de Lexi et il la sentit se presser contre lui. Soudain, sa nervosité disparut et ses baisers se firent avides, effrénés.

Jono s'arracha à sa bouche pour embrasser son corps magnifique. Il lécha la pointe de ses seins et elle gémit de plus belle.

— Oh ! mon Dieu, Jono.

Sa voix altérée par le plaisir lui donna envie de descendre plus bas, mais elle le ramena à elle.

— Il faut que je t'embrasse. Je ne peux pas m'arrêter de t'embrasser.

Sa bouche était si brûlante, ses baisers si mouillés qu'il avait envie de se noyer en elle. Sans détacher ses lèvres des siennes, il fit descendre une main sur son ventre et glissa les doigts dans son sexe. Il faillit jouir. Elle était si chaude, si moite, et ses baisers ardents l'excitaient tellement. Il n'avait jamais été si raide de désir, si désespéré de posséder une femme. Mais il voulait d'abord lui donner le plaisir qu'elle méritait. Puis il vit son sourire ivre de volupté et se demanda s'il allait pouvoir attendre.

Il s'adapta au rythme glouton de ses hanches, ses doigts allant et venant en elle de plus en plus vite, de plus en plus fort. Il ne s'agissait plus de finesse, là. Juste de besoin.

— Ça te plaît ? demanda-t-il, la gorge nouée. Dis-moi ce que tu veux, Lexi.

— Plus vite.

Elle souleva ses hanches et il accentua encore son rythme, contemplant son beau visage aux paupières crispées dans la quête du plaisir.

— Oh ! mon Dieu. Que c'est bon…, chuchota-t-elle.

Et soudain, ses muscles se resserrèrent autour de ses doigts. Elle s'agrippa à ses épaules.

— Oh ! Jono !

Il la regarda jouir, sa tête partant en arrière, son corps agité de soubresauts contre le sien. Elle s'accrochait à lui, moite de sueur, le souffle court. Et il la buvait des yeux, émerveillé, se demandant comment son ex-mari avait pu la quitter. Il était sûr qu'aucune femme au monde ne pouvait la surpasser. Elle avait tout pour elle. Sapristi, elle était tout ce qu'il avait toujours voulu.

Mais qu'est-ce que ceci représentait pour elle ? Un moyen d'oublier son ex ? De regagner sa confiance en elle, d'un point de vue sexuel ?

La tête lui tournant de désir, il la serra contre lui, en proie à une foule d'émotions dont elle était le centre.

Au bout d'un moment, elle blottit sa tête dans son cou et soupira, encore haletante.

— J'ai eu l'impression de quitter la terre.

Il écarta ses cheveux de son visage humide.

— Tu es tellement sexy, quand tu jouis. Tu as quelque chose de farouche et de fort.

Elle eut un petit rire et abaissa la main sur son érection, à travers son short.

— Maintenant, je veux te voir, toi.

— D'accord.

Avec un grognement, il captura sa lèvre inférieure entre ses dents. Elle le débarrassa de son short et de son boxer, puis le prit dans sa main.

— Bonté divine, ce que c'est bon…, dit-il d'une voix rauque.

Elle se mit à le caresser de haut en bas, lui procurant un plaisir indicible. Il ferma les yeux. D'un côté il ne voulait pas qu'elle s'arrête, mais de l'autre il ne voulait pas jouir avant d'avoir été en elle. Finalement, elle cessa son mouvement et il ouvrit les yeux pour la regarder. Elle souriait d'un air coquin.

— Jonathan Neale, tu es magnifique.

— Lexi.

Il immobilisa sa main et se pencha vers la table de chevet pour prendre un préservatif, qu'il enfila.

— Je n'arrive pas à croire qu'on en soit là, murmura-t-elle, mais j'en suis joliment contente.

Elle l'attira à elle pour l'embrasser, lui griffant le dos de ses ongles. Il s'arqua contre elle, puis il pénétra lentement en elle, s'arrêtant, lui laissant le temps de s'adapter à la taille de son sexe. Mais elle gémit et se resserra autour de lui.

— Je ne vais pas me briser, tu sais !

— Je ne veux pas te faire mal.

Et surtout, il ne voulait pas aller trop vite. Il était sur le point d'arriver à l'orgasme. Sa vision était emplie du beau corps nu de Lexi, de ses cheveux sombres déployés sur l'oreiller blanc, il respirait l'odeur musquée de son sexe. Il lui releva les bras, les immobilisa au-dessus de sa tête et s'allongea sur elle. Il voulait s'imprégner d'elle.

Elle émit de petits cris alors qu'il plongeait en elle, encore et encore.

— Je ne me suis… jamais sentie… aussi bien de ma vie.

Il rit.

— Attends l'apothéose.

Il donna de nouveaux assauts, s'adaptant à son rythme, transporté d'être enfin en elle et ne parvenant pas tout à fait à croire à sa chance. Il reprit sa bouche, l'embrassant tandis qu'elle gémissait et l'implorait de continuer. Il eut tôt fait de se perdre en elle, comblé de lui donner tant de plaisir. Lorsqu'elle cria son nom, au comble de la volupté, il se laissa enfin aller et explosa en une myriade de particules, prononçant son nom dans un souffle.

— Lexi, Lexi, Lexi.

Puis il la serra très fort contre lui, ses cheveux dans les yeux, son odeur sur sa peau. Lexi Fisher, logée profondément dans son cœur.

— Tu avais tort. Bien tort.

Allongée sur le dos, Lexi essayait en riant de reprendre son souffle. Qui eût cru que le sexe pouvait être aussi intense, aussi magnifique, et en même temps aussi amusant ?

— J'ai vu des étoiles et des feux d'artifice. Et c'était encore mieux que dans les livres et dans les films.

— Je sais. Je ne croyais pas à tout ça… jusqu'à maintenant.

Il rit doucement et passa un bras sur sa taille, se lovant contre elle.

C'était totalement incroyable, songea-t-elle. Qu'ils puissent être à la fois amis et amants. Qu'ils soient à ce point en symbiose. Que ceci ne fasse que renforcer encore leur amitié d'une façon qu'elle n'aurait pas imaginée.

Jono était un miracle. Ceci était un miracle.

— Tu dors ?

Le souffle de Jono caressa ses omoplates et elle en eut la chair de poule. Elle ne voulait pas dormir. Elle voulait rester éveillée et s'enchanter encore de ce qui venait d'arriver.

— Non. Je pensais à toi, à tout ce que tu as vécu de difficile. C'est un miracle que tu sois devenu celui que tu es, après la façon dont ton père t'a traité.

— Ne gâche pas une nuit magnifique avec ça. Moi, je pensais à tout autre chose.

Il lui caressa un sein.

— Déjà ? s'exclama-t-elle.

Elle se retourna vers lui, nez contre nez, bouche contre bouche. Elle l'embrassa et entendit son grognement sensuel, tandis qu'il passait lentement les doigts sur son ventre.

— Tu es vraiment phénoménal.

— Que veux-tu que je te dise ? J'aime profiter de toutes les occasions.

Il taquina ses mamelons et le feu du désir se ralluma dans le ventre de Lexi.

— Maintenant que nous en sommes arrivés là, je ne peux pas m'empêcher de te toucher.

Elle pensa à Ross, qui après l'amour lui tournait le dos et s'endormait. Les derniers temps, en tout cas. Mais elle devait cesser de faire des comparaisons. Car en vérité, qui pouvait se comparer à Jono ?

Il l'attira contre lui et l'embrassa longuement et lentement, d'une façon tellement sexy. Puis il s'écarta pour la regarder intensément.

— Merci de m'avoir fait confiance. Je sais à quel point Ross t'a blessée, et que ceci est un grand pas pour toi.

Elle posa une main sur son torse.

— Pendant longtemps, je n'ai plus pu faire confiance à personne, avoua-t-elle. Mais cela revient, peu à peu. Et je veux te faire confiance.

— Tu le peux. Je ne te ferai jamais de mal, Lexi.

— Je sais que tu ne le veux pas, et je ne veux pas non plus t'en faire. Mais nous ne savons pas ce qui nous attend. Quand j'ai prononcé les vœux de mon mariage, j'y croyais dur comme fer, et regarde comment cela a tourné.

Il fronça les sourcils.

— Ce n'est pas ta faute.

— En partie, si. J'étais devenue obsédée par mes règles, mes hormones, les rendez-vous à l'hôpital. Nous n'étions plus heureux ensemble. Et quand il a eu cette liaison, ce qui m'a détruite, surtout, c'est que sa petite amie était enceinte. Je ne pouvais pas lutter contre ça.

— Vous vous étiez peut-être lassés l'un de l'autre, tout simplement. Les gens changent, avec le temps.

— Peut-être…

Il lui frotta le dos, gentiment. Elle se sentit mieux de lui avoir fait cette confidence. C'était la dernière fois qu'elle en parlerait, se promit-elle. Elle avait l'impression de pouvoir enfin respirer librement, après des années d'oppression.

— Avec le recul, reprit-elle, je n'aurais peut-être pas dû racheter cette maison à Ross. Il aurait mieux valu que nous la vendions et que je prenne un nouveau départ.

— Non, tu as bien fait de la garder. Elle est formidable. Proche du travail et des commerces, et en même temps on a l'impression d'être à la campagne. C'est le genre de maison que j'aurais choisie. On s'y sent bien. Et j'aime ce que tu as fait de cette pièce.

Il désigna les rideaux gris et safran, le papier peint avec des motifs orangés assortis aux meubles.

— Elle est claire et gaie.

Elle aurait dû être égayée par les gazouillis d'un bébé, par le rire d'un petit enfant.

S'ils avaient réussi dès le début, leur enfant aurait dix ans, maintenant. Une boule se forma dans sa gorge. Elle devait cesser de ramener le passé dans le présent.

— Je suis contente qu'elle te plaise.

— Je me plais beaucoup ici, mais tu en as probablement assez de m'avoir dans tes jambes.

Que voulait-il dire ? Qu'il souhaitait partir, ou qu'il voulait rester ?

— Tu as cherché quelque chose, déjà ?

Il haussa les épaules.

— Je n'ai pas eu le temps. Mais je vais regarder demain.

Après ce qu'ils venaient de faire, elle pensa qu'elle n'aurait pas la force de voir un autre homme quitter la maison. Seulement leur arrangement était temporaire, elle le savait. Il ne servait à rien d'espérer ou de souhaiter autre chose. Elle devait accepter l'idée qu'il s'en aille, à un moment donné. Mais elle préserverait toujours une partie de son cœur, qui resterait intouchable, car elle ne voulait plus se laisser blesser. Jamais.

— Rien ne presse, dit-elle. Tu peux rester aussi longtemps que tu voudras.

— Merci. J'aime être ici.

Il appuya son front contre le sien, posa un baiser sur son nez, puis glissa une main entre ses jambes.

— Et encore plus ici.

— Moi aussi, j'aime que tu sois là.

Elle rit. Comment pouvait-elle résister ?

Il l'embrassa à pleine bouche et elle oublia le passé. Seuls comptaient cet homme étonnant, ce moment tendre. Cette chance qui leur avait été donnée.

Elle s'écarta et plongea les yeux dans les siens. Elle songea à son rire. Elle adorait son rire et l'effronterie malicieuse avec laquelle il faisait la conquête de tout le monde. Mais il l'avait conquise elle, en particulier. Complètement. Cœur et âme.

Il était tellement plus que ce qu'elle avait imaginé. Il croyait en elle. Il la faisait se sentir protégée, soutenue. Il la faisait se sentir belle.

Elle était en train de tomber profondément dans… quelque chose. Quelque chose qu'elle refusait de nommer, parce qu'elle ne pourrait jamais être la femme qu'il souhaitait : la mère de ses enfants. Et ce qui était sûr, c'était qu'elle ne pouvait pas lui laisser voir à quel point elle tenait à lui.

Mais juste pour cette nuit, elle n'allait pas se retenir de tomber. Des larmes lui piquant les yeux, la gorge rêche, elle lui caressa la joue.

— Merci.

— Non.

Il lui prit la main et embrassa les articulations de ses doigts, le regard brûlant et doux à la fois.

— Non quoi ? demanda-t-elle, perplexe.

— Ne me remercie de rien. Tu n'as pas idée de l'importance que ceci a pour moi, aussi.

Il l'attira à lui et l'embrassa encore. Elle sentait son érection et se pressa contre lui, désirant l'avoir de nouveau en elle. Il lui donna rapidement satisfaction, et cette fois ce fut en même temps lent et merveilleux. Lorsqu'ils basculèrent ensemble dans l'orgasme, elle sut – malgré ce dont elle avait essayé de se convaincre plus tôt – qu'elle ne voulait pas qu'il parte. Jamais. Elle voulait s'endormir dans ses bras chaque soir, se réveiller contre lui chaque matin.

Pour toujours.

Son meilleur ami. Son amant.

Si seulement nous pouvions rester ainsi éternellement, dans les bras l'un de l'autre.

Une idée folle, une idée romantique, mais elle ne pouvait empêcher ses pensées d'aller vers ce genre d'espoir. Seulement tout était brouillé, à présent, sans contours définis, et son cœur se contracta à ce constat. Elle avait été si excitée par les baisers de Jono, si avide de l'avoir en elle, qu'elle était passée sur toutes les raisons pour lesquelles ils n'auraient pas dû faire ça.

— Hé, il est bien plus de minuit, dit-il, son souffle effleurant sa joue. Nous sommes déjà demain. Est-ce que ce nouveau jour peut marquer notre nouveau début ?

Elle s'étira, posant ses chevilles sur les siennes.

— Oui, répondit-elle. Je veux bien commencer ainsi.

Mais le lendemain ? Les jours suivants ? Le mois prochain ? Combien de temps encore avant qu'il disparaisse dans une autre maison ? Dans un autre pays ? Dans un endroit où il essaierait de planter des racines ? Avec une autre femme, comme Ross ? Pour fonder la seule chose qu'elle ne pouvait pas lui donner.

Une famille.

13.

Lexi regarda le petit garçon de quatre ans assis sur les genoux de Chantelle, au bureau des infirmières. Des larmes coulaient sur ses joues rebondies et elle sentit fondre son cœur.

— Bonjour, Enofe. Tu es de retour ? Nous te manquions ?

Chantelle passa la main sur les cheveux courts de l'enfant.

— Je crois qu'Enofe aime bien être avec nous. Pas vrai, mon grand ?

Il les regarda de ses grands yeux bruns et hocha la tête.

Elles savaient bien qu'il n'avait aucune envie de revenir à l'hôpital, avec les examens qu'on lui faisait, les règles strictes qu'on lui imposait pour ce qu'il pouvait boire ou manger. Il aurait sûrement préféré jouer au ballon dans son jardin.

La surveillante s'adressa à Lexi :

— Il a été admis hier soir pour une rechute de son syndrome néphrétique. Le Dr Calder l'a mis sous stéroïdes, avec un régime sans sel, et nous surveillons le niveau de ses fluides. Je dirais qu'il a un peu meilleur moral qu'à son arrivée, mais il n'est pas très heureux de son sort.

— Je ne l'en blâme pas.

Lexi considéra l'enfant avec sympathie. Son corps était enflé à cause de la rétention d'eau, et sa peau devait lui faire mal. Il avait sans doute aussi des nausées, des vertiges, et ne devait pas se sentir bien.

— Tu te sens patraque ? demanda-t-elle.

Enofe hocha la tête et essuya ses larmes de ses poings.

— Bon. Je vais consulter son dossier, dit-elle. Sa maman est par là ? Elle est enceinte, non ?

— Ah ! fit la surveillante. Pire que ça. Elle est entrée prématurément en travail et elle est en bas, à la maternité. Le papa est au Nigeria pour ses affaires, mais il essaie de rentrer au plus vite. Et la mamie vient de Londres en train, mais elle n'est pas encore arrivée. Alors il est tout seul, le pauvre petit. J'essaie de faire des papiers, mais il a besoin de quelqu'un avec qui bavarder.

Lexi se pencha au niveau de l'enfant.

— Mon pauvre…

Il enfouit son visage dans sa blouse et elle craqua.

— Viens là.

Il lui passa les bras autour du cou, se serrant contre elle. Elle lui caressa le dos un moment, puis se releva. Elle avait mille choses à faire, pour lui et pour ses autres petits patients. Mais elle ne pouvait pas le laisser tout seul. Elle regarda autour d'elle : ses collègues étaient occupés. Bon, eh bien elle finirait plus tard ce soir-là, voilà tout.

Enofe leva les bras pour qu'elle le prenne. Elle le souleva, prenant garde à ne pas déloger le cathéter attaché à son poignet potelé.

— Allons dans le coin des jouets, dit-elle.

Elle commençait à traverser la salle, quand elle entendit quelqu'un l'appeler. Et pas n'importe qui : Jono. Son cœur tressauta au son de sa voix.

— Hé, Lexi !

Elle se tourna et le découvrit souriant, l'air heureux. Tout son corps réagit. Ils avaient passé six merveilleuses nuits ensemble et elle ne s'était jamais sentie aussi comblée, même si elle manquait de sommeil. Quand son regard croisa le sien, elle oublia un instant le reste du monde. Personne n'était aussi vibrant, aussi parfait que Jono Neale.

— Salut.

Il s'approcha à grands pas et passa gentiment un doigt sur le poignet du petit garçon.

— Qui avons-nous là ?

— Enofe. Il est ici pour soigner ses reins. Il est né avec un syndrome néphrétique congénital.

Elle tourna la tête vers l'enfant.

— Voici le docteur Jono. C'est un ami à moi.

Elle releva les yeux vers Jono, et son expression attentive et affectueuse lui coupa le souffle. Elle eut du mal à ne pas l'embrasser.

Ce qu'elle ressentait pour lui était indescriptible. Un mélange de satisfaction et d'aspiration. Un besoin avide d'être avec lui, et en même temps un calme profond à la pensée qu'il était dans sa vie. Comme si son corps soupirait « Il est là ! » chaque fois qu'elle posait les yeux sur lui.

Presque indescriptible, corrigea-t-elle, car elle savait bien ce que c'était. Elle ne pouvait plus l'ignorer.

Elle l'aimait.

Certes, elle l'avait toujours aimé, comme ami. Mais maintenant elle l'aimait *d'amour*. Profondément. Totalement.

Le genre d'amour qui la faisait flageoler de désir, qui la rendait farouchement désireuse de protéger Jono contre son père, qui lui faisait détester l'idée de lui avec une autre femme. Au diable le rabattage !

Un amour qui la pénétrait jusqu'à la moelle des os, qui lui tordait le cœur, qui avait de quoi changer sa vie.

Et qui bousculait sérieusement son monde, qui l'ébranlait au point de le faire chavirer. Un rejet de la part de Jono la blesserait terriblement. Elle ne supportait pas l'idée qu'il puisse ne pas être dans sa vie.

La panique s'empara d'elle.

Inconscient de la tempête qui l'agitait, Jono fit un clin d'œil à Enofe.

— Ravi de vous rencontrer, monsieur Enofe.

Le petit garçon sourit, le regardant avec adoration. Est-ce qu'elle le regardait ainsi ? se demanda Lexi. Son adoration était-elle aussi évidente ? Pour lui et pour les autres ?

Elle se ressaisit pour expliquer la situation à Jono, terminant en disant qu'elle allait jouer un moment avec Enofe, pour l'occuper.

— Tu as de la chance d'avoir Lexi pour t'aider à te sentir mieux, dit-il à l'enfant. Moi aussi, elle m'aide àt me sentir mieux.

Il décocha à Lexi un sourire coquin. Elle le fusilla du regard pour qu'il arrête, mais en même temps elle n'avait pas envie qu'il le fasse. Elle avait envie de passer le reste de sa vie à l'embrasser. Elle désirait follement qu'il fasse partie de son avenir.

Jono sourit largement. Ses yeux bleus contenaient une foule de promesses pour plus tard. Il se concentra de nouveau sur le petit malade.

— Tu aimes construire des choses avec des briques ? demanda-t-il.

— Oui. Et j'aime le foot.

— Alors si tu veux, nous allons construire un stade de foot. Viens avec moi.

— Non, tu n'es pas obligé, protesta Lexi. Je suis sûre que tu as un tas de choses à faire.

— J'ai une demi-heure de libre. Je venais te chercher pour prendre un café avant de raccompagner mon père chez lui. Je peux aussi bien m'occuper d'Enofe.

Il prit le petit garçon par la main et l'entraîna vers le coin de jeux, où il se mit à fourrager dans une caisse pleine de briques multicolores. Lexi l'observa un moment pendant qu'il expliquait patiemment à Enofe comment s'y prendre. Il se montrait si gentil, si naturel avec les enfants ! Les voir ensemble lui serrait le cœur.

Elle avait pris son parti d'une vie sans enfants, mais qu'en était-il de lui ? Lors du mariage, en Cornouailles, il avait évoqué la possibilité d'une famille. Il était encore très jeune, il avait toutes les chances de réaliser son rêve. Mais ce serait sans elle, forcément.

Son cœur lui fit mal. Elle s'était nourrie d'illusions, en faisant comme si les choses pouvaient être parfaites entre eux. Car comment pourraient-elles l'être ? Et comment pourrait-elle s'attacher encore plus à lui, alors que tout ce qui les attendait était du chagrin ?

En ouvrant la porte de la maison, ce soir-là, Lexi entendit Jono siffloter et son cœur se contracta. Il paraissait si heureux.

Manifestement, les choses avaient dû bien se passer avec son père. Bon. C'était un souci de moins.

Elle se rendit dans la cuisine, feignant de s'absorber dans la préparation du dîner – alors qu'en fait elle cherchait désespérément comment avoir avec Jono la conversation qu'ils devaient absolument avoir.

Lorsqu'il vint la rejoindre et l'embrassa sur les lèvres, elle s'obligea à sourire.

— Tu es de bonne humeur. J'en déduis que ton père ne t'a pas rembarré trop rudement ?

Il passa ses bras autour d'elle et l'attira à lui.

— Embrasse-moi d'abord. J'ai pensé à toi toute la journée. En rêvant de te déshabiller. Tu voudrais faire un câlin ?

Elle en mourait d'envie, bien sûr. Mais elle lui tapota le torse du doigt et se recula pour le regarder.

— Tu ne penses vraiment qu'à ça.

— C'est ta faute. Tu m'excites en permanence.

Il l'embrassa et passa une main sous son T-shirt, la poussant contre le comptoir de la cuisine où, la veille, ils avaient fait l'amour.

L'amour. C'était là le problème.

Fermant les yeux pour lui cacher les larmes qui montaient, elle répondit à son baiser et se laissa aller à son étreinte. Pour graver dans sa mémoire son goût, son odeur, la délicieuse sensation de l'avoir contre elle, si grand, si fort, si solide.

Je t'aime. Je t'aime tellement. Ne me déteste pas.

Elle se dégagea et se força à parler, la gorge nouée.

— Alors, ton père ?

— Ça s'est bien passé. Mais comme il était parti à l'hôpital en catastrophe, sa maison était en désordre. Pas vraiment à l'image du militaire pur et dur qu'il est !

Il se mit au garde-à-vous et rit.

Lexi lui décocha un sourire qu'elle espéra paraître sincère. Elle était heureuse pour lui, mais cela lui brisait le cœur de le voir si positif, sachant ce qu'elle avait à lui dire.

— Je suis sûre que tu as vite arrangé ça.

— Oui. Il m'a au moins appris l'ordre, malgré sa vie chaotique.

Mais j'ai été triste de voir qu'il n'a aucune photo de famille. Rien. Il est complètement seul, à part moi.

— J'espère qu'il t'est reconnaissant de lui donner une seconde chance.

— Je n'irais pas jusque-là, mais il m'a remercié de l'avoir raccompagné. Et il a reconnu qu'il n'a pas été le père qu'il aurait dû être.

— Oh ! Jono ! C'est quelque chose, non ?

— Oui, répondit-il, les yeux brillants d'espoir. Mais il n'est pas rentré dans les détails, et moi non plus. À quoi bon remuer les souvenirs pénibles, quand il s'agit de prendre un nouveau départ ? Comme avec toi.

Il eut un sourire taquin et le cœur de Lexi se serra plus encore. Incapable de parler, elle hocha la tête.

— Oh ! et il a demandé où tu étais. Il est toujours sensible aux dames. Mais en voyant sa maison et sa façon de vivre, je me suis dit que je ne lui ressemblais pas, finalement. Moi, je me soucie des autres. Je tiens à toi, Lexi, je tiens à mes amis et à mes patients, et je tiens même assez à lui pour continuer à vouloir arranger les choses.

S'il avait désiré si fort mettre fin à cette brouille entre son père et lui, pensa-t-elle, c'était que sous ses manières joueuses il était en fait un sentimental au grand cœur. Un homme qui méritait la vie de famille à laquelle il aspirait. Elle sourit, malgré le poids sur sa poitrine.

— Je suis si contente que ça se soit bien passé.

— Veux-tu venir le voir avec moi, demain ? Je pense que ta présence lui remonterait vraiment le moral.

La panique s'empara de Lexi. Cette visite ne ferait que renforcer sa relation avec Jono, alors qu'en vérité ils devaient y mettre fin.

Essayant de gagner du temps, elle sortit une salade du frigo et lui tendit des steaks.

— Allume le barbecue, homme des cavernes. Et mangeons. Je meurs de faim.

Il se rendit d'un pas alerte dans le jardin, et elle en profita pour se préparer à ce qu'elle allait lui dire. Elle s'agrippa au comptoir, ferma les yeux, prit une grande inspiration…

— Ces steaks ne sont pas salés.

— Oh.

Elle rouvrit les yeux, espérant qu'il n'avait pas remarqué son angoisse. Mais il posa un baiser sur sa joue avec un grand sourire. Il paraissait si content, si calme. Son cœur tambourina dans sa poitrine. Quand serait-ce le bon moment pour lui parler ?

En salant les steaks, il continua à parler de la visite qu'ils pourraient faire à son père. Il apporterait des fish and chips, ils mangeraient ensemble et regarderaient un match de foot. Ce qui permettrait d'éviter les silences embarrassants, ajouta-t-il. Car son père n'était pas bavard.

Le cœur de Lexi se mit à se déliter. Parce que, dans la vie d'avant, quand Jono et elle n'étaient que des amis, elle aurait volontiers accepté cette visite. Elle s'en serait même réjouie. Mais ce n'était plus le cas.

— En fait, demain, j'ai une journée épouvantable. Il vaudrait mieux que tu y ailles tout seul.

Elle passa des doigts tremblants sur son front, essayant de chasser un début de migraine dû au stress. Voilà qu'elle inventait des excuses. Qu'elle lui mentait, maintenant.

Il posa le plat, s'approcha d'elle et la prit dans ses bras.

— Lexi, qu'est-ce qui ne va pas ?

Elle se dégagea.

— Rien. Je vais bien.

— Je vois bien que non. Il y a quelque chose que tu ne dis pas et j'aimerais savoir ce que c'est, pour t'aider.

Personne ne pouvait l'aider. C'était là le problème. Elle devait résoudre ça toute seule.

— Jono, s'il te plaît.

Il lui semblait que sa poitrine se comprimait, tant elle avait mal. Elle ne pouvait pas retenir Jono, le priver de ce qu'il méritait d'avoir dans la vie. Elle l'aimait trop pour ça. Et parce qu'elle l'aimait autant, elle devait faire une chose pour lui.

Elle devait le laisser partir.

14.

Bon sang. Jono voyait Lexi s'éloigner volontairement de lui. Se fermer sous ses yeux, tandis qu'elle se concentrait sur la préparation de la salade en évitant son regard.

Elle lui cachait quelque chose. Elle ne lui faisait pas totalement confiance.

Il avait le sentiment désagréable d'être beaucoup plus impliqué dans leur histoire qu'elle ne l'était. Ce qui le laissait vulnérable, exposé à un risque, alors que ça ne lui était jamais arrivé avec une femme, parce qu'il n'avait jamais permis que les choses aillent si loin, si vite. Mais il voulait faire en sorte que ça marche avec elle, il voulait être l'homme qu'il avait toujours souhaité être. L'homme qu'elle méritait.

Et maintenant, elle le regardait comme si son cœur allait se briser. Il secoua la tête, son propre cœur tambourinant dans sa poitrine.

— Parle-moi, Lexi. Dis-moi ce qu'il y a.

Il se rapprocha d'elle, parce qu'il voulait être près d'elle, mais elle recula d'un pas. Et d'un autre. Finalement, elle leva une main.

— Écoute, Jono. Nous avons évité d'en parler, mais nous ne pouvons plus éluder la question. La vérité, c'est que j'ai huit ans de plus que toi.

— Et alors ?

Elle était magnifique. Si belle que son cœur se contractait quand il la regardait. Elle était aussi drôle, piquante et sexy.

— Ton âge ne compte pas pour moi. Je te l'ai dit maintes fois. L'âge n'a aucune importance pour moi.

Elle ferma les yeux, paraissant retenir ses larmes.

Les entrailles de Jono se nouèrent. Qu'est-ce que c'était que cette histoire ? Pourquoi était-elle sur le point de pleurer ?

Lorsqu'elle rouvrit les yeux, elle le regarda bien en face, avec une expression empreinte de tristesse. Mais de détermination, aussi, comme si elle voulait se forcer à dire des mots qu'il lui coûtait de prononcer. Pour annoncer une mauvaise nouvelle.

Il connaissait bien les signes. Il avait été dans cette situation. Souvent.

— Il n'a aucune importance en théorie, c'est vrai, et cela n'aurait pas compté quand nous étions étudiants, ou cela ne compterait pas dans dix ans. Mais *maintenant*, tu es jeune, Jono. Et tu as tant de choses à attendre de la vie. Tu peux trouver une femme jeune aussi, et avoir la famille que tu souhaites. Avec moi, ce n'est pas possible. Je suis même probablement trop vieille pour une FIV.

Elle secoua la tête.

— Et je n'ai pas envie de recommencer ce parcours du combattant. Ni pour moi, ni pour toi. C'est trop dur.

— Mais la seule chose qui compte, c'est nous deux, protesta-t-il. Je me moque d'avoir des enfants. Je veux juste être avec toi.

Elle battit des cils et une larme roula sur sa joue.

— Tu le penses peut-être maintenant, mais tu changeras sans doute d'avis plus tard. Au mariage d'Emma et Mark, tu m'as dit que te marier te faisait envie, avec une famille et tout ça.

Jono fouilla dans sa mémoire. Il se souvint, en effet, d'avoir envié tous ces couples heureux.

— Je pense que j'ai dit que j'étais prêt à me *poser*.

— Mais après, tu as parlé d'avoir des enfants avec Emma. Je t'ai entendu.

— Tu n'as pas pu m'entendre dire que j'en voulais, parce que je ne l'ai pas dit. Elle m'a demandé si je voulais en avoir, oui, mais j'ai répondu que ce n'était pas une obligation, et que j'étais sûrement trop égoïste pour vouloir tout partager avec des enfants. Mais à présent, je suis heureux de tout partager avec toi, Lexi.

— Non.

Elle leva de nouveau la main.

— C'est très difficile à dire, mais tu dois m'écouter. S'il te plaît. La vérité, c'est que je ne peux pas te donner l'avenir pour lequel tu es rentré en Angleterre.

Elle était sérieuse ! Il sentit une noirceur poisseuse l'envahir.

— Nous pourrions adopter.

— Je suis trop vieille pour adopter un bébé. Et il faut remplir de nombreuses conditions. Ross et moi, nous nous sommes penchés sur le sujet.

— Si ce n'est pas un bébé, alors un jeune enfant, comme Enofe ! Nous avons des options.

— Oui, nous en avons. Mais j'ai choisi la mienne.

Elle posa les couverts à salade sur lesquels elle crispait les doigts et croisa les bras sur sa poitrine.

— Il faut que tu t'en ailles, Jono. Je suis désolée. Nous ne pouvons pas continuer ainsi.

Cette fois, ce fut le cerveau de Jono qui devint noir. Après tout ce qu'ils avaient vécu ensemble, elle le voyait toujours comme le vieux Jono qui ne prenait rien au sérieux et papillonnait de-ci de-là, comme son père. Mais il n'était pas Gordon Neale.

— Tu ne crois pas que je resterai avec toi ?

— J'ai déjà été quittée.

Elle détourna les yeux. Il réagit vivement.

— Tu veux que je te dise ? Tu dresses des barrières entre nous, comme ton âge ou des enfants que je n'ai jamais prétendu vouloir. Mais en réalité, au fond de toi, tu ne me fais pas confiance. Tu ne veux pas prendre de risques avec moi.

C'était ce qui arrivait quand on essayait de créer un lien durable avec quelqu'un ? Quand on donnait son cœur de son plein gré ? se demanda-t-il. Il était foulé aux pieds.

— Je…

Elle prit une inspiration tremblante, incapable d'en dire plus.

Il souffla, essayant de se contrôler.

— Ma réponse, c'est celle-là : tu ne veux pas prendre de risque, n'est-ce pas ?

Elle pinça les lèvres.

— J'espère que nous pourrons rester amis, une fois que tout

ceci sera retombé. Que nous pourrons tout reprendre au début et être de nouveau ce que nous étions l'un pour l'autre, avant d'avoir laissé nos cœurs prendre le dessus sur notre tête.

— Tu veux être mon amie, après tout ce que nous avons fait et partagé ? Bientôt, tu vas me proposer d'être de nouveau ma rabatteuse ! Comment imagines-tu que nous puissions en revenir là ? Nous sommes allés trop loin, Lexi. Beaucoup trop loin pour redevenir de simples amis.

Il avait l'impression que sa poitrine s'ouvrait en deux.

— Tu ne vois pas ? riposta-t-elle. J'essaye de préserver quelque chose de nous. Je ne pense pas que je pourrais supporter de te perdre si nous nous engagions dans quelque chose, et que tu changes d'avis. Si tu me quittais pour une femme plus jeune, qui puisse avoir des enfants.

— Je ne suis pas ce butor de Ross.

— Je sais. Mais je tiens à ton amitié plus qu'à n'importe quoi. Tu es la meilleure personne que j'aie dans ma vie et je ne veux pas risquer de perdre ça.

Il n'allait pas se mettre à la supplier, mais, sapristi, elle voyait bien combien ils pouvaient être bien ensemble ?

— Tu ne penses pas que nous pourrions rendre ça encore meilleur ? En ajoutant le sexe à l'amitié ? Tu ne trouves pas que ça en vaudrait la peine ?

— Ce qui vaut la peine, c'est l'avenir auquel tu pensais avant que nous nous laissions emporter et finissions par coucher ensemble. Tu étais si excité à l'idée de commencer une nouvelle vie ici, et d'avoir un jour ce qu'ont Emma et Mark, Preeti et Bhavesh.

— Écoute.

Il abattit sa paume sur le comptoir et le regretta, car ce n'était pas en s'énervant qu'il la convaincrait. Il batailla pour adoucir son ton, lui ôtant son côté désespéré.

— Je ne sais pas si je suis rentré avec le dessein de m'installer dans la vie. Mais maintenant, quand j'y repense, il est évident que je suis revenu pour te retrouver. Je voulais revoir mon père, c'est sûr ; mais ce qui m'a attiré à Oxford, ce n'est pas la perspective de renouer avec un vieil homme grincheux qui ne me connaissait même pas. C'est toi. Cela a toujours été toi, Lexi. Je serais heureux et comblé si nous pouvions rester ensemble. Toi et moi parlant, riant, vivant notre vie ensemble. Étant gentils l'un avec l'autre. Nous aimant. C'est l'avenir que je veux.

Waouh. Quelle tirade ! Mais chaque mot était vrai. En particulier le « nous aimant ». Parce qu'il ne savait pas comment appeler autrement le sentiment qui habitait sa poitrine.

L'amour. Il l'avait fui depuis la mort de sa mère, car il savait que l'on souffre trop quand on perd quelqu'un à qui l'on tient trop fort. Il ne voulait surtout pas s'attacher. Mais il ne pouvait nier que c'était ce qu'il éprouvait à présent. Avec un mélange de joie et de peur, de certitude et d'imprévisibilité. Quelque chose de si complet et de si pur qu'il ne pouvait pas l'ignorer. Le fait de connaître quelqu'un intimement, de l'admirer, de vouloir être tout le temps avec lui, et pour toujours. C'était là une vérité inébranlable.

Il déglutit en prenant conscience de *sa* vérité. Il était tombé amoureux de Lexi, alors même qu'il pensait que l'amour n'était pas possible pour lui. Elle était son ancre ; elle le stabilisait. Elle était l'avenir auquel il voulait s'accrocher.

Il tendit la main pour saisir sa joue.

— Et c'est peut-être la chose la plus sottement sentimentale que j'aie jamais dite. Mais tiens-toi bien, parce qu'il y a plus. Je…

— Non.

La peur embrumait ses yeux bruns. Elle secoua la tête et se couvrit la bouche d'une main.

— S'il te plaît, ne dis rien. Ne dis rien, Jono.

Mais peut-être, peut-être que la suite pourrait la convaincre. Parce que si elle savait ce qu'il éprouvait, elle ne pourrait sûrement pas le renvoyer ? Des mots qu'il n'avait jamais dits à personne glissèrent de ses lèvres.

— Je t'aime, Lexi.

Elle le regarda fixement, sa main retombant sur son côté, sans sourire. Elle secoua la tête. Sa bouche trembla. D'autres larmes roulèrent sur ses joues. Elle déglutit, renifla, émit un drôle de son étranglé.

Il attendit qu'elle lui dise la même chose. Si elle le faisait, il y aurait de l'espoir. Et ils pourraient y accrocher les fils de leur vie.

Mais elle se mit hors de sa portée.

— Je suis désolée, Jono. Mais non, ce n'est pas possible.

D'accord.

Il recula.

Elle ne voulait pas de lui. Son cœur était en miettes.

Sa courageuse, sa magnifique Lexi avait trop peur de prendre un risque. Et il ne pouvait rien y faire. Absolument rien.

Il plongea son regard dans ses yeux sombres et se remémora les choses incroyables qu'ils avaient partagées : la passion et la douceur, les rires et les moments sérieux. Et elle voulait renoncer à tout ça pour ne pas le priver de quelque chose qu'il n'était pas sûr de souhaiter.

Il n'y avait pas de mots pour décrire ce qu'il ressentait. Il s'était lancé dans cette histoire avec légèreté, et maintenant il s'était embourbé si profondément qu'il ne trouvait plus comment en sortir. Il était… perdu.

Alors il se détourna et gagna la porte, laissant son cœur dans cette cuisine.

— Je vais commencer à faire mes bagages.

Assise au bas de l'escalier, Lexi écoutait les tiroirs qui s'ouvraient et se refermaient, le bruit du sac à dos heurtant le sol, le tintement de cintres métalliques, les allées et venues entre la chambre et la salle de bains.

Elle avait une terrible impression de déjà-vu. Et elle devait faire appel à toute sa volonté pour ne pas monter en courant à l'étage et dire à Jono de rester. Elle ne pouvait pas le faire, car la décision qu'elle avait prise était la seule possible.

Mais jamais, jamais elle ne revivrait une chose pareille.

Jamais.

Elle ne laisserait plus jamais un homme entrer dans son cœur.

Ni s'insinuer sous sa peau, ni dans son lit.

Et encore moins s'installer chez elle.

Parce que les regarder partir la brisait complètement.

Mais cette fois, c'était elle qui provoquait la rupture. Et cela faisait tellement plus mal de voir Jono descendre l'escalier, son sac à dos heurtant le mur, quand elle pouvait dire les mots qui le feraient rester.

Elle essuya ses larmes de la manche de son cardigan et leva les yeux vers lui. Son visage était de marbre, ses yeux tourmentés.

— Où vas-tu aller ? Chez ton père ?

— Tu plaisantes ? Un hôtel est cent fois préférable.

— C'est l'été ; ils vont être pleins de touristes.

— J'ai déjà réservé une chambre.

Il hissa le sac sur son dos et la contourna pour franchir les dernières marches. Ses mouvements étaient raides, comme s'il avait déjà élevé un mur autour de lui. Elle ne l'avait jamais vu ainsi, son Jono insouciant, qui aimait s'amuser, barricadé dans sa coquille.

Lorsqu'il tendit la main vers la poignée de la porte d'entrée, elle se leva et posa une main sur son épaule.

— Je regrette, Jono. Je regrette tellement.

Il tourna la tête pour la regarder. Ferma les yeux un instant comme pour se ressaisir.

— Je sais. C'est ce qui rend la chose complètement folle.

Puis il ouvrit la porte et sortit dans la nuit. Elle réussit à ne pas s'effondrer en le suivant des yeux jusqu'à ce qu'il disparaisse.

Elle se rappela la façon dont il avait joué si joyeusement avec Enofe.

C'est la chose à faire. Il faut en passer par là. Tu me remercieras, plus tard.

Mais c'était un bien piètre réconfort. Elle n'avait pas seulement perdu son cœur, elle avait aussi perdu son meilleur ami. Cette fois, elle n'aurait pas de Jono pour l'aider à guérir. Pas de Jono pour illuminer sa vie.

Sauf qu'elle le verrait tous les jours au travail. À distance, elle le verrait se remettre, flirter, peut-être se marier. Et elle verrait grandir sa famille.

Je t'aime.

Elle referma la porte. Puis elle se laissa glisser le long du mur, s'accroupissant dans la petite entrée, et laissa enfin son cœur se briser.

15.

Jono essayait très fort de ne pas laisser son père lui porter sur les nerfs, mais chaque jour Gordon Neale semblait s'évertuer à les lui mettre à vif.

En réalité son père n'était pas le problème, se dit-il. Le problème venait de lui. Il adoucit sa voix.

— Je sais que les diurétiques te font souvent aller aux toilettes, papa. Mais c'est leur rôle.

Chaque jour, c'étaient les mêmes plaintes. Les diurétiques, la nourriture qui n'était pas bonne, Jono qui était en retard ou en avance… Et cela recommençait le lendemain.

Le vieux ronchon souffla.

— À peine suis-je bien installé que je dois me relever.

— Ils empêchent le liquide de s'amasser autour de ton cœur. Alors pisser est une bonne chose, d'accord ?

Remis à sa place, le colonel, de l'autre côté de la table, lui jeta un regard perçant.

— Alors tu n'as toujours pas de nouvelles d'elle ?

Lexi. L'autre moitié de son cœur.

Jono s'apprêta à changer de sujet, mais il eut le sentiment que son père ne lâcherait pas le morceau. Il secoua donc la tête.

— C'est si évident ?

— Ton humeur ne cesse de se détériorer depuis que tu es parti de chez elle. Nous nous sommes assez apitoyés sur nous-mêmes, à mon avis. Il faut que ça cesse. Je ne peux plus le supporter.

Jono se hérissa. C'était *lui* qui agaçait son père ?

— C'est difficile, c'est tout.

— Crache le morceau. Dis-moi tout.

Et maintenant il voulait qu'ils aient une conversation à cœur ouvert ? C'était surréaliste. Sa vie avait opéré un virage à cent quatre-vingts degrés. Son père devenait son confident, et c'était à Lexi qu'il ne pouvait plus parler.

Mais il ne pouvait se confier à personne au travail, parce qu'il ne connaissait pas encore assez ses collègues, et il avait envie de parler d'elle.

Il relâcha lentement son souffle.

— Par où commencer ? Je l'aperçois à la cafétéria de l'hôpital. J'entends sa voix aux urgences. Je sens son parfum sur mes vêtements. Je rêve d'elle. Je ne peux pas me la sortir de la tête. Chaque petite chose me revient – ses gestes, son rire, ses yeux. Je ne sais pas quoi faire. Et je ne sais pas pourquoi je te dis tout ça.

— Moi non plus. Parce que quoi que je dise, tu ne m'écouteras pas. Mais je vais faire une tentative. Dis-lui ce que tu penses, ce que tu éprouves.

— Je l'ai fait et elle m'a jeté dehors. Crois-moi, je n'ai pas envie de recommencer. Elle ne veut pas de moi. Elle a décidé que nous n'avons pas d'avenir ensemble, et quand elle a décidé quelque chose, on ne peut pas la faire changer d'avis.

— Presque aussi têtue que toi, alors.

— J'ai de qui tenir.

Jono se demanda si son père réaliserait qu'il plaisantait. Il s'attendit à un éclat, mais le colonel se contenta de secouer tristement la tête.

— Je ne peux pas te dire à quel point j'aimerais avoir agi autrement. À quel point je voudrais pouvoir revenir en arrière et dire aux gens de mon entourage… les mots importants.

Waouh.

— Quels mots, papa ?

— Tu sais bien lesquels.

Gordon Neale tendit le bras à travers la table et tapota la main de son fils.

— Tu es un garçon fort et capable. Tu t'en sortiras.

— Tu crois ?

— Je le sais. Le cœur des Neale est solide.

Il se radossa à sa chaise.

— Bon. Reviens demain et apporte quelque chose de correct à manger. Cette tourte était trop grasse.

Ainsi fut-il sommairement congédié.

Une fois dehors, Jono prit un instant pour soupeser ce qui venait de se passer. Son père avait-il essayé de lui dire qu'il tenait à lui ? Il n'en était pas sûr, mais il voulait le croire. Il lui avait dit aussi qu'il regrettait de ne pas avoir dit à ses proches les mots qui comptaient.

Il ne ferait pas comme son père. Il allait chercher le meilleur moyen de se battre pour Lexi, et le mettre en œuvre.

Il allait se battre pour eux.

— Je veux jouer avec Jono !

Enofe posa la brique rouge par terre et décocha à Lexi un regard plaintif.

Super. Le fan-club de Jono avait toujours le vent en poupe, se dit-elle. D'ailleurs, elle en était toujours membre.

Il était doublement frustrant pour elle de venir au travail pour l'oublier, et de se le voir rappeler dans des circonstances parfois inattendues. Comme celle-ci. Son cœur se serra et elle adressa au petit garçon un triste sourire de solidarité.

— Il n'est pas là, mon chou, je suis désolée. Si nous jouions à autre chose ?

— En fait, nous allons emmener Enofe voir sa maman et son petit frère dans l'unité néonatale de soins intensifs, annonça une aide-soignante en les rejoignant et en tendant une main à l'enfant.

Il la prit avidement.

— Embrasse-les pour moi ! lança Lexi derrière eux.

Parfois, même son travail ne lui apportait pas tous les retours positifs qu'elle en attendait.

Elle se leva et se rendit au bureau des infirmières, cherchant un dérivatif à ses pensées tourmentées au sujet de Jono. Le problème, c'était que l'on ne pouvait se distraire d'un cœur brisé. Seul le temps pourrait en venir à bout, à condition que tout ne le lui rappelle pas sans cesse, et partout.

— Lexi ! Bonjour, ma belle. Vous arrivez juste à temps pour le gâteau.

La voix de Chantelle la ramena à l'instant présent. La surveillante était en train de découper un énorme gâteau rose, et posait les parts sur des assiettes. Elle en tendit une à Lexi.

— C'est l'anniversaire de Becky. Elle nous a offert ce gâteau.

— C'est gentil à elle.

Lexi en prit une bouchée. Framboises et chocolat blanc. Cela aurait dû lui paraître délicieux, mais plus rien ne semblait avoir bon goût. Et elle était vraiment mal, si même un gâteau ne parvenait pas à lui plaire.

Elle posa l'assiette sur le comptoir. Que faisait-il, ce jour-là ? Est-ce qu'il cherchait un logement ? Rendait visite à son père ?

Elle devait reconnaître qu'il s'était montré inébranlable, dans ses tentatives pour nouer une relation avec son père. Ne se laissant pas démonter par des « non ». Allant le voir chaque jour. Comme il l'avait fait pour elle.

Il savait ce qu'elle avait traversé, il avait montré encore et encore à quel point il tenait à elle. Il ne lui aurait pas dit qu'il l'aimait s'il ne le pensait pas.

Juste ciel, comme il lui manquait !

Elle l'aimait.

— Bon, jolie demoiselle.

Chantelle fit pivoter son fauteuil pour être face à Lexi, ses genoux contre les siens.

— On est samedi et vous n'êtes pas de garde, alors dites-moi ce que vous faites là.

— Je me mets à jour.

— En restant assise, les yeux dans le vague ? Ah bon.

Une pause, durant laquelle Lexi s'inquiéta de ce qui allait suivre. Elle était coincée, sans possibilité de s'échapper.

— Cela a-t-il à voir avec votre compagnon de vacances ?

Lexi lâcha sans le vouloir une sorte de rire-sanglot étranglé.

— Il n'habite plus chez moi.

— Je me disais aussi que je ne l'avais pas vu depuis un

certain temps. Il passait ici tous les jours, et puis plus rien. Vous vous êtes disputés ?

Lexi inspira et expira lentement, s'efforçant d'endiguer la tristesse qui enflait en elle.

— J'ai rompu.

— Que dites-vous ?

Chantelle la regarda comme si elle lui avait parlé dans une langue étrangère.

— C'est un homme bien. Il a fait quelque chose de travers, ou quoi ?

— Non. Il a tout fait comme il fallait. Mais je pense qu'un jour il voudra des enfants, et comme je ne peux pas en avoir, j'ai mis fin à notre relation. Je ne veux pas le retenir ; je ne veux pas qu'il m'en veuille un jour.

— Oh ! mon chou. C'est dur.

— Je ne sais pas quoi faire. Il me manque tellement. Nous nous parlions tout le temps. Nous nous disions des choses que nous n'aurions dites à personne d'autre. Je le veux dans ma vie, si fort ! Mais comment régler quelque chose qui n'est pas arrangeable ?

Chantelle haussa les sourcils.

— Ce n'est vraiment pas arrangeable ?

— Je ne sais pas. Il a dit que nous pourrions adopter, mais je suis émotionnellement épuisée à cette idée. C'est tellement difficile… Il a dit aussi qu'il serait heureux rien qu'avec moi. Je ne sais pas quoi faire.

— Hum… vous pourriez essayer de le croire.

Lexi haussa les épaules.

— J'ai entendu ce qu'il a dit. Je ne peux pas faire comme si je ne l'avais pas entendu.

— Qu'a-t-il dit, exactement ?

— Il souhaite avoir ce que nos amis ont.

— Et c'est ?

— Une relation étroite et très forte, comme Preeti et Bhavesh. Ils se sont toujours si bien entendus. De vraies âmes sœurs. Et ils ont une belle famille : des jumelles, un garçon et un autre bébé en route.

— Des âmes sœurs, d'accord.

— Quant à Mark et Emma, ils viennent juste de se marier et n'ont pas encore d'enfants. Mais chacun a l'autre. Et ils se regardent comme si rien d'autre ne comptait au monde.

Chantelle hocha la tête.

— Ils s'aiment.

— Follement.

— Et Jono souhaite avoir ce qu'ils ont ?

— Oui.

— Savait-il que vous ne pouviez pas concevoir, avant que vous ne vous engagiez dans cette histoire ?

— Oui.

— Alors s'il le savait, et s'il pensait déjà à son avenir, croyez-vous qu'il aurait entamé une histoire avec vous si les enfants étaient pour lui une condition *sine qua non* ?

— Je ne sais pas.

— Allons, Lexi. Je sais que vous avez été gravement blessée dans votre vie, mais ne laissez pas cela influencer votre jugement, maintenant.

— Je suis terrifiée.

Chantelle sourit et lui prit les mains.

— Vous avez peur de prendre un risque. Un grand risque. Mais Jono vaut-il la peine de prendre ce risque ?

Lexi lutta contre ses larmes.

— Sans aucun doute, oui.

— Et que voudriez-vous lui dire, en ce moment ?

— Qu'il me manque. Que je l'aime. Que j'ai besoin de lui dans ma vie. Qu'il avait raison.

Elle rit doucement.

— Il adorerait entendre ça. Mais je ne sais pas comment le lui dire. S'il me déteste ? Je l'ai repoussé.

— Il y a combien de temps ? Une semaine, deux ?

— Plus de deux.

— Et vous croyez qu'il est prêt à vous haïr ?

Chantelle fit claquer sa langue.

— Comment êtes-vous devenus si proches, pour commencer ? Je croyais qu'il était en Australie depuis des années.

Lexi rit.

— J'ai l'impression d'être chez un psy. Nous nous écrivions. Des mails, des textos. J'ai commencé à lui écrire quand Ross m'a quittée.

— Vous ne vous téléphoniez pas ?

— Non. Ce n'était pas commode, avec le décalage horaire. Mais il y avait entre nous cette connexion qui paraissait si juste. Je lui disais tout et il faisait de même.

— Alors essayez ça. Réécrivez-lui. Recréez cette connexion.

— Vous croyez ?

Chantelle prit une part de gâteau et planta sa fourchette dedans.

— Si vous l'aimez comme vous dites l'aimer, il faut tout essayer, non ?

Et Lexi dut admettre que son amie la surveillante disait vrai.

Jono arriva à son bureau le lundi matin après un week-end où il avait visité des maisons et subi les jérémiades de son père, pas de quoi le mettre de bonne humeur.

— Bonjour, Jono.

Sa secrétaire lui tendit une enveloppe.

— C'est arrivé pour vous. Il est écrit « Personnel », alors je ne l'ai pas ouverte.

Jono tourna la lettre d'un côté et de l'autre, intrigué. Pas de timbre, donc elle avait été apportée. Qui écrirait une lettre à la main, de nos jours, au lieu de la taper sur un ordinateur ?

Mais l'écriture ressemblait étonnamment à celle de Lexi, sur les listes de courses qu'elle affichait sur la porte de son frigo. Se pouvait-il que ce soit d'elle ?

Son cœur fit une pirouette lorsqu'il la décacheta et commença à lire.

Samedi 21 août

Oxford

Bonjour, Jono,

Ces deux semaines ont été bizarres. La maison paraît si vide, sans toi. Personne pour cramer ma viande, ni pour me faire mon café du matin. Pas de sifflotements agaçants.

Pas de Jono.

Je regrette tellement la façon dont les choses se sont terminées entre nous. Par-dessus tout, tu es mon meilleur ami et je souhaite que nous puissions être là l'un pour l'autre comme avant. Je sais que c'est ma faute et j'analyse tout ce que tu m'as dit.

Tu sais ce que j'ai traversé avec Ross, alors je ne vais pas t'ennuyer avec ça, mais j'ai peur de prendre un risque. Chantelle me dit que je suis stupide de t'avoir fait partir, mais j'essaie d'être honnête avec toi parce que je tiens très fort à toi et que je veux ce qu'il y a de plus juste pour toi.

Je crois que ce que je te dis là, c'est que tu me manques plus que je ne pourrais le dire. Tu es la seule personne avec qui j'aie jamais pu être totalement franche, alors j'essaie d'arranger les choses entre nous. Je veux que nous essayions de remettre notre amitié sur ses rails. D'une manière ou d'une autre. Je sais que cela prendra du temps.

Oh ! notre petit ami Enofe a besoin d'un meilleur bâtisseur de stades que moi. Si tu pouvais passer le voir, il en serait ravi. Je ne serai pas là le mardi et le mercredi après-midi, j'ai des consultations extérieures.

Où habites-tu, maintenant ?

Encore une fois, tu me manques. Nous deux me manque.

Lexi xxx

Jono lut et relut la lettre, essayant de trouver quelque chose qui lui indique ce qu'elle ressentait vraiment. Elle « analysait » ce qu'il lui avait dit. Qu'est-ce que cela signifiait ? Il lui manquait, mais elle lui signalait les moments où elle ne serait pas là pour qu'il aille voir Enofe. Que devait-il en conclure ?

Il ne le savait pas.

Son cœur passait du bonheur à la tristesse et à l'incertitude. Pas de « je t'aime ». Pas de « j'ai envie d'être avec toi ».

Mais elle lui avait écrit.

C'était un début.

Après avoir laissé sa lettre au secrétariat de Jono, Lexi ne savait à quoi s'attendre de sa part. Elle passa la journée sur des charbons ardents, consultant sans cesse son portable pour voir si elle avait des messages. Mais elle n'en reçut aucun.

Allait-il penser qu'elle se comportait comme une idiote ? Avait-il évolué, de son côté ? Elle avait voulu amorcer la conversation. En avait-elle trop dit ? Pas assez ?

Finalement, épuisée par une longue journée de travail, elle rentra à vélo chez elle et trouva une enveloppe posée sur son paillasson. « Oxford Vista Hotel », au-dessus de son nom.

Son cœur faillit jaillir de sa poitrine tandis qu'elle déchirait l'enveloppe.

Lexi, bonjour,

Oui, deux semaines bizarres.

Je cherche un appartement à louer, mais je n'ai encore rien trouvé, alors je suis toujours à l'hôtel. Je peux aller à l'hôpital à pied, ce qui est super, mais ma chambre sent le chou bouilli et le lit est plein de trous et de bosses.

Il a fait beau temps, mais tu le sais. C'est fou, non ? Je te parle comme si tu étais au bout du monde, alors que tu es tout près et que tu sais s'il a plu ou fait soleil. Et je te parle du temps qu'il fait. Que m'arrive-t-il ?

J'ai pris l'habitude d'aller me promener au bord de la rivière, et je souris en moi-même quand je me remémore notre journée en barque. C'était une journée formidable. Mais je dois être honnête et te dire que je t'ai menti : tu es nulle à la godille.

J'irai voir Enofe. C'est un bon petit garçon et il m'amuse. En outre, qui n'aime pas construire des trucs avec des briques ?

Oh ! et j'ai acheté une voiture. Une grosse et luxueuse Tesla qui fait grincer les dents à mon père quand je vais le voir, car il ne voit pas ce que l'essence a de mal. Mais je pense qu'il est agacé par tout ce que je fais. Je choisis de croire que c'est sa seule façon de dire « je t'aime ».

À propos de…

Le cœur de Lexi fit un bond tandis qu'elle tournait la page. À propos de dire « je t'aime » ?

… mon père, sa santé s'améliore de jour en jour. Mais pas son humeur. J'en viens à me dire que s'en prendre à moi est sa principale raison de vivre. Alors je le garde au moins en vie.

J'espère que tu vas bien. Je pense à toi tout le temps. Tu me manques, comme me manquent nos conversations, le soir. Tout me manque.

Avec tout mon amour, toujours,

Jono xx

Dimanche 22 août

Old Marston

Bonjour Jono,

Je tiens à te faire savoir que je suis très bonne à la godille. Si je t'avais laissé faire, nous serions encore en train de tourner en rond au milieu de la rivière. C'est un endroit magnifique.

C'était une très belle journée.

J'espère que tu trouveras bientôt un autre endroit où loger. Un mauvais lit n'est pas bon pour le dos. Et le chou est encore pire.

Je suis contente que ton père aille mieux, et il semble que vous soyez bien assortis, tous les deux. Je vous imagine, feignant d'être en colère l'un contre l'autre, parce que vous ne pouvez pas dire les mots que vous brûlez de dire.

Peut-être est-il simplement effrayé et ne veut-il pas se rendre vulnérable. Dire à quelqu'un ce que l'on éprouve est si dur, mais le rejet est encore pire. Et oui, je parle d'expérience.

Je vais bien, je crois. Je n'en suis pas sûre. Le travail est le même. Comme tu sais, c'est ma constante, l'endroit où je suis bien – du moins l'est-il devenu parce que ma vie personnelle ne tourne pas rond. Ma faute, je sais. Mais j'ai dû faire des choix qui, au départ, me semblaient être pour le mieux.

Maintenant, je m'interroge. Je m'interroge beaucoup.

Merci de m'écrire de nouveau. Cette partie de nous me manquait. Beaucoup de nous me manque. Tellement.

Tu me manques. Ton sourire. Tes mauvaises blagues. Je m'arrête là, sinon tu vas prendre la grosse tête.

Dis-moi ce qui se passe dans ta vie.

Ta Lexi xxx

Dr JonoNeale@gmail.com

Lundi 23 août 23 h 39

Lexi,

Nous avons eu un accident, cet après-midi. Ç'a été très dur. Nous avons perdu le patient et depuis je suis déstabilisé. Je sais que cela arrive tous les jours, mais c'était un jeune homme qui avait une arythmie non diagnostiquée. Il avait toute la vie devant lui, il devait se marier dans deux mois.

Ça m'a fait réfléchir.

Je ne devrais pas réfléchir.

Tu me manques. Les plans que nous n'avons jamais faits, mais que nous aurions pu faire, me manquent. Ton parfum sur mon oreiller, ton corps lové contre le mien me manquent. Te faire rire me manque.

Je t'ai dit ce que j'éprouve et je suis sûr que tu éprouves la même chose, et pourtant nous en sommes là. Je ne sais pas comment te convaincre que j'aime tout de toi, et pas seulement ce qui marche bien. Je sais que je ne peux pas te prouver que je serai pour toujours à tes côtés, à moins que tu ne me laisses la chance d'être là, près de toi. Mais je veux l'être, avec tout ce que je suis et tout ce que j'ai en moi. Je suis ton homme. Ton alter ego. Tu es le mien.

Nous pourrions décider d'adopter ou d'essayer la GPA, nous pourrions aussi décider de vivre une belle vie, rien que tous les deux. Ce sont des conversations que nous devons avoir, mais je veux que tu saches que ma vie ne peut être belle qu'avec toi.

Nous ne savons pas ce qui nous attend et nous devrions saisir chaque bribe de bonheur que nous pouvons. J'ai envie de me saisir de toi… de toutes les façons auxquelles tu peux penser.

Tu disais que tu as fait les choix que tu pensais les meilleurs. Sur quoi t'interroges-tu ? Pour le cas où tu aurais besoin d'aide pour prendre une décision, sache que mes sentiments ne diminuent pas. Je t'aime depuis aussi longtemps que je m'en souvienne et je veux t'aimer pour toujours.

À toi, toujours,

Jono xxx

DrJonoNeale@gmail.com

Mardi 24 août 1 h 37

Bon sang, désolé, Lexi.

Je ne devrais pas boire et écrire des mails. J'ai eu une foutue journée, aujourd'hui… ou plutôt hier.

Je devrais m'en tenir à t'envoyer des émoticônes d'aubergines. Ou quelque chose comme ça.

Le service normal reprend dès maintenant.

J. xxx

Jono appuya sur « envoyer » et grimaça. *Quel idiot !*

Elle était en train de réfléchir. Elle n'était pas comme lui, elle avait besoin de temps.

Et lui la bousculait. La connaissant, elle allait encore plus reculer.

Pestant contre lui-même, il referma son ordinateur et marcha jusqu'à son lit. Soudain, le téléphone posé sur la table de nuit sonna, le faisant sursauter. Il décrocha, le cœur battant. Lexi ? Son père ?

— Allô ? Chambre 213.

— Ici le portier de nuit. Vous avez appelé un docteur ?

Quoi ?

— Euh… pardon ?

— Il y a là un Dr Fisher. Elle dit que c'est une urgence.

Son cœur se décrocha, et une vive joie l'envahit.

— Faites-la monter.

Cela ne prit sans doute que cinq minutes, mais le temps s'écoulait comme au ralenti. Il se tint à la porte ouverte, voulant l'apercevoir dès qu'elle sortirait de l'ascenseur.

Et enfin elle fut là. Ses cheveux flottant sur ses épaules, un châle bleu clair jeté sur sa robe jaune – celle qu'il lui avait ôtée après la soirée. L'avait-elle fait exprès ? Il ne parvenait plus à la deviner, et il détestait ça.

Lorsqu'elle s'approcha, il chuchota :

— Lexi ?

— Jono.

Elle pénétra avant lui dans la chambre, laissant son parfum dans son sillon. Il le huma profondément. Il avait envie de la prendre dans ses bras, de semer des baisers de sa gorge jusqu'à sa bouche, d'être en elle, de lui faire gémir son nom.

Mais il se tint à quelques pas d'elle. La regardant. Attendant.

Elle le regarda à son tour, très sérieuse. Était-elle là pour lui reprocher son mail ?

— Est-ce que tout va bien, Lexi ?

— Non. Je ne vais pas bien. Pas bien du tout.

Elle replia ses bras autour d'elle. Il remarqua alors qu'elle avait les yeux rougis et qu'elle tremblait.

— Oh.

Il ne s'était pas attendu à ça.

— J'adore t'écrire, Jono. J'adore recevoir tes réponses. Et je suis navrée que tu aies eu une dure journée. Tu as fait de ton mieux, je le sais.

Ah. Elle était là parce qu'elle avait pitié de lui. Il se passa une main dans les cheveux.

— Ça arrive. Désolé pour le mail. J'avais bu un whisky de trop. Assieds-toi, dit-il en indiquant la chaise placée devant le petit bureau.

— Non. J'ai besoin de rester debout pour dire ce que j'ai à dire.

— D'accord. Vas-y.

— Je t'ai vu grandir. Passer d'un jeune homme dégingandé de dix-huit ans à un médecin attentif et plein de compassion.

Mais je t'ai toujours vu comme quelqu'un qui aime s'amuser, qui ne peut pas se fixer.

— Lexi…

Elle leva une main.

— Non, écoute-moi jusqu'au bout. J'ai changé d'avis en voyant comment tu te vouais à ton amour de la médecine, comment tu étais loyal et constant pour moi, comment tu ne lâchais pas ton père même si c'était difficile.

— Et comment je suis super au lit, non ?

Il se rapprocha d'elle, la poitrine allégée par l'espoir.

— J'y viens.

Elle lui décocha un sourire incertain.

— Je sais que je ne suis pas une personne facile à connaître. Mais tu me vois comme un tout et je te plais. Ce qui est un miracle en soi.

Elle leva les yeux vers lui.

— Je dois te croire sur parole, quand tu dis ce que tu dis.

Il pressa sa bouche sur son front.

— Bon sang, Lexi, j'en pense chaque mot.

— Et tu as raison, reprit-elle d'une voix tremblante. La vie est courte et je veux avoir la meilleure possible. Or je ne peux l'avoir qu'avec toi.

C'était tout ce qu'il rêvait d'entendre, mais…

— Il faut que tu en sois bien sûre, Lexi. Je ne veux pas être rejeté de nouveau.

— Oh ! j'en suis sûre, Jono. Et je te le montrerai chaque jour à venir. Je t'aime. J'aime ton sourire, ton espoir, ton optimisme. J'aime ton engagement, ta volonté de me laisser du temps. J'aime ta nullité à la godille.

— Hé…

Elle le fit taire d'un baiser à lui faire perdre la tête. Quand elle s'écarta, les joues roses et le souffle court, elle ajouta :

— Et j'adore ta façon d'être *super* au lit.

Elle passa le dos de sa main sur sa joue.

— Je t'aime, Jonathan Neale.

Épilogue

Un an plus tard

— Oh ! tu es si belle !

Chantelle essuya une larme et passa un bracelet de saphirs et d'argent au poignet de Lexi.

— Tiens. Voici quelque chose de bleu.

— Oh ! c'est si gentil. Il est magnifique.

— De la part de toute l'équipe.

— J'aurais aimé les inviter tous, mais la salle de réception est trop petite.

— Personne ne t'en veut. Ils m'ont juste demandé de ramener des photos. Souris !

La surveillante prit quelques clichés avec son portable.

— L'arrière-plan est superbe. Ce petit village de pêcheurs et cette minuscule plage privée sont si pittoresques ! Tu as choisi le bon endroit.

Puis elle regarda l'heure et fit une grimace.

— Je ferais mieux d'y aller. Tes parents sont en bas, anxieux d'être en retard.

— Dis-leur que j'arrive dans une minute.

Une minute de plus avant qu'elle ne devienne Mme Fisher-Neale.

Lexi regarda la petite plage et repéra l'endroit où tout avait commencé. Par ce fameux baiser… Elle n'avait jamais été aussi heureuse de sa vie. Son cœur dansait dans sa poitrine. Elle se contempla dans le miroir en pied, admirant sa longue robe blanche. Qui eût cru qu'elle recommencerait ? C'était un miracle qu'elle ait trouvé Jono, et qu'il soit tombé amoureux d'elle autant qu'elle était amoureuse de lui.

Qu'il l'ait acceptée telle qu'elle était, aussi, avec ses manques et ses défauts. Mais n'était-ce pas le propre de l'amour ? Accepter sans juger. Jono lui avait promis d'être à ses côtés chaque jour, et il l'avait été. Quand ils étaient allés au rendez-vous pour une GPA, et qu'on leur avait dit que les chances de trouver une mère porteuse étaient minces. Quand ils s'étaient renseignés pour une adoption… Pour l'heure, ils remplissaient les formulaires. Mais ils étaient d'accord sur le fait que quoi qu'il advienne, ils seraient comblés l'un par l'autre.

Elle ouvrit son petit sac en strass et y trouva le dernier message de Jono, griffonné sur une serviette de l'hôtel et glissé sous sa porte ce matin-là.

Envie d'un câlin ?

Sérieusement, je ne peux pas croire à ma chance de t'avoir dans ma vie. Je t'aime de tout mon cœur et de toute mon âme. Je brûle d'être marié à toi.

J. xx

Même s'ils se parlaient tout le temps, elle accordait du prix à ce que Jono lui écrivait. Elle embrassa le petit mot et le glissa dans son soutien-gorge, pour se porter chance. Quelque chose de neuf. Puis elle prit une grande inspiration et sourit.

— Bon. Allons-y.

En descendant rejoindre ses parents dans le vestibule, elle tomba sur un Tyler grandi et embelli.

— Hé, docteur Lexi. Vous êtes splendide.

— Merci, Tyler.

Elle l'embrassa sur la joue et le vit rougir.

— Pas de poignet cassé, cette année ?

— J'ai fait super attention toute la semaine, pour être à votre mariage. Papa vous dit bonjour.

— Nous irons le voir demain.

— Il compte bien marcher jusqu'au portail pour vous accueillir. Il s'exerce depuis un mois.

— Je serai heureuse de voir ça.

Elle adorait cet endroit ; elle s'y sentait chez elle. Et ces gens étaient comme une famille.

— Viens, chérie, il est temps, dit son père en lui prenant le coude.

Elle salua Tyler et porta les yeux vers le chapiteau sous lequel elle allait se marier, remerciant le ciel pour ce beau temps. Les jumelles de Preeti et Bhavesh, âgées de trois ans, attendaient pour jeter des pétales de roses sous ses pas. Elles étaient magnifiques.

Elle commença à avancer au bras de son père.

Et il était là, l'amour absolu de sa vie. Son âme sœur. Son tout.

Elle inspira profondément, ne se sentant pas du tout nerveuse, ravie de marcher vers lui.

Il l'attendait sous un dais de satin blanc. Son sourire disait ce qu'elle savait déjà. *Je t'aime. Ma meilleure amie.*

Elle adressa un signe de main à Gordon, debout au premier rang, en uniforme. Il lui répondit d'un signe de tête. Les choses n'étaient toujours pas faciles entre le père et le fils, et ne le seraient peut-être jamais, mais il avait tenu à être là, ce qui signifiait beaucoup.

Puis il n'y eut plus qu'eux deux se faisant des promesses venues du cœur sous un beau ciel de Cornouailles, entourés par leur famille et leurs amis.

Et avec une vie de bonheur devant eux.

BLANCHE

Retrouvez prochainement,
dans votre collection

BLANCHE

La saison des surprises, d'Ann McIntosh - N°1631

SÉRIE : LE PROJET NOËL - 1/4

Une nuit inoubliable avec un inconnu, c'est la folie que s'offre Chloe avant son départ pour la Jamaïque. Mais, alors qu'elle arrive sur l'île paradisiaque pour y effectuer une mission au sein de l'hôpital local, quelle n'est pas sa surprise d'y rencontrer le Dr Sam Powell – son amant d'une nuit ! Plus incroyable encore, elle attend un enfant de lui…

L'infirmière de Central Park, de Deanne Anders

SÉRIE : LE PROJET NOËL - 2/4

Lorsque le Dr Scott Thomas apprend qu'il est muté au Brooklyn Heights de New York pour la période des fêtes de fin d'année, sa première pensée va à l'infirmière Felicity. Autrefois tous deux se sont follement aimés, avant qu'un drame les sépare. Maintenant qu'ils se retrouvent dans la même ville, et dans le même hôpital, Scott a-t-il une chance de reconquérir Felicity ? Après tout, Noël est réputé pour ses miracles…

Médecins des Alpes, de Louisa George - N°1632

Si le Dr Rachel Tait se trouve à Sainte-Colette, dans les Alpes, c'est pour travailler. Abandonnée par son fiancé devant l'autel, elle ne veut plus entendre parler d'amour ! Pourtant, dans ce décor de Noël digne d'une carte postale, elle a toutes les peines du monde à ignorer les sentiments que son nouveau patron lui inspire. Matthieu LeFevre est l'homme idéal, et bientôt Rachel cède à la tentation entre ses bras – au risque d'avoir le cœur brisé…

Un si doux remède, de Marion Lennox

Un an plus tôt, Jenny était médecin urgentiste à Sydney. Devenue la tutrice de ses trois neveux orphelins, elle mène aujourd'hui une existence âpre et solitaire sur une île australienne, auprès de ces enfants dont elle a la charge mais qui la tiennent à distance en raison de leur chagrin. Alors que Jenny s'efforce de leur apporter l'amour dont ils ont besoin, un mystérieux naufragé prénommé Silas débarque dans leur vie…

HARLEQUIN

Leur mission : sauver des vies.
Leur destin : trouver l'amour.

BLANCHE

HARLEQUIN

Le docteur du Montana, de Becky Wicks - N°1633

Propriétaire d'une station de ski dans le Montana et père célibataire, le Dr Jax Clayborn doute que la nouvelle intérimaire venue de New York puisse survivre cinq minutes dans sa clinique prise d'assaut chaque hiver. Parce qu'il n'a d'autre choix que de lui laisser sa chance, il accueille le Dr Ophelia et découvre en elle une professionnelle accomplie et une femme d'une grande gentillesse envers son fils. Au point que Jax se demande comment il vivra son départ, prévu après Noël…

Une famille avec lui, d'Alison Roberts

Le Dr Joanna n'a jamais trouvé l'homme qui lui permettrait d'accomplir son rêve de devenir mère. Aussi décide-t-elle, à la quarantaine passée, de faire un bébé toute seule. Mais voilà, quand l'intrépide ambulancier Cade Cameron surgit dans sa vie et dans son cœur, elle voit ses résolutions vaciller. Se pourrait-il que Cade soit celui qu'elle attendait pour fonder une famille ?

Un bébé dans leur vie, d'Emily Forbes - N°1634

SÉRIE : RENCONTRES EN AUSTRALIE - 1/2

Sans conteste, Luci se tient face au plus bel homme qu'elle ait jamais vu ! Et, maintenant qu'elle sait que Seb Hollingsworth sera son colocataire pour les deux prochains mois, elle décide de suivre ce que lui dicte son instinct et s'autorise une histoire sans lendemain. De toute façon, Seb ne semble pas vouloir vivre plus qu'une aventure. Mais tout change lorsque Luci, qui se croyait stérile, se découvre enceinte…

L'inconnu de l'Indian Pacific, d'Amy Andrews

SÉRIE : RENCONTRES EN AUSTRALIE - 2/2

Pourquoi n'a-t-elle pas demandé son nom au bel inconnu qu'elle a rencontré dans l'Indian Pacific, célèbre et luxueux train, avant de faire l'amour avec lui ? De retour chez elle, Felicity regrette la folle aventure qu'elle vient de vivre. Car, si elle avait su plus tôt que cet homme sexy allait être son futur patron, elle n'aurait pas cédé à la tentation. Reste désormais à travailler aux côtés de Callum Hollingsworth sans se remémorer leurs ébats…

Leur mission : sauver des vies.
Leur destin : trouver l'amour.

BLANCHE

La fougue d'un baiser, de Susan Carlisle - N°1635

Le Dr Ellen Cox vient de lui voler un baiser alors qu'ils sont cernés par des narcotrafiquants en plein milieu de la jungle sud-américaine ! D'abord estomaqué, Chance est vite conquis par cette fougue nouvelle. Car, depuis qu'il a rencontré Ellen, celle-ci s'est toujours montrée si maniérée qu'il avait l'impression d'avoir affaire à une bimbo égocentrique. Se pourrait-il alors que, sous ses airs superficiels, Ellen cache une femme bien plus sensible ?

Ce secret à conserver, de Janice Lynn

Le Dr Trace Stevens est de retour à Atlanta... Et il propose à Chrissie de vivre avec lui une nouvelle nuit de passion ! S'il n'a rien perdu de son charme depuis les instants inoubliables qu'ils ont partagés quatre ans plus tôt, pour Chrissie tout a changé. Car quatre ans c'est aussi l'âge de leur fils, Joss, dont Trace ignore l'existence...

HARLEQUIN

Leur mission : sauver des vies.
Leur destin : trouver l'amour.

HARLEQUIN
www.harlequin.fr